iyi ki **kitap**la

TİMAŞ YAYINLARI

İstanbul 2014

timas.com.tr

BABAMDAN SONRA
Ahmed Günbay Yıldız

TİMAŞ YAYINLARI | 2747
Roman Dizisi | 134

YAYIN YÖNETMENİ
Emine Eroğlu

EDİTÖR
Ümran Tüzün

KAPAK TASARIMI
Ravza Kızıltuğ

1. BASKI
Nisan 2012, İstanbul

5. BASKI
Ekim 2014, İstanbul

ISBN
ISBN 978-605-08-0164-4
9 786050 801644

TİMAŞ YAYINLARI
Cağaloğlu, Alemdar Mahallesi,
Alayköşkü Caddesi, No: 5, Fatih/İstanbul
Telefon: (0212) 511 24 24
P.K. 50 Sirkeci / İstanbul

timas.com.tr
timas@timas.com.tr
facebook.com/timasyayingrubu
twitter.com/timasyayingrubu

Kültür Bakanlığı Yayıncılık
Sertifika No: 12364

BASKI VE CİLT
Sistem Matbaacılık
Yılanlı Ayazma Sok. No: 8
Davutpaşa-Topkapı/İstanbul
Telefon: (0212) 482 11 01
Matbaa Sertifika No: 16086

BABAMDAN SONRA

Ahmed Günbay Yıldız

TİMAŞ

AHMED GÜNBAY YILDIZ

1941 yılında Tokat'ın Reşadiye kazasına bağlı Kızılcaören köyünde doğdu. Annesi Saniye Hanım, babası Haydar Bey'dir. Öğrenimine köyünde başladı ve on yaşına kadar orada sürdürdü. Daha sonra babasının işi dolayısıyla Ankara'ya yerleşen ailenin bir ferdi olarak, Hüseyin Güllüoğlu Ortaokulu ve Yeni Mahalle Lisesi'nde öğrenimine devam etti. Bu arada edebiyata ilgi duydu ve şiirler yazdı. İlk zamanlarda şiir bir tutku hâline gelmişken, zamanla edebiyatın diğer dallarına da ilgi duymaya başladı. Hikâyeleri ve makaleleri muhtelif dergi ve gazetelerde yayınlandı.

Ahmed Günbay Yıldız, asıl yükselişini romanla yaptı, romanda karar kıldı. "Çiçekler Susayınca", "Yanık Buğdaylar" ve "Figan" romanları muhtelif gazetelerde tefrika edildi ve daha sonra kitap hâline getirildi. Bunu diğer romanları takip etti.

Yazar, eserlerinde Türk toplumunun her kesimini ele aldı ve işledi. İyi ve kötü yönleri ile insan ve toplum arasındaki etkileşimin ötesindeki sebepleri tespit ederek gözler önüne serdi. Ayrıca çözüme yönelik ipuçları da verdi.

Yazar evli ve dört çocuk babasıdır.

Yayımlanmış eserleri:

1- Çiçekler Susayınca
2- Yanık Buğdaylar
3- Gurbeti Ben Yaşadım
4- Ülkemin Açmayan Çiçekleri
5- Al Yüreğim Senin Olsun (şiir)
6- Benim Çiçeklerim Ateşte Açar
7- Aynada Batan Güneş
8- Dallar Meyveye Durdu
9- Bir Dünya Yıkıldı
10- Üç Deniz Ötesi
11- Sevdalar Sözde Kaldı
12- Sahibini Arayan Mektuplar
13- Hayata Dair Notlar (deneme)
14- Gün Solar Akşamın Mateminden (şiir)
15- Afedersin Hayat
16- Gelirim (şiir)
17- Yürekte Büyümek
18- Sokağa Açılan Kapı
19- Boşluk
20- Sular Durulursa
21- Ekinler Yeşerdikçe
22- Mavi Gözyaşı
23- Azat Kuşları
24- Gönül Yarası
25- Aşka Uyanmak
26- Bahçemde Hazan (şiir)
27- Figan
28- Sitem
29- Siyah Güller
30- Hülyalar Hüzün Açtı
31- Güneşe Matem Düştü
32- Leyl Işıkları
33- Günahın Rengi
34-Yıllar Geriye Dönse
35- Seni Unutmaya Gücüm Yetmedi
36- Sevmekten Korkuyorum
37- Ona Secde yakışıyor
38- Gül ve Hüzün
39- Kiralık Hayaller
40- Orada da Yıldızlar Kayar mı?
41- Kayıp Sabahlar
42- İstanbul Yüzlü Kadın
43- Kendimi Unutup Sana Ağladım
44- Efkâr Vakti
45- Babamdan Sonra
46- Kelebekler Gamsız Uçar
47- Beyaz Atlı
48- Kaderin Çağırdığı Yerdeyim

Babamdan Sonra

Doğaya âşıktı önceleri. Bahar geldiğinde yeşile boyanan toprağın bağrında, desen desen, renk renk açan çiçeklere vermişti gönlünü. Ağaçlara, onların hayat soluyan yapraklarına, tomurcukların patlayışına âşıktı daha çok. Meyveye durmuş dallara âşıktı. Suların şırıltısına, kuşların coşkulu kanat çırpışlarına, güneşin, insanı mest eden serüvenine, gökyüzünün o eşsiz dekoruna sevdalıydı. Damarlarındaki kan delice dolaşırken, başında kavak yelleri esiyordu. Başka hiçbir sevdayı tanımamıştı yüreği delikanlılık yaşına girdiğinde. El değmedik, masum, duru, henüz başka limanları tanımayan duyguları, her şeyden ziyade tabiata ve Kâinatın Sahibi'ne âşıktı. Her sabah, gün doğmadan evvel yatağından kalkıp hayran bir gönülle güneşin doğuşunu seyrederdi.

Aklı erdi ereli, o uykusundayken üzerine gün hiç doğmamıştı. Vedâlar ne kadar hazin olursa olsun, doğuşlar kadar batışlara da kaptırırdı yüreğini. Akşam güneşinin kızıl alevleri semâyı kuşatıp vedâ hazırlıklarını başlattığında o, bu doyumsuz seremoniyi kaçırmak istemezdi... Güneşin hüzünlü vedâsını izlemeyi, o, tepelerin ardına yavaş yavaş ağarken gözlerden silininceye kadar onu uğurlamayı görev bilmişti kendisine.

Güneş gitse bile, nöbetini bol yıldızlı göklere ve aya bırakacaktı. Güneşin taze bir sabahla, yine eski ihtişamını kuşanarak geriye döneceğini bildiği için üzülmezdi. Bilirdi ki bu, dönüşü olan gidişlerin uğurlamasıydı.

Yıldızlar, salkım saçak olurdu bazı akşamlar gökyüzünde. Ayın halelenen o hicaplı yüzünden dökülen mahcup pırıltılar, gün batımının ardından hülyalarını genişletirdi.

O, doğaya âşıktı önceleri. Gönül dokularının cemreleri kalbine düşmezden çok önce. Su, hava, güneş ve toprağın ahengini yitirmeyen aşkı büyülemişti dünyasını. Sonra sihirli bir el dokundu yüreğine. Masumiyeti bozulmayan duygularını bir kızın varlığı uyandırmıştı uykusundan ve beklenmedik anda hülyaları en demli yerindeyken, başka iklimlere açmıştı delikanlının gönül kapısını...

O da en sonunda, yaratılışın fıtratındaki içgüdüye kaptırmıştı hülyalarını. Rüyalarının, hissiyatının rengi değişmişti bir anda... Düşüncelerini, doğaya ve sırlar âlemine adamışken, bir çift göz büyülemişti kalbini.

Âlemlerin Sahibi'ne dönmüştü yüzünü. Kâinat kadar büyütmeye çalıştığı kalbine maneviyattan saraylar kurarken, o muhteşem sarayın en ücra köşesine sığınmıştı bir çift göz... Gönül desenlerine şebnem gibi düşüp, istediği figürlerle işlemişti kendisini o mekâna. Adını, silinmez harflerin sanatsal dokusu gibi kazımıştı beynine.

İçinden yükselen bir ses, onu durmaksızın meşgul ediyordu... "Sen onsuz yapamazsın. O senin yol arkadaşın, öteki parçan olabilir..."

Önceleri daha farklıydı gönül desenlerindeki renkler. Sonra bir kız girdi gönül dünyasına, yaratılış katresine katılan mayayı hatırlattı ona... Bir çift gözün esrarı, insan oluşun kurallarını hatırlattı sonunda duygularına...

Kafasında kavak yelleri esen delikanlı, aşkın ve tutkularının, yüreğinde bir parçaya daha bölündüğünü bildi ve hayatına anlam kazandıran hikâyesi başladı o günden sonra... Kâtip değil, hayat yazmaya başladı o vakitten sonra içler acısı hikâyesini... Yüreğindeki bölünmenin sarhoşluğunu yaşadı günler geceler boyu... Kim bilir, belki de ömrünce daha nicelerini yaşayacaktı, bilemedi...

Yaratılışın sırlarını, Kâinat'ın gizemlerini araştırırken başlayan serüven, doğrularla yanlışları karıştırdı ilk zamanlarda birbirine...

Yetmedi ne yaptıysa... Adressiz yollara saptı bazen, aldırış etmedi yitişlerine ve kendini destekledi gamsız bir gönülle... Geleceğe bıraktı umursamadan yaşamaya çalıştığı sonuçları... "Yarınlar bizi anlatır nasılsa, tıpkı, benden öncekilerde olduğu gibi" diyerek, kaderin kendisi için çektiğine inandığı bilinmez çizginin üzerinde yürüdü.

Gölgelerin, gaflet perdesi olup da gerçekleri örteceğini bilemedi... Evet, o, önce Kâinatın Sahibi'ne âşıktı. Sonra ceylan bakışlı bir kız geldi, gönül desenlerindeki renklerle oynamaya kalkıştı hiçbir şeyden habersiz... İşte böyle başladı yüreğindeki tek taraflı sevda ve evrendeki hikâyesi...

Dağlar

Dağların yamaçları inliltiliydi… Her yer, ruha ürperti veren uğultuların esareti altındaydı. Bu gece, en cılız çıtırtı bile amansız velvelelerin haberciliğini üstlenmişti sanki…

Sürü yorulmuş, koyunların boğazına takılan çıngıraklar da susmuştu. Koyunlar da tıpkı doğa gibi uykudaydı…

Koyunlar birbirlerine sokulmuş, yünden bir örtü oluşturmuşlardı serildikleri mekânın üzerinde. Kurt köpekleri, sürüye güven veren bir edayla uzanmışlardı koyunların biraz açıklarında…

Sayvan adı verilen, üzeri dallarla örtülmüş sığınağın hemen önünde çoban ateşi yanıyordu. Muhsin'in yüzü ateşe dönüktü. Sırtındaki kepeneğin arasına girmiş, gecenin efsaneleşen görüntüsüne bırakmıştı gözlerini… Uçuk yüzlüydü semâlar… Ay mahmur, yıldızlar salkım saçaktı. Arkadaşı çoktan uyumuştu ancak bu gece ne yapsa uyuyamıyordu Muhsin…

Her çıtırtı, yeni bir sıçrayışla bozuyordu hülyalarını. Uykuya direnen gözleri arada bir fal taşı gibi açılıyor, az sonra yeniden dalıyordu hülyalara. Artık alevleri de çekilmişti kor ateşin. Önce ılıman esintiler Muhsin'in yüzünü yalıyordu, hemen ardından bu sıcaklık, serin bir havaya bırakıyordu yerini.

Arkadaşına bakıyordu arada bir… Derin soluyuşları zaman zaman, gecenin derinleşen sessizliğini bozuyordu.

Yüreğinde taze bir sevdanın kıpırdanışlarını taşıyan delikanlı, gözlerini yıldızlara perçinlemiş, el değmedik hülyalara bırakmıştı kendisini... Ela, derin, bir çift göz vardı yıldızların düzen kurduğu yerde... Taze, berrak bir yüz ve geceyi büyüleyen bir çift göz duruyordu gecenin mahmur aydınlığını yaydığı semâda. Aklında o vardı, onu düşlüyordu uykuyu kovalayan gözleriyle...

Evlerinden çıkar çıkmaz, sürünün indiği yamaçlara yönlendirmişti adımlarını. Babası öyle istemişti Muhsin'den. Yorgun ve isteksiz atıyordu adımlarını, evlerinden ayrılıp dağlara doğru yöneldiğinde...

Birden her şey anlamını yitirmiş, çakılıp kalmıştı yürüdüğü zeminin üzerinde... Delikanlılık çağına henüz girmişti. Yaşadığı köyün gençleri bir araya gelip evlilik sözü ettiklerinde hep o kızın adı anılırdı.

Güzel buluyorlardı evlilik hayalleri kurmaya başlayan delikanlılar o kızı... Muhsin de beynine aynı ismi yazıp saklamıştı... Belki de bu konuşmaların uzantısıydı belleğine o adı yazan... Soru işaretleri vardı kafasında. Gençler, kendilerine hayat arkadaşı seçmeyi düşlerken, ilk onun adıydı anılan. O kız farklıydı evlilik çağındaki gençler için...

Muhsin'de de merak uyandırmıştı, delikanlılar arasındaki konuşmalar ve gizlilik içindeki yarış...

İsteksiz yürüdüğü yol, karşısına zihinlerin efsaneleştirdiği o kızı çıkarmıştı. Ortalarda kimseler yoktu. Gözleri şimşek çakıyordu bulunduğu yolun biraz ilerisinde.... O kız vardı bakışlarının dökülüp kaldığı mevkide...

Daha öncesinden duyup düşüncesine yazdığı o sözler, büyü olmuştu sanki yüreğinde... Frenleyemediği iradesi, duygularına buyurganlık kazandırıyordu sanki o kızın karşısında... Yüzündeki keder bile silinip yok olmuştu onu gördüğünde. Güneş gibi doğmuştu yolunun üzerinde o kız...

Başka kimseler görünmüyordu etrafta ya da başını kuma gömmüştü delikanlı... Gönlünün emrivakisine kaptırmıştı kendini... Kalbinin buyurganlığı onu yüreklendirmiş, fırsat tanımamıştı hareketlerine. Acelesi vardı bu yüzden. İrade dışı bir anlayıştaydı beden dili...

Aralarındaki mesafe kısaldığında, aklı adeta gözlerine inmişti delikanlının. Utançlı, tereddüde esir bir ses, zor ulaşıyordu menziline:

– Suna!!!

Hiç beklemediği bir çağrı durduruyordu genç kızı. Önemli bir şey duyacağını sanıp durmuştu o da.

Yüzüne bakmıyordu utancından. 'Sesi tırnaklarının ucuna zor düşer' tabirine uygundu verdiği cevap:

– Buyur Ağaoğlu.

Yörede adı duyulan bir ağanın oğluydu genç kızı yolundan eyleyen. Delikanlı, yöre ahlakının hassasiyet sınırını aşmamaya zorluyordu kendini... Bakışları ürkek ve nefesi titrekti konuşmaya yeltenirken, gözleri başka istikâmetlerde bekliyordu söz ağızdan firar ederken:

– Kusuruma bakma, yolundan ettim seni. Bir maruzatım vardı sana açmayı düşündüğüm. Bilirim, mehel değildir böylesi davranışlar yol üzerinde, onun için hakkını helâl et.

Genç kız, gözlerini kaldırıp da bakmıyordu yüzüne:

– Buyur Ağaoğlu. Duyarım ki sen adetlerimize uymayan işe bulaşmazmışsın.

– Komşu kızı, yaşlarımız hayat arkadaşı seçme vaktindedir. Mehel değil, dediğim şudur ki seni yolundan alıkoyup bu sözleri söylemek düşmezdi bana.

– Vaktim dar, söylentiler çok. Duyarım ki benim çağıma gelen her delikanlı, evlilik için ilk sizin kapınızı çalmayı düşlermiş... Babamı anamı gönderip kapımızı boş yere çalıp gitmesinler diye sorarım fikrini. Gönül işi bu ne de olsa...

Sen onurlu bir kızsın, bense gururu incinmeye alışkın olmayan bir genç... Hayır dersen, ne ben bu arzumu sana ulaştırdım ne de sen duydun... Bil ki gönülden isterim seni, şayet sen de yol arkadaşım olmayı dilersen.

Gözleri, ayaklarının uçlarına perçinlenmişti genç kızın. Başı öne eğikti ve utancından çil çil, alevden benekler düşmüştü suratına.

– Ben de bilirim ki yol kesip, gönül soruşun mehel değildir Ağaoğlu. Ancak duyarım ki gönlün senin elinde değildir. Ağa baban çoktan karar vermiş sana kimin hayat arkadaşı olacağına.

Adını bile söylemiyordu Muhsin. Ağırına gitmişti duyduğu sözler:

– Gönlüm benim emrimdedir komşu kızı. Yiğit olan, başkasının emrine vermez onu... Babam başkasını mehel görse de ben seni seçtim hayat arkadaşım olarak. Tabii sen de istersen...

– Sana cevap vermeyi uygun bulmam Ağaoğlu. Ağa babanı bilen bilir ki o sözünden dönmez. Var, yoluna git, dile düşürme adımı. Bu sana yaraşmaz.

Beynini hançerlemişti genç kızın açık sözleri. Delikanlı, ezilip kalmıştı duyduklarının altında ve dünyayı ateşe veren bir ahın ardından yüreklendirmişti sözlerini:

– Komşu kızı, sen bilmez misin ki kalp emir almaktan hoşlanmaz...

– O, kalbin sahibine bağlıdır Ağaoğlu. Ne söyleyebilirim ki başka. Bakarsın gücün yetmez babana ve onun gönlünün esiri olursun… Var git, babanla konuş önce. Yoksa dile düşürürsün beni ve günaha girersin.

– Sana erkek sözü komşu kızı. Dilersen yemin ederim şuracıkta ve üzerinde durduğumuz yol şahidimiz olur.

Söz namustur benim dünyamda komşu kızı. Can bu bedende oldukça da sözüm senedimdir. Ya sen, sen ister misin beni sorduklarında?

Madem kendine güvenirsin, Allah utandırmasın Ağaoğlu. Başka da sözüm olmaz…

Suna, etrafını vehimli bakışlarla kolaçan ettikten sonra, adımlarını hızlandırıp ardına bile bakmadan uzaklaşmıştı delikanlının bulunduğu yerden…

Geriye dönüp evlerine gitmek düşmüştü aklına Muhsin'in, ama babası kızabilirdi…

Gece

Gece, koyu hülyalar içinde uykusuz tükenmişti... Sabah, taze bir günle dağların yamaçlarına vurup sisler çözülmeye başladığında, sürü çoktan hareketlenmişti. Gözleri yorgundu, bedeninde hissedilir bir halsizlik vardı sürünün peşi sıra yürümeye başladığında.

Acıkmıştı. Çoban, yufkanın arasına bol çökelek koyup ona da dürüm yapmıştı... Zor yutuyordu lokmaları. Sabrı tükenmişti. Çobanın yanına yaklaşıp ona bir şeyler söyledikten sonra sürüden ayrılıp köyün yolunu tutmuştu Muhsin.

Acelesi vardı yüreğinin... Adımlarından bile anlaşılıyordu bu... Uçarı bir gönlü vardı evlerine kavuştuğunda...

***

Ayrılık hissi daha şimdiden dumanlı dağlar gibi düşmüştü gönlüne. Son günlerde, kendi evinde, doğup büyüdüğü yerde tıpkı bir misafir gibi yaşıyordu... Duyguları buruk, inadına alıngan ve her şeyden değişik anlamlar çıkaran bir hissiyatın sahibiydi artık...

Askerlik vakti yakındı... Çağrılmayı bekleyen duyguların ivedisi, yüreğini durmaksızın burkuyordu.

Onun dünyası hiç büyümemişti doğduğundan bu güne. İlçe, en büyük mekân değişikliği olmuştu köyünden ayrılıp ihtiyaçlar için buralara yol düşürdüğünde. Askere alınırsa uzak mesafeler girecekti doğup büyüdüğü topraklarla arasına…

Sarp uçurumların ortasında tutunmaya çalışan, kırık umutlu, tedirgin soluklanan çiçekleri andırıyordu duyguları…

İşlerini iğreti tutuyordu. Hasretin izleri çok erken düşmüştü bakışlarına… Eşyaya, doğaya, hatıralarının sindiği her yere buruk bakıyordu Muhsin...

Gurbet türküleri mırıldanıyordu durmadan… Efkârın, ruhunda koyulaşan bulutlarını dağıtarak gizlemeye çalışsa da beden dili ve gözleri açıklıyordu içinde bulunduğu durumu.

Babası, annesi vardı hasretin gönlüne çöken ağırlığında. Bir de saf ve duru duyguların, hayat arkadaşı olarak adlandırdığı kız… Babasına bir türlü fısıldayamadığı arzusunun, omuzlarında her saniye biraz daha ağırlaşan yükü halsiz düşürmüştü onu...

Muhsin, Yeşil Höyük köyünün söz kesen adamımın oğluydu. Yöre onu Çolak Hüsnü lakabıyla tanımıştı. Acımasız, inatçı, dediğim dedik, asık suratlı, keskin bakışlı, heybetli bir adamdı o.

Yörede tuttuğunu koparan, yüreklere korku salan adamdı babası… Oğlu evlenmek istiyorsa ve bir kıza gönül vermişse, "talibiz" demesi yeterliydi…

Muhsin'in gönlü bu bakımdan oldukça rahattı, ancak gönül işini babasına anlatması zordu. O halde tek umudu vardı, yüzünü yere eğip annesine açacaktı kalbini.

Artık sabrı son kertedeydi. Anlam veremediği haller olmuştu ona. Alevler yükselmeye başlamıştı yüreğinde. "Demek, aşk dedikleri şey buymuş" dedirten bir hissiyata kaptırmıştı gönlünü… Aradan biraz daha zaman akıp giderse, arzuları bitmeyen bir masal olup tükenebilirdi…

Zihninde, ayrılığı korkuya ve hasreti kâbusa çeviren duygular belki de sadece onu kaybetme korkusundan ibaretti…

Günler tükenip ara yere keşkeler girmezden önce elini çabuk tutması gerektiğine inanmıştı. Utanıyordu, buna rağmen ve annesine sıkıntısını açabilmek için kendisini yüreklendirmeye çalışıyordu durmadan...

Bu gün yarın derken, aradan tam bir haftalık zaman eriyip gitmişti. Kendisini ne kadar kamçılarsa kamçılasın, utancını yenip annesinin karşısına çıkamıyor, düşüncelerini ona bir türlü söyleyemiyordu...

***

Bahar bu yıl yine muhteşem dekorlar kurarak görücüye çıkarmıştı hünerlerini...

Hayallerinin gerçekleşmesi için oldukça kısa bir zaman kalmıştı önünde... Belki daha erkendi ama şu bir gerçekti ki, en son güz gelip mahsuller toplanmaya başlandığında Muhsin, vatani görevini yapmak için köyünden çok uzakta olacaktı...

Her bahar olduğu gibi güneşin insanı büyüleyişini, yağmurun toprağa siyem siyem inişini, yeşilin bütün ihtişamıyla göz alışını, çiçeklerin esen rüzgârların önüne sihirli kokularını katıp nefeslere ikram ettiği günleri yaşıyordu yeryüzü...

Kuzuların meleyişlerini, koyunların çıngırak seslerini, dağların yamaçlarından duyurduğu, sürü peşlerindeki kurt köpeklerinin efelenerek, koyunların güvenliklerini sahiplenişini seyretmek bir ayrıcalıktı dağın yamaçlarında...

Atların kişneyişiyle, dor tayların yelelerini rüzgâra taratarak kanatlanışlarıyla heyecan verdiği o doyumsuz günlerdeydi Yeşil Höyük...

Son gunlerde her şey güzeldi, ancak Muhsin'in işleri inanılmaz zordu... Çobanlarından biri rahatsızlanınca, yine iş başa düşmüştü.

Çolak Hüsnü, sabah çorbasını içmiş, köşesine çekilmişti. Gün, sabahın bu saatlerinde serin olurdu Yeşil Höyük köyünde. Ocakta odunlar tutuşmuş, alev alev yanıyordu... Çolak Hüsnü, otoriter, sözünün üstüne söz kabullenmeyen mizacıyla, derin bir nefes indiriyordu ciğerlerine.

Kimse çözememişti onu bu güne kadar. Kurtuluş Harbi gazisiydi. Tamı tamına altı yıl, cephede ölümle yüz yüze yaşamıştı. Dirseğini parçalayan kurşun, ona lakabını da vermişti; "Çolak Hüsnü..."

Askere alındığında, eşi, Muhsin'e hamileydi... Cepheden sağ salim döndüğünde, evin içinde konuşan, gezip koşuşturan bir erkek çocuğuyla karşılaşmış, bir oğlu olduğunu yılların ardından öğrenebilmişti.

Soğukkanlı, otoriter, sert bir adamdı Çolak Hüsnü... Muhsin'i kucağına alıp hiç sevememişti. Savaş psikolojisi ona, acımasızlığı ve inatçılığı armağan etmişti bir anlamda.

Mal mülk sahibiydi, yörenin en varlıklı adamlarından biriydi. Askere alınmazdan önce, on altı yaşlarında gönül verdiği bir kızı istetip evlenmişti. Sultanım diye hitap ederdi ona... Şimdilerde kırk yaşlarında bir ağaydı... Sofra başındaki oğlunun üzerindeydi keskin bakışları. Yine emir vermek üzere aralanıyordu dudakları:

– Ne oyalanıp durursun sofranın başında. Çobanlardan birinin hasta olduğunu bilmez gibisin çocuk? Çabuk ol. Çoban iyileşinceye kadar da kendine iş buyurtma bir daha.

***

Coşkulu bir yüreği vardı Muhsin'in. Sürünün peşinden döndüğünde, vakit yine kuşluk vaktiydi. Babası evde yoktu. Annesini tek başına bulunca sevinmişti. Kalbinin sözden anlamayan, buyurgan sesini bugün mutlaka duyuracaktı annesine.

Anne, duygulu bakışlarla inceliyordu oğlunu:

– Hastalanan çoban geldi mi sürünün peşine?

– Geldi ana.

– Üşüdün mü gece? Sert olur dağların soğuğu.

– Üşümedim ana. Ateşi yakıp oturdum başında.

– Uyumadın mı hiç?

– Yok be ana. Günler var ki uyku tutmaz gözlerim.

– Neden, bir sıkıntın mı var yoksa?

Tam sırasıydı, yüreklendirmişti kendisini ve gözlerinin içine bakıyordu anasının:

– Var ya... Anamsın, başkasına söyleyemem, günlerdir fırsat kollarım sana kalbimi açayım diye...

– Söylesene oğlum, evladının sıkıntısı olur da, dayanır mı ana yüreği? Sen acıkmış olmalısın. İstersen önce sana yiyecek bir şeyler hazırlayayım, sonra da oturup dertleşiriz.

– Otur hele ana. Konuşacaklarım açlıktan daha önemli şu an.

Ananın itirazı vardı:

– Konuşmamız kaçmaz evladım, hele karnını doyur önce...

Üsteleyememişti Muhsin. Ana, oğlunun önüne sofra kurmuştu. Çorba, bulgur pilavı yoğurt, yufka vardı sofrada.

İştahsız kaşıklamıştı çorbasını ve önüne pilav tabağı gelince, utançlı bakmıştı annesinin yüzüne. Kaşığı, pilav tabağının ortasına dikip öylece bırakmıştı. Bunun anlamı belliydi yaşadıkları yörede...

Ana, hayretle seyrediyordu oğlunu. Güngörmüş kadındı. Bilirdi yörenin adetlerini. Sonunda, derdini anlamıştı Muhsin'in. Derin bir sessizliğin ardından mırıldandı oğluna:

– Derdinin hepsi bu olsun evladım. Sen yeter ki gönül düşürdüğün kızın adını söyle anana... Lakin zor olur evli insanın askerliği. Bunu da düşündün mü kararını vermezden önce?

Utanıyordu annesinin gözlerine bakmaya. Zor konuşuyordu:

– Düşündüm ana. Dönüşte onu başka bir kapıda görmek daha mı kolay iştir sence?

– Demek biri var oğlumuzun gönlünde?

– Var ana.

– Kim ola ki o şanslı kız?

– Adını şimdiden duyurmak olmaz ana. Önce babamdan dünür gitmesi için söz almalısın ki daha sonra oğlun adını duyursun güvencesini alıp.

– Babanı bilirsin. Ya olmaz derse?

– Sen onun gönlünü edersin ana.

– Konuşurum konuşmasına da, bana kalırsa, askerliğini yapıp dön hayırlısıyla, kimi istersen o zaman Allah utandırmasın oğlum. Ben o ayrılığın zorluğunu yıllarca yaşadım. Genç adamın yüreği, evlilikteki ayrılığın hasretini kolay çekemez...

– Ana, askerlik bitinceye kadar bekletirler mi onu evde?

– Sen bilirsin oğul. Ben duyurmasına duyururum babana...

En Uzun Gece

Muhsin gece boyunca uyuyamamıştı. Yakası açılmadık hayallere vermişti kendisini. Sabah şafak sökmezden önce, ezanla kalkmıştı yatağından ve uyumamıştı bir daha. Dışarılara atmıştı kendini...

Bu sabah, güneşi kayıptı dünyanın. Köyün ufkunu örten, koyu bir sis tabakası yutmuştu güneşi... Nefesleri ferahlatan bir bahar serinliği vardı havada oysa ki...

Dışarılarda dolaşıp tekrar eve dönmüştü. Sessizce odasına girip kapısını kapamış, etrafı dinlemeye başlamıştı evin avlusundan...

Annesinden müjde bekleyen gönlü, darda bırakmıştı Muhsin'i. Neden sonra, anasının çağrısını duyup utanarak yaklaşmıştı yanan ocağın kıyısında kurulan sofraya.

Çolak Hüsnü, göz altından, anlamlı bir nazarla süzmüştü oğlunu... Kahvaltı yarılanmış olmasına rağmen beklediği haberden ne ses vardı ne de seda...

Anasının gözlerini yokluyordu ikide bir, kendisinden kaçan bakışların sıkıntısı, inadına daha da artırıyordu boğuntusunu.

İştahsız bir kahvaltının ardından, sofranın kenarına çekilmişti. Gönlüne serinlik düşürebilecek bir iz, bir işaret bekliyordu, ancak kimseden çıt çıkmıyordu.

Yoksa haberi babasına iletmemiş miydi ana? Çolak Hüsnü zor adamdı, verdiği kararı bile kimseyle paylaşmazdı kola kolay...

Nihayet içerinin kasvetini değiştiren bir ses çıkıyordu Çolak Hüsnü'nün ağzından:

– Muhsin!

Gözleri parlamıştı babasına bakarken:

– Buyur baba!

Başı öne eğikti Çolak Hüsnü'nün... Anlam dolu bir bakış uzatıyordu Muhsin'e ve onun meraklı çehresini inceledikten sonra sözün özünü vuruyordu açığa:

– Atına binip git. Sürüdeki koçlardan en gözdesini alıp tez gel buraya.

Merakının karşılığı değildi belki, ama yüreklenip sormuştu yine de:

– Misafirimiz mi var baba?

Keyifle yeniden yudumluyordu çayını.

– Bu bir adak.

Üstelese, babası azarlardı onu. Babasının huyunu bildiği için, dahası olmazdı sorusunun. Sadece:

– Olur baba, alıp getiririm, diyebilmişti sadece...

***

Atını hazırlayıp kamçıladığında, sisler çekilmişti köyün ufkundan. Güneş vurmuştu nemli toprağın üzerine. Buharlarla karışan toprağın nefis kokusu göklere doğru ağıyordu.

Atı, dörtnala koşuyordu yamaçları tırmanırken...

***

Evin hanımı, sofrayı toplamıştı, merak içindeydi ağanın gözlerinde beklerken.

– Kahve ister misin Ağa?

Çolak Hüsnü, anlık bir bakış uzatıyordu eşine:

– Fena olmaz Hatun.

Güllü Kadın, cezveye su koymuş, kahvesini katıp ocağın kora dönüşen ateşinin üzerine tutmuştu cezveyi...

Gece vakti duyurmuştu oğlunun evlenmek istediğini ve gönlünde bir kızın olduğunu... Olumlu ya da olumsuz tek söz etmemişti eşinin ilettiği sözleri dinlediğinde Çolak Hüsnü. Onun değişmeyen mizacıydı bu, evdeki herkes bilirdi bunu ve sabırla bekliyordu fikrinin nasıl bir sonuç vereceğini... Ancak yine de ufak bir soru ile merakını gidermeye çalışıyordu.

Kahve ocakta kaynamaya başlamıştı. Önce göz ucuyla Ağa'yı süzdü, peşinden de sorusunu iletti:

– Bir adaktan söz ettin Muhsin'i sürüye gönderirken.

Kibri beden diline yansımıştı Ağa'nın:

– Doğru duymuşsun.

– Nasıl bir adaktı, sebebinden söz etmedin hiç?

Güllü Kadın, kahveyi fincana doldurmaya başladığında geliyordu cevabı:.

– Muhsin içindi.

Yüz ifadesindeki değişim, gözlerine de yansımıştı Güllü Kadın'ın:

– İyi de, Muhsin'in nesi için adamıştın bu adağı, onu da söylesen ya?

Keyfi yerindeydi Ağa'nın:

– Bu ikimizin de sevinç günü. Oğlumuz büyüdü, yuva kurmak ister. Daha nasıl bir sebep ararsın? Bir evin tek evladı, neslimizin devamı...

Güllü Kadın'ı inanılmaz heyecanlandırmıştı duydukları...

– Bu hususta ne düşündüğünü söylemedin ki daha?

Kahve fincanı el değiştirirken, düşüncesinden ip uçları veriyordu hayat arkadaşına.

– Her şeyin zamanı vardır Hatun. Hele dur, kurban kesilip dağıtılsın, daha sonra oturup birlikte konuşuruz bunları…

– Oğlumuz düğün dernek ister. Belli ki gönlünde biri var. Keşke karşına alıp bunları kendisiyle konuşsan önce... Askerden dön, gönlün kimi isterse desen?

Hafif bir emrivaki vardı Ağa'nın ses tonunda:

– Sonrasına senin aklın ermez. Kız kısmı nişanlı, sözlü bekletilir mi iki yıl?

Hayret ifadesi vardı suratında Güllü Kadın'ın:

– Yani sen Muhsin'in gönül verdiği kızın kim olduğunu biliyor musun?

– Aklımın bir kenarında yazılmış gibi durup duruydu uzun zamandır. O, köyün en akıllı, en güzel, en bilge kızı. Muhsin benim oğlumsa, başkasını asla beğenmez…

– Ne desem bilmem ki. İkiniz de beni şaşırtmak için anlaşmışsınız sanki. O da inat edip istediği kızın kim olduğunu söylemedi.

– Sordun demek?

– Sordum. Kimdir, neyin nesidir, bari adını söyle dedim. "Babam, evliliğime onay versin, ondan sonra adını söylerim." dedi.

Sen bari o kızın adını söyle de arada bir yanlışlık olmasın Ağa… Oğlun, dünür gidilmezden önce söylerim dedi.

Kendisinden emin bir cevabı vardı Çolak Hüsnü'nün:

– Akşamı bekle kadın, daha da uzatma meseleyi.

Ağa, kahvesini höpürdeterek içerken, Güllü Kadın, daha fazla konuşmaya cesaret edememişti:

– İyi ya, bekleyelim o zaman.

***

Kapılarının önünde koç kurban edilmiş, komşulara dağıtılmıştı... Muhsin, işini bitirip ellerini yıkadıktan sonra annesini yalnız bulup sabırsız bir gönülle soruyordu:

– Ana, desene neler olmakta. Neyin nesi bu adak?

– Bana söylediklerini gece vakti babana ilettim.

Heyecanlanmıştı Muhsin:

– Ne söyledi?

– Merak ettiğin adak, senin adınaymış. Öyle söyledi.

– Ana söylesene, şunun aslı ne!

– Evlenmek istediğini duyunca sevindi. Babanı bilmez misin oğul, başka bir söz etmedi. Sen gittikten sonra adağın sebebini sordum. "Oğlumuz evlilik yaşına girdi. O bizim neslimizin devamı." dedi.

– Yani evlilik kararıma babamın itirazı olmadı mı ana?

– İtirazı olmadı olmasına da, o kızın kim olduğunu benden başka bilmeyen yok şu evde.

– Yani babam, benim istediğim kızın kim olduğunu biliyor muymuş?

Anasının cevabı soru işaretleri bırakacak cinstendi:

– Ne bileyim ben oğlum?! Birbirinize çekmişsiniz. "Kimi istiyormuş?" diye sormadı. Sen de sır gibi saklıyorsun. Anlamadım gitti.

Muhsin'in içine kurt düşmuştu:

– Ana, babam nereden bilsin ki benim gönlümden geçen kızın kim olduğunu?

– Evladım, şaşıp kaldım ikinizin arasında.

– Ana, dünür giderken, kime diye sormaz mı babam?

– Babanın kendisine has bir dünyası vardır evladım. Onun dışında hiçbir dünya babanı ilgilendirmez. Sen de ona çekmişsin. Hiç değilse sen adını ver ki babana isim verebileyim.

– Yeminim var ana. Babamdan kesin bir söz almadıkça, adını vererek yola çıkarmam sizleri. Duyan olur, dile düşer...

– Sen bilirsin oğul. Ne diyeyim bilmem ki? Baban evleneceğini duyup bildi. O iş kolay, dedi. Benim oğlum o kızdan başkasına talip olmaz, dedi. O kız köyümüzün en güzel, en soylu ve en bilge kızı dedi... Akşamı bekleyip görelim. Baba oğul ikiniz de ayrı âlemlersiniz, ne diyebilirim ki başka?

Akşam

Gün zor kocamıştı Muhsin'in gönlünde... Evden dışarı çıkmamıştı... Babası, istediği kızın kim olduğunu Muhsin'e sorabilirdi dünür gitmezden önce.

Akşam ezanı okunmuş, aradan hissedilir bir zaman geçmişti... Çolak Hüsnü eve dönmemişti. Ana oğul, sabırsızlıkla bekliyorlardı dönüşünü. Yatsı ezanı da okunmuştu sonunda, hâlâ bir haber yoktu. Muhsin'in sıkıntıları artmıştı babasını beklemekten.

– Ana, diyerek dikkatini çekiyordu. Nerede kaldı babam?

– Ben de senin gibiyim şu an. Bildiğim başka şey yok evladım. Acıktım diyorsan, sen yemeğini ye istersen.

– Açlığım yok ana. Hani bir isim soracaktınız ya?

– Biraz daha sabret evladım, gelir nerede kalmışsa...

– Sabır mı kaldı bende ana?

– Dur hele oğlum, acele işe şeytan karışır derler. Ne bu sabırsızlık?

Sokak kapısı açılıp kapanmıştı nihayet. Ayak sesleri geliyordu dışarıdan. Bir fısıltı kopmuştu Muhsin'in dudaklarından:

– Ana, geldi nihayet. Hemen başlat konuşmayı.

– Tamam tamam, hele bir içeriye girsin, gerisi kolay.

Çolak Hüsnü odaya girdiğinde yüzü güleçti. Gözleri çakmak çakmaktı, eşine ve oğluna bakarken...

– Geciktim biraz!!!

Güllü Kadın, titizlikle incelemişti Çolak Hüsnü'yü... Gözlerine baka baka mırıldanıyordu:

– Merakta koydun bizleri Ağa.

– Söyleyeceklerimi duyduktan sonra, merakınız sevince dönecek.

Ana oğul, nefeslerini tutmuşlar, Çolak Hüsnü'nün söyleyeceklerini dinliyorlardı:

– Haydi gözümüz aydın ola, hayırlı iş sonuçlandı. Allah tamamına erdirsin inşallah.

Güllü Kadın, hayrete kaptırmıştı kendisini:

– Hangi iş için gözümüz aydın ola Ağa?

Çolak Hüsnü hiddetlenmişti Güllü Kadın'a bakarken:

– Sen benimle alay mı eder oldun kadın! Dün geceden oğlumuzun evlenmek istediğini söyleyen sen değil miydin?

Muhsin aptallaşıp kalmıştı babası ile annesini anlamaya çalışırken. Ağzı kilitlenmişti, açılmıyordu...

Güllü Kadın, Çolak Hüsnü'ye söz anlatmaya çalışırken yeis içindeydi:

– Ağam, söyledim söylemesine de daha oğlumuza kimin kızını istediğini bile sormadık ki gözümüz aydın ola...

Sert mizaçlı adam, aşırı bulmuştu bu sorgulayışı:

– Oğlumuz evlenmek istiyordu. Bunu duydum ve bir baba olarak üzerime düşen görevi yerine getirdim, duymadın mı söylediklerimi sen? Köyün en güzel, en soylu kızına dünürcü oldum. Ailesinden istedim, onlar da verdiler. Siz kolları sıvayın, düğün çok yakın.

Kafasından aşağı bir kazan kaynar su boca edilmiş gibi terlemişti Muhsin. Önce anasının gözlerine çevirmişti manasız bakışlarını, hissedilir bir yükün altında eziliyor görüntüsü veriyordu o da.

Evin kadını, sorusunu sormak için eşinin gözlerinde misafir oluyordu yeniden:

– Ağa, istedim, verdiler diyorsun da daha kimin kızı olduğunu bile söylemiyorsun. Oğlumuz beni evlendirin derken, kim olursa, dememişti. Onay verdiğiniz takdirde adını veririm demişti ve ben bu meseleyi aynen anlatmıştım sana.

Ağa öfke doluydu. Alevler yükseliyordu düştüğü yeri eriten bakışlarından:

– Babam seni istediğinde bana mı sormuştu kadın?

Muhsin'in kanı kurumuştu. Tunçtan heykeller gibi hareketsiz kalmıştı ve bakışları donmuştu babasının gözlerinde beklerken.

Evin kadınının daha fazla üstelemeye cesareti yoktu. İçli, derin, bir nefesle yutkundu çaresizliğini... Merakı yeni bir sorunun kapılarını aralıyordu kuruyan dudaklarında:

– İyi de, kimi münasip görüp istediysen bari onu söyle.

– Korkma, benim oğlum seçmişse en güzelini seçmiştir. Oğlum evlenmek istiyorum demişse, babası uğrunda koç kurban edip köyün en seçkin kızını ona hayat arkadaşı olarak münasip görüp istemiştir.

– Kendine o kadar güvenme Ağa, kalp gözü açık, bilge insanlar gibi konuşursun da, ya oğlumuzun gönlündeki kız, senin münasip gördüğün kız değilse?

Ağa, her ikisinin merakını da sert bir azarla bitiriyordu:

– Onun istediği kız değilse kıyamet mi kopar?! Oğlumuzun hayat arkadaşı olarak istediği kişi, oğlumuza ve evimize yaraşır bir eş değil midir?

Muhsin, zor soluklanıyordu. İçinde amansız bir ateş tutuşup kavurmaya başlamıştı bedenini... Ağa, ocağın köşesine oturup sigarasını dumanlamıştı. Güllü Kadın, endişeli gözlerle bekliyordu Ağa'nın üzerinde:

– Umarım, aynı isim olsun Ağa.

Sabrı deneniyor gibi kahırlanmıştı Ağa:

– Olmazsa!!! Ağanın sözü yerde mi kalır Güllü Hatun? Ağa olan, tükürdüğünü yalar mı?

– Bari kim olduğunu söyle de meraktan yüreğimiz daralmasın.

– Bilirsin, severim meraklandırmayı. Söz kesildi, düğün hazırlıkları için acele etmelerini bile istedim onlardan. "Ağa, sen nasıl istersen." denildi... Siz meraklanmayı bırakın da, kolları sıvayıp düğün hazırlıklarını başlatın.

– Ağa, hazırlık işi kolay, de hele kim o kız?

Ağa, hayat arkadaşının ve oğlunun gözlerinde keskin bakışlarını gezindirdikten sonra, nihayet bir isim veriyordu:

– Aslıhan!!!

Bu ismi özentili bir sesle, harflerin üzerine basa basa söylemişti Ağa...

Ana, oğlunun gözlerine dikmişti gözlerini. Yürek çırpıntısına sarılan bir sesle soruyordu oğluna:

– Muhsin, oğlum, o muydu?

Derin, dünyayı ateşe verecek kadar hararetli bir nefes almıştı anasının gözlerinin içine gömülüp kalırken. Oturduğu yerde bayılıp kalmamak için direnen bir görüntüsü vardı Muhsin'in.

Kahrolmuşluğun ifadesini yansıtan bakışlarıyla, omuzları üzerinde zorlukla taşıdığı başını, olumsuzluk ifadesi verebilmek için zorlukla iki yana çevirdi…

Ana, oğluyla ilgileniyor, baba kaçamak bakışlarla onları izliyordu. Efkâr dolu bir yüzü vardı ananın, kısık bir sesle oğluna ulaşmaya çabalarken:

– Senin istediğin kız kimdi oğul?

Keder ruhu ve bedeniyle birlikte sesini de vurmuştu Muhsin'in:

– Artık ne önemi var kim olduğunun ana?

Çolak Hüsnü bozulmuştu:

– Size iyilik de yaramaz! Gelinim olması için seçtiğim kız, köyün en soylu en bilge, herkesin akıl danıştığı, en onurlu, en güzel kızı.

Muhsin, aklı erdi ereli ilk defa aşıyordu hududu. Yerinden güçlükle kalkıp ayaklarının üzerinde durabilme mücadelesi verirken, babasının aldığı karara, belki de ilk defa yüreklenerek karşı koyuyor ve direniyordu…

– Gönül gözü, herkesin baktığı gibi bakmaz güzele baba.

Ağa şaşırıp kalmıştı. Bu bir meydan okuyuşun başlangıcıydı. Çizdiği bir sınırın ardından konuşmayı deniyordu oğluyla:

– Biz senin yaşlarındayken, babamızın karşısında aksi bir fikir beyan etmekten utanırdık.

Biliyor musun, babam bana sormamıştı dünür giderken. Bir akşam hep birlikte, ev halkıyla otururken, "Düğünümüz var, hazırlıklar başlasın." demişti. İşte o an, herkesle beraber öğrendim, Güllü Hatun'la evleneceğimi.

– Dedem doğru mu yapmıştı baba?

– Benim de gönlümde başka bir isim vardı. Gönlüme gömdüm ve unuttum. O isim bir mahşeri sır olarak kaldı yüreğimde ve şimdi ananla çok mesuduz.

Belli ki aklına düşen sevda, utancını da silmiş. Mehel midir evladın baba karşısına dikilip, gönül hikâyelerini konuşması?

– Kalp emir almaktan hoşlanmaz baba. Benim de kendimce hayallerim vardı yuva kurmak için. Bir babanın kendi elleriyle, öz oğlunun dünyasını başına yıkması mehel midir? Hele de verilmiş bir sözü varsa ara yerde? Oğlunu ne hale düşürdüğünün farkında mısın? Hani ne demişler, yiğidi kılıç kesmez, acı bir söz öldürür... Onanmaz bir yara açtın oğlunun kalbinde baba.

Ana, erimiş kalmıştı bir köşede. Baba ise sert bir sesleniştevdi. Bakışları şedit pırıltılarla doluydu ve suratının tamamını öfkesi kuşatmıştı oğlunu ikaz ederken:

– Babana karşı bu saygısızlığı, bir kızı sevdiğin için mi edersin?

– Bu saygısızlık değil baba, en azından yuva kuracağım kadını seçme hakkım yok muydu?

Babam bana aynısını yapmıştı ve ben sadece susup kalmıştım karşısında.

– Baban da sana haksızlık etmiş, hayallerini çalmış.

Odanın duvarları dahi ses vermişti Ağa'nın hiddetlenişine:

– Muhsin!!! Bu iş buraya kadardı ve bitti. O kız her kimse unut ve bundan sonraki hayallerini sözlün için kur.

Ağa, yüreğine kilit vurmasını istemişti oğlundan... Dahası, sadece beynine, eski hayallerine ve hatta duygularına vedâ etmesini emrediyordu. Gönül ferman dinlermiş gibi...

***

Sukutuhayaldi yaşamaya başladığı her an. Her şeyin değeri değişmiş, faklı bir hal almıştı Muhsin'in hayatında.

Dağları omzuna yüklemişti babasının bulunduğu odadan kendi odasına geçerken, güçlükle yineliyordu adımlarını... Odanın kapısını kapayıp, hicrana tutsak bir gönülle uzanmıştı sedirin üzerine.

Hemen peşinden ana aralamıştı odanın kapısını. Ayak seslerini algılayıp hafifçe aralamıştı gözlerini, kimin girdiğini anlamak için.

Ana, iğreti bir şekilde, ilişmiş gibi oturmuştu, oğlunun uzandığı sedirin kenarına. Muhsin, halsiz bir kıpırdanışla, kahırlı bir bakış bırakıyordu anasının gözlerine:

– Söylesene ana, nasıl geliriz bu işin üstesinden?

Çolak Hüsnü'yü en iyi tanıyandı o... Umutsuz ve bitkindi:

– Yapacak başka bir şey mi kalmış bize oğul? Tek başına gidip kız istemiş. Elin kızının ne günahı var bunda... Dahası ona bile sorulmamıştır. Yaraşır mı bize geriye dönüşler? Çocuk oyuncağı değil ki bu. Baban istemiş, onlar söz kesmiş. Bu, bir baba için ne demeye gelir, onun hesabını da çok iyi yapmak gerek... Sabır ve vefâ borcu sana düşer bundan sonra. Yüze gelme... Emdiğin sütün hakkını ver derim, başka da bir söz çıkmaz ağzımdan. Bundan böyle Aslıhan'ın ve bu iş için birbirine söz veren babaların gururunu hesaba kat ve zehir de olsa yutmaya çalış. Çok güzel bir kız, benim aklımdan da o geçerdi işin doğrusu.

– Ana, gönül dedikleri şey yazboz tahtası değil ki öncekini silip bir başkasını yazayım.

– Fazlasına aklım ermez evladım. Dönüşü olmaz bu işin. Bildiğim tek şey bu...

– Ya benim de verilmiş bir sözüm varsa ana?

– Oğul, örf ve adetlerimizde iyi bakmazlar söz veren kıza. Sana söz veren gönül sahibi, bir başkasına da söz verir diye düşünülür, bilmez misin yaşadığın köyün anlayışını? Büyütme daha fazla ve sus.

– Ben sussam, gönül susar mı ana? Nasıl gezerim el içinde, düşünmez misin hiç?

– Zehirse de yut ve sus. Orta yerde kesinleşen, ciddi bir hadise var. Bahsettiğin kızın adını ben bile bilmem. Aslıhan'ın haberiyse çoktan duyulmuştur...

***

Haber, köyde bomba gibi patlamıştı. Hayırlı olsunlar, tebrikler yağıyordu iki aileye de. Koskoca köyde tek şaşkını vardı yayılan haberin... Suna... Beyninden vurulmuşa dönmüştü haberi duyduğunda.

– Aslıhan da gitti, demişti halasının kızı ona ve eklemişti, darısı bizlere.

Suna, halasının kızından aldığı haberle meraklanmıştı, sorduğu soruya karşılık, hayatının en vurucu cevabını alıyordu:

– Kime gitmiş?

– Çolak Hüsnü'nün oğlu Muhsin'e.

– İnanmam!!!

– Sabahtan köyde tellal çağrıldı, duymadın mı? Bu ayın içinde de düğünleri varmış.

Rengi solmuş, başı dönmüştü şaşkınlıktan, sadece mırıldanabilmişti:

– Ya, demek o kadar acele!

– Askerliği yakınmış Muhsin'in. Bir an evvel, gelinimi evimde isterim demiş Çolak Hüsnü.

Gönül Yokuşu

Ar etmişti Muhsin. Diline kilit vurduğu gibi gönlüne de kilit vurmuştu. El arı, düşman gayreti derlerdi ya, işte o törendi Muhsin'i susturan...

Keder, çözülmeyen, kör düğümler atmıştı boğazına ve yüzündeki mimiklere en acı, en derin figürlerini işlemişti ömrünün baharında...

Söz vermişti... Duramamıştı sözünde... O anın kahreden ürperişlerini yaşıyordu yüreğinde. Adını yöreye külhanbeyi diye yazdıran delikanlı, şu günlerde ne hallere düşürmüştü kendisini.

Suna, yolunun üzerine çıksa bir gün, anlamlı, aşağılayan bir ifade ile baksa yüzüne, ne cevap verirdi ona?

Gece boyunca uyku girmemişti gözüne. Düğün hazırlıkları çoktan başlatılmıştı evde. Muhsin, ruhsuz bir robottan farksızdı hazırlıklar yapılırken. "Hayırlı olsun" için gelip gidenler, yüzünde neşenin izine rastlayamıyorlardı. Anlam da veremiyorlardı Muhsin'in soru işaretleri bırakan bu haline. Göğsüne saplanıp acımasız dönüşlerle kalbini oyan, kanatan, ucu zehirli bir hançerle yaşadığını bilen yoktu.

Kâbus dolu gecelerin iniltilerini çoğaltan ahı hiç susmamıştı derûnunda... Karamsar, ruhuna dehşet veren, kopuk hayallerin peşindeydi o günden beri...

Sık sık sorduğu bir soru vardı kendisine; "Sahi bir gün yollarımız o söz verdiğim talihsiz an gibi kesişse? Suna hiç konuşmasa ve sadece anlamlı bir bakış uzatsa gözlerime... Manasını sadece ikimizin bildiği..."

Yol üstünde, dünyaya meydan okurcasına harcadığı sözler yankılanıyordu beyninde... "Babanın senin için başka bir kızı aklından geçirdiği söylenmekte!!!"

O kıza malum mu olmuştu yaşanacak olanlar? "Kalpler emir almaktan hoşlanmaz." demişti... İşte o sözlerdi her nefeste Muhsin'i öldüren...

"Karşılaşsak" diyordu ve hayal ediyordu o an düşeceği durumu... Gözleri bir küçümseyiş edasında vursa hedefini, söyleyecek nasıl bir sözü bulunurdu lügatin? "Hani kalpler emir almaz, diyordun!!!"

"Babama güç yetiremedim desem, inanır mıydı? Demez miydi bana, yolumun üzerinde durup da sözünü ettiğin yiğitliğin bu muydu senin? Yiğit dediğin, gönlünün iradesini başkalarının emrine verir mi hiç?"

Sitem dolu bir dörtlük yankılandı beyninde... Mısraların enginliğine sığınarak mırıldandı;

Sana söylediğim ne varsa unut.
Tükendi hayaller, kalmadı umut.
Başka iradeyle çizildi hudut,
Daha başlamadan, sözü bitirdik...

Suna, karşısına çıkmamıştı o günden sonra ve yolları hiçbir zaman kesişmemişti... Düğün, dernek ve şenliklerle, yer yerinden oynamıştı köyde. Renk vermemeye ne kadar çalışırsa çalışsın, hiç gitmemişti yüreğinin burgusu...

Kendi düğününde, halay tutanların arasına zorla çekiliyor, yapmacık tebessümlerle renk vermemeye çabalıyordu... Ömrünün en asude günleri hüzne boyanmıştı. Düğün bitip de etraf sakinleştiğinde yorgun ve bitkin bir haldeydi.

Köyün öve öve bitiremediği kızı Aslıhan, şaşırmıştı Muhsin'in haline. Heyecanla beklediği anlar hüsrana dönüşüyordu... Halsiz, yorgun, hayata küsmüş biri vardı karşısında... Anlam veremediği bu tepkinin karşısında donup kalmıştı o da...

Muhsin'in ailesi tarafından hevesle istenmiş, düğünleri muhteşem olmuştu. Yolunda gitmeyen hiçbir şey olmamıştı bildiği kadarıyla... Yüzünü perdeleyen ak tülün ardından bir seyir tutturmuştu donup kaldığı zeminin üzerinde. Muhsin, hayata küskün bir yüzle, halsiz ve mecalsizce ilişip kaldığı yerden kıpırdamamıştı uzun bir zaman...

Aslıhan, hüzne kaptırmıştı yüreğini. Titremeye başlamıştı utancından, güçlükle ayakta tutmaya çabalıyordu bedenini. Hevenk hevenk uçuşan duyguları, hazana tutulmuştu bir anda. Tekmil kurgular, eleme tutsak bir serzenişle titreşen nefesinden ve kirpiklerinin uçlarına asılan gözyaşlarıyla buharlaşıp gidiyordu Muhsin'i seyrederken.

Damat, yüzüne bile bakmıyordu... Bilinmeyen kederlerin pençesinde tutsaktı... Ama gülmeyen yüzü ve derin soluyuşu, sanki onun hikâyesini anlatıyordu...

Sessizlik, insanı deli edecek ölçüye vardığında, Aslıhan hak etmediğine inandığı bu hoyrat karşılamanın şokuyla adımlarını sürükleyerek, Muhsin'in kendisini külçe gibi bırakıp kaldığı karyolanın kenarına yaklaşıyordu. Bir yanda kırılan genç kızlık gururu, öte yanda insafsızca yıkılan hayallerinin verdiği azapla durmuştu Muhsin'in karşısında... Başka çaresi de yoktu. Derin bir ahı vardı odanın kâbus dolu sessizliğini ihlal ederken:

– Bilmediğim bir töre midir bu Ağaoğlu? Sizde misafir böyle mi karşılanır. Adap, erkân, yol bu mudur sizin geleneğinizde? Yabancısı olduğum, noksan kalmış anlayışım varsa öğret. Baba evinden uğurlanırken anam şöyle öğütledi beni; "Duvağınla gittiğin o yuvadan, kefeninle uğurlan. Baba evini unut, doğup büyüdüğün bu çatının kapısından misafir olarak karşılanacağını aklından hiç çıkarma bundan böyle..."

Muhsin ayaklarının uçlarına çivilenmiş gibi bıraktığı bakışlarını, korkudan uyanmış insan edasıyla hareketlendiriyordu. Kahır dolu bir nefesle boğulmaktan kurtarıyordu kendisini... Utançlı, azap dolu bir yüzle ilk defa bakıyordu, gelip başucunda duran Aslıhan'a.

Hazin, içli ve yorgun, açılmamış bir sesi vardı konuşmaya hazırlanırken:

– Seninle ilgili değil bu halim. Adını koyamadığım bir kırgınlık sineme tebelleş oldu.

Aslıhan, Muhsin'in yapay bir sığınak bulup saklanmaya yeltenişini inandırıcı bulmamıştı. O da Muhsin'in duyabileceği fısıltılarla konuşmaya çalışıyordu:

– Buraya silah zoruyla getirilmiş gibi bir halin var Ağaoğlu...

Muhsin'i zor durumda bırakan sözlerdi bunlar. Yine sıradan bir cevaptı verdi:

– Galiba yorgun düştüm. Geçer birazdan.

Sesi inanılmaz bir hassasiyet taşıyordu Aslıhan'ın, sözleri buram buram sitem kokuyordu:

– Yorgun olduğun ortadadır Ağaoğlu. Bunu ben de görüp bilirim; ancak bu yorgunluk, bedeninle ilgili değilmiş gibi bir hava yayılmakta odanın içine.

Muhsin, daha da güç durumda kalmıştı duyduğu sözlerin karşısında... Korkunç bir şekilde hırpalanmışa benziyordu. Daha fazla batmamaya çabalıyordu sanki... Müspet bir direnç için zorluyordu kendini. Sesi daha da hassaslaşmıştı, fısıltıyı andırıyordu Aslıhan'a seslenişi:

– Dedim ya, senlik bir şey değil. Birazdan geçer...

Yüzünü örten beyaz nikabın altından duyuruyordu efkârını Aslıhan.

– Ağaoğlu, ölümcül bir gönül yorgunluğu yansıtır bakışlarındaki ışıklar. Başka biri mi vardı aklında, istemez miydin beni?

Buruk bir tebessüm belirmişti vurgun yiyen dudaklarda ve gözlerindeki ışıklar renk değiştirmişti hatasını anlayıp:

– İsterdim ki buradayım.

Yorgun bir hareketle, kendisini zorlayarak kalkıyordu ilişip kaldığı karyolanın kenarından. Ağlamaklı olmuştu birden... Ellerinin titrek parmakları, Aslıhan'ın yüzünü örten nikabın uçlarından tutup, kaldırmış ve saçlarının üzerine çekmişti tülü... Güçlükle açığa çıkan yüzünde incileşen yaşlar asılmıştı.

Muhsin, hatasının boyutlarını daha yeni fark ediyordu... Nikabın altından çıkan yüzle karşılaştığında hayrete düşmüştü. Ezgin bir yakarışı vardı:

– Kusura bakma. Biraz nefeslenince savuşturdum sıkıntıyı...

Aslıhan, utancından gözlerini açamamıştı. Boğazında düğümlenen ıstırabı giderebilmek için acı acı yutkundu. Bir şeyler daha söyleyebilmek için yapıyordu bunu. Önce sesini yokladı, sağanakların indiği gözlerini güçlükle araladı, Muhsin'i dumanlı bir siluet gibi görüyordu:

– Sorumun cevabını alamadım Ağaoğlu. Kırgınlık bedeninde midir, yoksa yüreğinde midir senin?

Muhsin sıkıntılı havanın dağılması için çırpınmaya başlamıştı... Aslıhan ise inanmak istiyordu...

– Unutalım şimdi bunları. Gönlümüzü üzmeye ne hacet?

Sitem doluydu Aslıhan'ın dokunaklı sesi:

– O her neyse unutmamalısın Ağaoğlu. Hem bir sorum vardı sana, cevaplarsan sevinirim:

Muhsin, Aslıhan'ın gözlerinde müteessir bir bakış tutturmuştu:

– Sor o halde.

– Hakkımda olumsuz bir söz mü duydun ki yüreğinde bana karşı soğukluk var?

Aceleci bir itiraz vardı Muhsin'in dudaklarında:

– Asla!

Muhsin, yüreklenip elini usulca ceketinin cebine indirdi, beşi bir yerde denilen gerdanlığı çıkardı, Aslıhan'ın boynuna takmak için... Bir yandan da Aslıhan'ı öven sözler dökülüyordu ağzından. Parmakları titriyordu farkında olmadan.

– Bilirim ki sen köyün övgüsüne mazhar olmuş, herkesin akıl danıştığı, belli bir olgunluğa ulaşmış, en soylu ve en güzel kızısın. Bunları herkes bilir ve söyler.

Aslıhan, kırılmıştı ancak eğilmek istemiyordu. Gururu yara almıştı bir kere:

– Bir de benden duy, diyordu ve güce gitmişliğin esaretindeki bir sesle sürdürüyordu konuşmasını...

Kaynağından çıkan su kadar duru, süzülmüş süt kadar berrak, yazılmamış kâğıt kadar lekesiz, kokusunu rüzgârlara çaldırmamış bir gül goncası kadar saf, el değmedik masumiyeti olan bir gönülle, kutsal bir yuvanın kuruluşu ve hayat arkadaşlığı için yaptığın o çağrıya "evet" diyerek geldim...

Gerdanlık, parmaklarının uçlarında kalmıştı. Gönül yapmaya çalışıyordu kazandığı hassasiyetle, yürekten bir seslenişi vardı Muhsin'in, sesi kısık çıksa da:

– Hanemize hoş geldin!

Aslıhan yeniden dolmuştu. Yaşlar boncuk boncuk dizilip akıyordu yanaklarına doğru:

– Doğru söyle ne olur! Bir gönül hikâyen mi vardı? Araya giren karaçalı mı oldum. Gözlerin, sözlerini yalanladıkça kahreder beni. Söyler misin, neyin var?

– Üzme beni. Unut her şeyi. Yeni bir hayata başlıyoruz...

İkna için mırıldanıyordu hâlâ:

– Nikabını kaldırdım, gözlerine baktım, helâlim olman için nikâh kıydırdım. Gönlünü kırdıysam hakkını helâl et.

Gönlünden, iradesinin gücüyle sakinleşmesini istemişti. Yine de ılık, mahcup bir ses fısıltı halinde terk ediyordu dudaklarını:

– Kalbin bir başkasına mı aitti?

Muhsin daha da zorlanıyordu Aslıhan'ın sorularını cevaplamaya çalışırken:

– Boş şeyleri neden düşlersin durmadan?

– Korkma, kahrından ölse de sırrını yâda vermez bu gönül.

– Olmayan bir sırrı mı? Başka anlamlar çıkarma, kalbime dökülen bir heyecandı her şey.

– Hazin bir gönül hikâyesinin kahreden nakışları dökülmüş yüzüne. Acının en demli desenleri çizilmiş suratına. Onları silmek elinde olsaydı, bu kadar yorgun düşürmezlerdi seni Ağaoğlu... Şayet bir pişmanlığın varsa?

Susması, dahasını söylememesi için susmasını işaret etmişti Aslıhan'a...

– Sen gayrı benim namusum, şerefim, onurum, her şeyimsin Aslıhan. İstersen daha fazla incitme yüreğimi. Haksızlık ettiysem sana, hakkını helâl et.

– Ben ne yaptım ki? Yüreği incitilmiş olarak gelen sendin.

– Seninle hiçbir şekilde ilgisi olmayan bir incinmeydi desem, inanır mıydın sözlerime?

– Kaderimsin, alın yazımsın. Başka kime inanılır ki bu kapıdan içeriye adım attıktan sonra?

Duygusal bir bakışı vardı Aslıhan'a:

– Güzelsin, anlayışlı ve uysalsın. Beni bundan sonra yalnız ve yalnız sen anlarsın. Hoş geldin, evime çeşm-i siyah, safalar getirdin...

– Neden çeşm-i siyah, dedin?

– Aslıhan güzel bir isim, ama müsaade edersen ben sana gönülden gelen bir seslenişle, yalnızken bu adla sesleneceğim. Gözlerinde yaşlar vardı nikabın açıldığında. İsmini kendin verdin...

– Nasıl istersen. Hoş bulmak isterdim Ağaoğlu... Her neyse, unutalım dediğin gibi az öncesini ve bundan sonrası için dua edelim birlikte... Allah, benden yana utandırmasın Ağaoğlu. Bu ömrü, baba evinden ayrılırken seninle ebediyete adayarak çıktım... Beni kadının olarak, canı gönülden kabul ediyor musun?

Sevinmişti, hüznü yüzünde izlerini bıraksa da:

– Canım başım üstüne kabulümsün, çeşm-i siyah...

Askere Uğurlanırken

Bahar kocayıp unutulmuş, yaz ayları mevsimin son demlerini yaşıyordu. Köylüler yoğun çalışmalara vermişti kendisini... Çayırlar biçilip harmanlardaki köşelerini almış, ekinlere çoktan orak vurulmuştu.

Yeni evli çift baş başa kalmışlardı tarlada... Köyün hemen bitiminde, evlerine çok yakın yerdeydi biçtikleri tarla. Muhsin, ölümcül bir çalışmaya vermişti kendini. Buram buram terler dökülüyordu suratından...

Ilık, kuşatan bir ses geliyordu kulaklarına:

– Biraz dinlensen, çok yoruldun.

Aslıhan'ı duyup derin soluklanmıştı Muhsin, anlamlı bir bakış uzatıyordu Aslıhan'ın gözlerine ve tırpan elinden, ekinlerin arasına cılız bir ses çıkartarak düşüyordu:

– Olur, dinlenelim. Yoruldun, demiştin.

Güneş, tam tepeden vuruyordu üzerlerine. Az ilerilerinde duran ahlât ağacının gölgesi, serinlik vaat ediyordu...

Hararetten kuruyan dudakları çatlamıştı. Su vardı ağacın gölgesindeki testide... Aslıhan, oturur oturmaz, testiyi alıp su ikram etmişti Muhsin'e:

– Yanıp kavrulmuş dudakların, su iç de serinle biraz.

Muhsin, inanılmaz bir istekle içmişti ikram edilen suyu:

– Sağ ol, su kadar aziz ol, diye mırıldanıyordu Aslıhan'ın gözlerine bakıp.

Aslıhan'ın, incitmeyen, yumuşak bir sesi vardı Muhsin'e karşı... Belli ki yenemediği bir kedere tutsak olarak görmeye dayanamıyordu onu:

– Biliyor musun, bitmeyen, tükenmeyen bir yasın var seni tanıdığım günden beri. Anlat ki elimden gelen bir şey olursa, sana yardımcı olayım.

Her zamanki gibi inkardaydı Muhsin:

– Demiştim ya sana, yok bir şeyim.

– Bir şeyin var. Üzülüyorsun. Hatta gülmeyi bile unutmuş yüzün. Beceremiyorsun neşelenmeyi bile. Hepsi de yapmacık ve zorla... Bu günler ele geçmez, kazası olmaz geçen zamanın. Askerlik kapımızı çaldı çalacak. Seni iki yıl boyunca bu yaslı yüzle hatırlamamı istemezsen, gülümse biraz.

– Çeşm-i siyah, yemin ederim ki senlik bir sıkıntı değil bendeki. Israrını sürdürdükçe bin kat da sen üzmektesin beni... Seni hiç üzmek istemem, farkında değil misin? Umduğumdan bile farklı çıktın, şaşırttın beni.

– Neydi seni şaşırtan şey?

Buruk bir tebessüm belirmişti dudaklarında:

– Köydeki kadın ve kızların akıl hocası diye duyardım seni. O bilge kadın başıma hoca kesilir diye korkardım.

Oysa ki çok anlayışlı, uysal, eşine değer veren, huzura âşık biri olarak çıktın karşıma. Yüzüne desem de şımarmazsın. Eşine zor rastlanacak birisin sen.

– Bunları senin ağzından duymak, dünyaları kazandırdı bana. Madem öyle de neden gülmeyi unutur yüzün?

Kendini sana adamış bir kadının var. Güçlüsün, adın yiğit delikanlı olarak dolanır dillerde. Dünyalık her şeyimiz var. Orta yerde gözüken bir sıkıntımız yoksa, her imkânımız varken, nedir bir türlü aşamadığın o keder dağı?

– Bu sıkıntının senlik olmadığını defalarca tekrarladım. Madem bu kadar üzerine düştün. Arife tarif gerekmez derler, sen geride kalanını anlarsın. Hani derler ya, "yiğidi kılıç kesmez, acı bir söz öldürür" diye. Vurgun yedim bir yerden. Üstesinden gelemediğim bir söz vurdu beni... Bu kadarı yeterliyse daha fazla zorlama beni.

– Derler ki başka bir kızdaymış gönlün. Baban inat edip beni istemiş sana. Şimdi güzelliğiyle övdüğün, çeşm-i siyahını istemeyerek mi aldın?

Çeşm-i siyah, bu köyün en güzel kızı olduğunu daha öncesinde söyleyen kimse olmamış mıydı sana?

– Gönül bu. Kime düşerse, güzel odur derler. Var mıydı biri?

Muhsin sürekli kaçıyordu Aslıhan'ın sorularından. Yine denemişti kaçmayı:

– Aslıhan, kaşın kırışsa içim ezilir, sezmez misin? Senlik değil üzerimden atamadığım sancı.

– O halde kimdendir?

– Sen merak etme. O her kimse bilmekte kendisini.

– Babana mı tavır alırsın beni sana istedi diye?

– Unutsak bunları şimdi de biraz da başka şeylerden konuşsak. Mesela sen beni tanımıyorsun yeterince. Biliyor musun, ben bu köye âşık bir insanım... Bak, şu gölgelendiğimiz ağacın altında, sana en büyük hayallerimden söz edeyim, istemez misin?

– İsterim elbet...

– Bu köyde en çok sevdiğim yer bu tarladır benim. Unut her şeyi ve şu derenin şırıltısına ver kulaklarını. Dere kenarındaki salkım söğütlere bak, dallarına tüneyip cıvıldaşan kuşları dinle. Dere kenarında hafif kabarıp tepeleşen, ekilmeyen mevkie dikkatle bak. Buralar, seyrettikçe mest eder beni.

O derenin kıyısında yürek gibi kabarmış duran boz toprak var ya, oracıkta küçük, beyaz badanalı, önünde şirin bir bahçesi olan kutu gibi bir ev yapayım isterdim hep. Çocukluğumdan beri bitip tükenmeyen hayalimdir bu benim.

Gül yetiştiririm o küçücük bahçede. Bülbüller dadansın ve ötüşsünler, en içli bestelerini o beyaz badanalı, küçük evin şirin bahçesindeki güllerin dallarında yapsınlar diye.

Sonra dünyalar güzeli bir eş, çocukların koşuştuğu, su seslerinin, bülbül seslerine karıştığı mekânda, havanın gül kokulu esintilerini soluyarak yaşlanmaktır hülyalarım…

– Zor şey değil ki anlattıkların. Hemen başlat hayallerindeki o evi bitir. Daha fazla yormasın hülyalarını…

Muhsin'in yüzünde hissedilir bir keder bulutu belirmiş, gözlerindeki bakışlar aniden yitirmişti az önceki duyarlılığını:

– Zor, demişti ve susmuştu sadece...

Yine sitem faslıydı Aslıhan'ın dudaklarından dökülen:

– Hayallerini derinleştiren o eşi mi bulamadın?

Tatlı bir azar vardı Muhsin'in sesinde:

– Ben eşlerin en güzelini buldum. Hayallerimdeki eski huzuru bulamıyorum. Az önce âşığıyım dediğim bu köye bedenimi sığdıramıyorum şimdilerde. Ara yerde askerlik olmasa sana derdim ki, "Var mısın benimle buralardan uzaklara gitmeye?" Sahi, söylesem cevabın ne olurdu?

– Fizan'a bile olsa gelirim derdim. Gel gör ki sen ocağın tek erkek çocuğusun. Bir baban, bir de anan var. Onları buralarda yalnız bırakıp gitmeyi içine sindirebilir miydi vicdanın?

– Sen de bilirsin ki vicdan tutuldu mu her kararı kolaylıkla alır.

– Anlaşıldı, senin muştu bekleyen bir yüreğin var. İster misin, sana bir müjde vereyim?

– İstemez miyim hiç? Merakta koydun şimdi. Hemen söyle.

– Beklediğin müjdeli bir haberin yok muydu hiç?

– Bilmem, düşünürüm de aklıma hiçbir şey gelmez...

– Hani, karşı tümseğin üzerinde, derenin kıyısında, küçük, beyaz badanalı bir ev ve şirin bir bahçe düşlediğini söylüyordun ya az önce?

– Hayallerini bile unutmaya başladığım...

– O işte!!! Hani o bahçeden söz ediyorum... Güllerin dallarında, derenin şırıltısını dinleyip, gülün rayihasını soluklanarak bestesini yapan bülbüller olacaktı?

– Öyle hayal kurardım önceleri.

– Sadece bu kadar mıydı? Kurduğun o hayalleri sayarken, içinde unuttuğun başka bir şey yok muydu?

– Bir de çocuk sesi olacaktı.

– O zaman sen o evi şimdiden yapmaya başla.

Gözleri parlamıştı Muhsin'in:

– Yoksa?

Aslıhan, utancından başını usulca önüne eğmişti ve Muhsin'in duyacağı tonda hazin bir sesi vardı:

– O çocuk yolda...

***

Yorucu çalışmaların ardından güz işleri tamamdı. Mevsim hüzün rengindeydi artık. Hazan düşmüştü yeryüzüne.

Muhsin, Aslıhan'ın uğurlayışıyla atına atlayıp evin ihtiyaçları için ilçeye gitti. Beklediği haberi alınca benzi soldu önce, hasretin çökertileri ezdi yüreğini... Askerlik çağrısını duymuştu ilçedekilerden... Üç günlük müsaadesi vardı köyde kalabilmek için. Yorgun ve solgundu köye döndüğünde...

Askerlik haberini ilk olarak Aslıhan'a duyuruyordu. Efkârlı bir yüzü vardı üzerini değiştirirken. Aslıhan ceketini alıp asmıştı. Muhsin dönüp derin bir seyir tutturmuştu kederi misafir eden gözlerinde:

– Neyin var senin, coşkulu gidip gamla döndün?!

Derin bir "ah" vardı dudaklarında.

– Çeşm-i siyah! Araya ayrılık girmekte...

Benzi solmuştu onun da Muhsin'e bakarken:

– Nasıl bir ayrılık ki bu, ilçeden döner dönmez aramıza girer?

– Haberimiz olmadan günlerimiz tükenmiş. Aramıza askerlik girer çeşm-i siyah.

Derin bir nefes almıştı Aslıhan ve destekleyici bir söz ediyordu gözlerinin içine bakıp:

– Her yiğidin geçmek istediği bir köprüdür o. Hem derler ki her ananın doğurduğundan asker olmazmış...

Az önce kapı arkasına asılan ceketinin cebine elini sokup küçük bir paket çıkartmıştı... Onu Aslıhan'a uzatırken, hüznün karıştığı bir sesle mırıldanıyordu:

– Al bunu çeşm-i siyah! Araya ayrılık girince belki bu küçük armağan sana beni hatırlatır diye aldım.

– Armağanın başım üstüne yiğidim... Unutanlar başka bir vesile ile hatırlarlarmış, ben seni ömrümce unutmamak için hayatımı adadım.

Aslıhan, Muhsin'in yanında açmıştı paketi. Oyalı bir yazma vardı açılan paketin içinde. Dışına sarılan kâğıdı bir kenara atıp özenle açmıştı yazmanın katlarını ve gönül dolusu bir sevgi ile inceledikten sonra, ağlamaya hazır bir sesle fısıldıyordu:

– Çok güzel bir yazmaymış, sağ ol. Kıyamam bunu eskitmeye. En iyisi, seni uğurladığım gün, bir de dönüş haberini aldığımda örteyim başıma.

– Sen eskitmene bak onu. Dönersem, daha güzelini bulup alırım.

Gözlerinden dolu taneleri gibi yaşlar dökülüyordu. Muhsin de duygulanmıştı. Sesini yokluyordu ağlamamak için ve hazin bir seslenişi vardı kadınına:

– Biliyor musun, gece bir rüya gördüm.

– Hayırdır!

– Bir oğlumuzun dünyaya geleceğini söyledi ak sakallı bir ihtiyar.

Buruk bir tebessümü vardı, Aslıhan'ın hassaslaşan sesinden:

– Sakın o hayallerle yatmış olmayasın?

– Bilmem. Sen yine de oğlumuz olursa adını Hamza koy, olmaz mı?

– Ya kız olursa?

– O zaman dilediğin bir ismi.

– Ad koymak evin büyüklerine mahsustur, kız da olsa erkek de olsa onu bana düşürmezler ki.

– Sen anamın kulağına fısılda. Rüyasında görmüştü askere giderken dersin.

– Olur, derim.

***

Köyde beklenmedik bir hareketlilik vardı. Askere çağrılan delikanlıları sırasıyla davet ediyordu yakınları. Nihayet üç günlük mühlet dolup yolculuk zamanı gelip çatmıştı askere uğurlanacak gençler için...

Ayrılık sabahı, yüzlerdeki hüzün inadına koyulaşmıştı, kirpikler ıslaktı. Aslıhan, mis kokulu çamaşırlar hazırlamıştı Muhsin'e. Damat gibi hazırlamıştı onu yolculuğuna. Sıra ısmarlaşmaya gelmezden önce, Aslıhan, Muhsin'in ceketini almıştı asılı durduğu yerden.

Koynundan çıkardığı bir zarfı ceketin iç cebine koyduktan sonra buharlaşan gözlerle bakmıştı hayat arkadaşına. Muhsin, tam bu anda unuttuğu bir hususu hatırladı... Ceketini giyinmek için sağ kolunu hazırladığında, duyarlı bir bakış uzatıp öyle de kalmıştı gözlerinde.

Oyalı yazmayla örtmüştü başını Aslıhan:

– Ne kadar da güzelleşmişsin. Hani oyalı yazma da noksanınmış... Tekmil güzelliği toplamış üzerinde. Gözlerimi kamaştırdı güzelliğin çeşm-i siyah.

Ağlamamak için direniyordu Aslıhan. Dişlerini sıkıyordu durmadan ve sadece:

– Sağ ol, duymak istediğim armağanı veriyorsun giderken.

Odalarından çıktılar mı, artık konuşamazlardı büyüklerin yanında. Son sözleriydi birbirlerini seyrederlerken:

– Dualarım seninledir. Gülerek git, gülerek dön yuvana.

İri yaşlar asılmıştı kirpiklerine Aslıhan'ın. Daha fazla direnememişti. Muhsin, usulca siliyordu gözlerindeki yaşı ve o da son cümlelerini ediyordu:

– Keşke biraz daha sıksaydın dişlerini de gözyaşlarını görmeseydim. Seni hep bu son halinle hayal ederim. Hadi, sağlıcakla kal çeşm-i siyah...

– Güle güle, Hızır yoldaşın olsun. Mektup yazmayı unutma sakın.

Kapı aralanmıştı, ayrılığın başlaması kaçınılmazdı... Baba ve anne bekliyorlardı Muhsin'i evin avlusunda.

Köy bir şenlik yerine dönmüştü adeta. Askere gidenleri uğurlamak için getirtilen davul ve zurna coşkulu çalıyor, halaylar çekiliyordu köyün meydanında.

Aslıhan da peşinden çıkmıştı avluya. Muhsin, dişlerini sıkıyordu ağlamamak için. Anasına sarılmıştı önce:

– Hakkını helâl et ana. Dualarını eksik etme ardımdan.

Hüzne kaptırdığı gönlü daha da yufkalaşmıştı ananın:

– Unutur muyum hiç oğul. Ana yüreği şimdi ne hallerdedir, bilir misin sen?

Alnından, sonra yanaklarından öpmüştü ana, oğlunun. Gözyaşları dokunmuştu yanaklarına.

Ananın elini öpüp babasının karşısında durduğunda, gözleri ayaklarının uçlarına perçinlenmiş, başı öne eğikti Muhsin'in... Evlendiği günden beri çok az konuşmuştu babasıyla. O taş yürekli olarak tanınan heybetli adam, eğisli bakıyordu elini öptürmesi için oğluna uzatırken:

– Dargın oğul, bilesin ki bütün babalar, oğulları için her şeyin en iyisini isterler.

Muhsin, cevap vermiyordu babasının elini öperken. O sadece kafasında kurguladığı merasimi tamamlıyordu.

– Allaha ısmarladık baba, diyebilmişti sadece.

Babanın bakışları hasret tütüyordu konuşurken:

– Bu kırgınlık daha sürecek mi oğul?

Gözlerine bakamıyordu nedense:

– Baba, sırası mı şimdi bunların? Uzun bir ayrılık girmekte araya.

– Ara yere ayrılık girerse hasret başlıyor demektir. Babanın taşıdığı yürek değil de taş mı sanırsın oğul?

Gözlerinin içine bakamasa da son sözleri anlam doluydu:

– Buralar sana emanet.

– Buralar için meraklanma sen. Baban emanetini gözü kadar sakınır.

En son hazin bir bakış dolanmıştı arkasında bırakacakların üzerinde:

– Gelmeyin, gençlik hazırdır, köyü onlar çıkarırlar uğurlamalarda.

Kışla

Çileli sayılan bir yolculuğun sonunda, verilen adrese varıp kışlanın kapısından içeriye girmişti Muhsin... Kendisine verilen asker üniformasını giydiğinde, sivil urbalarını paketleyip teslim etmezden önce, üzerinden çıkardıklarının ceplerini titizlikle yokladığında, ceketinin iç cebinden çıkardığı zarf, ilgisini çekmiş ve duygulandırmıştı onu.

Zarfı katlayıp pantolonunun cebine koymuştu. Aklı zarfın içinde kalmıştı fakat onu okuyamadan ve içinde nelerin yazıldığını düşünmeye fırsat bulamadan, mensubu olduğu bölüğe götürülüyordu... Çavuş sesleniyordu Muhsin'e:

– Hazırsan gidiyoruz...

***

Gece kasvetliydi. Zaman bulamamıştı cebindeki zarfı açıp bakmaya... Ertesi gün, öğlen yemeğinden sonra verilen müsaadeyi fırsat bilip, koğuşun karşısına düşen ağaçların altında tenha bir yer buldu kendine... Aceleci bir gönülle cebini yoklayıp zarfı çıkardı ve içindeki kâğıdı titrek parmaklarının arasında tutup yazıyı okuyabilmek için gözlerine yaklaştırdı.

Kısa cümlelerden örülü hasret kokan sözlerin hemen sonunda, çok sevdiği türkünün yanık mısraları vardı. Ayrılığa anlam kazandıran duygusallığın daha beterini yaşıyordu mısraları mırıldanırken:

Yazmalar içinde oyalı yazma.
Ellerin içinde yaralı gezme.
Sakın mektubunu firkatli yazma,
Okuyan olur da dert olur bana...

Kışlada Sonbahar

Tam bir buçuk yıl geçmişti aradan. Muhsin ne bir mektup yazmıştı köyüne ne de izne ayrılmıştı. Adres bile belirtmemişti gitti gideli... Acemi birliğinde sağlık kursuna ayrılmış çavuş olmuştu. Zaman, ukde düğümleri atarak tükeniyordu sayılı günler içinde.

Jandarma alayının revirinde sağlık çavuşuydu... Altı aylık bir zaman kalmıştı terhisine. Babasına kestiği gönül cezası daha bitmemişti anlaşılan. Dahası narına başkaları da yanmaktaydı... Önüne bir türlü geçemediği söz dinlemeyen gururu ona emrediyordu bunu.

Ne zaman Aslıhan'ı hatırlasa, kâğıt kalem alsa yazmak için, babası geliyordu aklına ve kalem her defasında kâğıdın üzerine düşüp gidiyordu...

Aslıhan'ın cebine koyduğu mısralar dilinden düşmez olmuştu. Onu her defasında yanık sesiyle mırıldanırken gözleri doluyor, efkâr efkâr tütüyordu bakışları.

Yönünü sılasından yana dönüyor, aynı dekorları Aslıhan'la birlikte seyrediyor duygusuna kapıldıkça uzayıp gidiyordu revirin penceresinden göklere açılan mesafeler... Aynı ay, aynı yıldızlardı gökyüzünü süsleyen... Aynı zamanda seyredebilir, gönüller birleşebilirdi aynı manzarada.

Gururunu yenemediğini biliyor, gülmez olan yüzünün sebebi hep aynı eksenin etrafında dönüp duruyordu...

Mimiklerindeki öfke figürleri eksiltmezdi döktüğü nakışlarını... Hiçbir arkadaşı onunla ölçüsüz şakalar yapmayı, alay edip hafife almayı düşünemezdi... Revirde, taş yürekli çavuş koymuşlardı adını.

Bir gün daha solmuştu kentin ufkunda. Gamlı bir sessizlik vardı Alay'ın dışındaki revir binasında.

Alay'da yemekler yenilmiş, koğuşlarına çekilmişti bölükler. Muhsin Çavuş, revir nöbetindeydi bu gece. Revirdeki odasının kapısı bir er tarafından hışımla açılmıştı... Karşısında beliren er heyecanlıydı:

– Çavuşum, revire bir hasta getirildi, durumu çok kötü.

– Nesi varmış?

– İntihara teşebbüs ettiğini söylüyorlar.

Muhsin Çavuş koşarak çıkmıştı odasından. Başında üç arkadaşı vardı hastanın... Bakım odasına alıp uzatmışlardı boylu boyunca.

Çavuş, önce hastaya bakıp sonra başında bekleyen neferlerden bir tanesine soruyordu:

– Ne yapmış, bildiğiniz bir şey var mı?

– Bir kutu ilaç içmiş komutanım.

– Sebep?

– Bilen yok.

Muhsin, koşarak Doktor Asteğmen'in odasının kapısını çalıp keskin bir selam vermişti.

Asteğmen, çavuşun acelesine bakıp dikkat kesiliyor ve gözlerinin içinde bekliyordu bakışları:

– Hayırdır çavuş?

– Revire çok acil bir vaka geldi komutanım.

– Nesi varmış?

– İntihara teşebbüs denilmekte komutanım. Bir kutu ilaç içtiği söyleniyor.

– Hemen midesini yıkamak için hazırlık yapılsın.

– Baş üstüne komutanım.

Hareketli anlar yaşanıyordu revirde. Sonunda Doktor Teğmen, Muhsin Çavuş'a bakıp derin bir nefes almıştı...

– Bu iş şimdilik tamam çavuş.

– Kurtuldu mu komutanım?

– Büyük bir ihtimalle kurtuldu çavuş.

Koluna serumunu da takıp bırakmıştı Teğmen. Muhsin'e dönüp, emir veriyordu:

– Çavuş, sabaha kadar takipçisi ol hastanın. Durumunda bir değişiklik görürsen beni haberdar etmelisin.

– Baş üstüne komutanım.

Parmaklarıyla hastanın kirpiklerini aralayıp gözlerine dikkatlice bakıp incelemişti gitmezden önce. Yüzü kırış kırıştı hastanın. Dişlerini sıkıyordu durmadan ve acı acı yutkunuyordu. Konuşmuyor, ancak çini çeke çeke ağlıyordu...

Doktor, askerin nabzını kontrol ederken soruyordu:

– Adın ne senin?

Neden sonra mırıldanabiliyordu:

– Cem.

Hıçkırıkları daha da koyulaşmıştı askerin.

Teğmenin nasihatleri, hasta erin kulaklarına uğultu şeklinde ulaşıyordu:

– Bak evladım, hayat hiçbir zaman, insanın kendi elleriyle sonlandıracağı kadar ucuz değildir... Her ne sebeple olursa olsun, hayat kutsaldır ve onu, sadece ve sadece kuluna armağan eden güç, yani Allah sonlandırır...

Nefer, suskun, içli nefesler alıp vererek bakıyordu doktorun gözlerine. Sükutu ve gözlerinden yansıyan fersiz ışıklar oluyordu cevabı.

Doktor nabzını bırakmıştı neferin. Gözlerinin içine tekrar bakıyor ve ona bir şeyler daha mırıldanıyordu gitmeden:

– Unutma, hayat her şeye rağmen yaşamaya değer. Bir daha da sakın böyle bir işe teşebbüs etme. Bu kadar şanslı olmayabilirsin.

Doktor, hastanın bulunduğu odadan ayrılırken çavuşa yeni bir emir veriyordu:

– Hastayı başka bir odaya aldır çavuş.

– Emredersiniz komutanım.

Doktorun hemen peşinden Muhsin Çavuş boş bir odaya aldırmıştı neferi. Doktor yanından ayrılmamasını istemişti Muhsin'den.

Saat ilerlemiş, serumu azalmıştı hastanın. Muhsin Çavuş hiç ayrılmamıştı hastanın odasından. Bir sandalye çekmişti karyolanın kenarına ve uzun bir zaman hayallere dalıp gitmişti.

Merak etmişti ve daha rahat konuşabilmeleri için toparlanmasını beklemişti askerin. Saatine baktığında on biri çeyrek geçiyordu...

Herkes uyumuş, sessizlik bir kâbus gibi çökmüştü revire. Derin alınan nefeslerin bile velvele kopardığı, ruha ürperti veren, kasvetli bir hava hâkimdi içeride.

Koluna takılan serum, son damlalarını sızdırıyordu hortumdan. Serumu kapatıp kaldırdıktan sonra göz göze geliyorlardı askerle.

– Neydi adın?

Usançlı ve ürpertiliydi bakışları askerin:

– Cem, komutanım.

– Nasıl vaziyet, şikayetin var mı şu an?

– İyiyim komutanım.

– Ha, şöyle yahu. Canım sıkıldı başucunda beklemekten. Biraz sohbet edelim ister misin?

İniltili bir sesi vardı askerin:

– Sohbet mi?

– Sohbet tabii. Canım sıkıldı dedim ya.

– Bilmem ki!

– Neden kıymak istedin canına?

Cevabı hıçkırıklarının başlamasıydı... Muhsin Çavuş, keskin bakıyordu askerin gözlerine:

– Merak ettim, canına kıymak istemenin sebebini bilmek istiyorum. İstiyorsan anlatmayabilirsin, ama sabah anlattırırlar nasılsa... Rapor tutulacak, zor durumda kalırsın o zaman. Sana bir yardımım dokunur mu diye öğrenmek istemiştim.

– Bilmiyorum komutanım.

– Senden başka kim bilir ki yaptığın işin sebebini? Sakinleş ve anlatmaya çalış, dedim ya bakarsın yardımım dokunur.

İçli, derin bir nefes almıştı önce. Sonra çavuşun gözlerine tedirgin bir bakış uzatıyordu:

– Evli misin komutanım? Cevap vermeden, karşı bir soruya geçiyordu çavuş:

– Ya sen?

– Evliyim.

Muhsin Çavuş, askeri eşelemenin yolunu bulmuş gibiydi:

– Ya çocuk, çocuk da var mı?

– Var komutanım. Hem de iki tane.

– Ölüp gitseydin, onlara haksızlık etmiş olmayacak mıydın?

– Bilmiyorum komutanım.

– Bak Cem, mutlaka bir sebebi vardı yaptığın işin.

Ağlamak üzereydi, başını sağ omzunun üzerine yıkıp kalmıştı bir müddet. Sonra toparlanıp çavuşun gözlerine acındıran duygularla bakmıştı:

– Askerlik benim için çok zor iş komutanım.

– Zor ya da kolay. Yaptığımız işin, her vatandaşın vatan borcu olduğunu bilmez misin?

– Benim durumum sizinkinden çok farklı komutanım.

Şaşırıp kalmıştı Muhsin:

– Neler sayıklıyorsun sen öyle? Senin farklılığın nereden geliyor ki öyle?

– Ben Rum asıllı Türkiye vatandaşıyım komutanım. İnancım da sizlerden farklı.

– Ne var bunda? Sonuçta sen de bu toprakların çocuğu değil misin? Bu vatan hepimizin değil mi, öyle düşünmüyor musun sen?

Cem yeniden hıçkırıklara boğuldu ve az sonra yeniden sayıklar gibi mırıldanmaya devam etti. Muhsin Çavuş'un gözlerine bakıp:

– Arkadaşlarım beni gavur diye hakir görüyorlar komutanım.

Muhsin Çavuş, bir an sükut etti...

– Geçenlerde kavga ettik, dövdüler beni.

– Hıristiyansın diye mi?

– Hayır, başka bir husus.

– Aranızda da kavga edenler olmuyor mu?

– Çavuşum, azınlık insan, fikirlerini ulu orta söyleyemez, sen bunu nereden bileceksin.

– Cem, senin meselen biraz da alınganlık gibi geliyor bana. Hepimiz bu ülkenin insanıyız. Diğer herkes gibi sen de bu vatana olan borcunu ödemek için gelmedin mi askere? Senin düşüncen, farklı görüşlerinin alınganlıklarından başka bir şey değil.

– Beni hiç kimse sevemedi komutanım. Candan bir arkadaşım olmadı benim.

O taştan kalpli çavuş yumuşamış, bir şeyler olmuştu ona:

– Cem boş ver şimdi bu gibi alınganlıkları. Sen de istersen, askerlik bitene kadar sana arkadaş olurum, kabul mü?

Sevinç, yüzünde serin bir rüzgâr estirmiş, rahatlamıştı Cem'i:

– Kabul komutanım.

– Hangi bölükteydin sen?

– Birinci bölükteyim komutanım.

– Anlaşılan sana askerlik biraz zor gelmiş. Terhis günü gözlerinde asırlaştıkça bunalıyorsun.

– O da var komutanım.

– Hepimiz için böyledir Cem. Düşünsene, evinden sılasından, bütün alışkanlıklarından kopuyor insan. Lakin bu görev de kutsal.

Cem rahatlamıştı:

– Komutanım, ben çok rahat bir ortamdan geldim askere. Hiç emir almadım. Elimi sıcaktan soğuğa sokmadım. Hep başkaları görürdü hizmetimi. İşin açıkçası, mutfak nöbeti, disiplin, ağır geldi bana. İki defa firar etmeye kalkıştım, ikisinde de yakalandım.

– Cem burada hatalısın, kabullenmelisin. Her asker için firar, ihanet sayılır. Herkes senin durumunda, ayırım yok. Anlattıkların hepimiz için aynı. Kaldı ki böyle bir sebepten dolayı intihar gibi tüm dinler için büyük bir yanlış olan bir işe kalkışman çok büyük bir hata!

– Biliyorum komutanım. Az önce söyledim ya, ben çok farklı yetiştim. Zahmetsiz, her imkânı yanı başında olan, emir almayan bir dünyam vardı benim. Bir evin bir oğluyum. Dilediğim gibi yaşarken, burada kendimi çok farklı bir ortamın içinde buldum.

Gözleri dalıp gitmişti Cem'in. Sesi buram buram hasret ve pişmanlık kokuyordu anlatırken:

– İstanbul'u gördün mü hiç komutanım?

– Hayır, ben de hayatımda ilk defa memleketimden ayrıldım. Bildiğim bütün dünya, yaşadığımız köy ve alış veriş için arada bir indiğimiz ilçeden ibaretti.

– Özel bir aracım ve Boğaz'ın sularında çılgınca dolaştığım bir teknem vardı komutanım. Büyük Ada'daki evimiz şahanedir. Ayrıca Üsküdar'da, sıkıldıkça kapısını açtığımız, dayalı döşeli, müstakil bir dairemiz vardır... Babam, İstanbul'un sayılı zenginlerindendir... Birkaç semtte iş yerimiz var... Sonra eşim ve çocuklarım. Onlardan uzaklarda oluşum, sanki durmadan ölüme çağırıyor beni. Biliyorum ki istesem bile yanlarında olamam... İşte o anlarda, ne yapsam aklım bana yetmez oluyor komutanım.

– Hiç düşündün mü Cem, askerlik sayılı bir zaman. Ya ölseydin, az önce hayalini kurduğun yerler ve sevdiklerin için bütün ümitlerin tükenmeyecek miydi?

– Tükenmez diyor o vakitlerde içimdeki his komutanım. Ruhun uçup oralara, sevdiklerinin yanlarına gider diyorlar bana.

– Terhisine ne kadar vardı?

– Daha çok var komutanım. Tam altı aylık bir zaman!

– Desene aynı tertibiz. Benim de tam o kadar günüm kaldı Cem.

– Altı ay tükenir mi dersin komutanım?

– Hani o hasretini içinde duyup unutamadığın yerleri, eşini, çocuklarını, aileni seviyor musun Cem?

– Kelimelerle anlatamayacağım kadar komutanım.

– O zaman burada olmaktan yakınmayacaksın Cem. Bizler, işte sevdiğimiz o yerlerin ve hasretini çektiğimiz insanların bağımsız ve hür yaşayabilmesi için buradayız. Sen hâlâ o düşünceyi sürdürüyorsan, sana derler ki Cem, sen sadece rahatlığını seviyorsun, bu topraklar, şehit kanlarıyla sulanmış, gerekirse benim canım da bu vatana kurban olsun diyemiyorsun!

– Savaş mı var ki komutanım?

– Cem, savaşın zamanını bizler ayarlamıyoruz. Ülke, her an tehlike varmış gibi tetikte durursa, caydırıcı bir güç olur. Birbirimizden farkımız yok Cem. Sana iyi bir arkadaş olmaya çalışırım askerlik bitene kadar, ama alınganlığını, seni tehlikeli hareketlere sürükleyen düşüncelerini ve o rahata heveslenen düşünceni unutman şartıyla.

– Ben Hıristiyanım, siz Müslümansınız komutanım.

– Alınganlığı yok. Kimseye zararın dokunmadıkça, herkesin inancı kendi içinde yaşar. Anlaştık mı?

– Anlaştık komutanım.

– Askerlik delikanlıca bitecek, söz mü?

– Söz komutanım.

Cem, çavuşun gözlerine eziklik ifadesi ile bakıyordu:

– Komutanım?

– Söyle Cem.

– Evli misin?

Anlamlı bakıyordu çavuş:

– Yok, demişti ve susmuştu.

Cem'in cevabı hazırdı:

– Evli olsaydınız daha iyi anlardınız beni. Hele bir de hasretini çektiğiniz iki çocuğunuz olsaydı?

Alev alev bir soluk indiriyordu Muhsin Çavuş ciğerlerine. Efkârı Cem'in kederlerini yutan bir canavar kadar acımasızdı... Ayrı bir âlemdeydi zihni. Dalıp gitmişti bir an için. Yeşil Höyük köyü, bütün dekorlarıyla en renkli fotoğraflarını getiriyordu gözlerinin önüne. Yollarını kesen, özlemlerini kâbusa çeviren anılar, tıpkı bir sinema şeridi gibi akıp gidiyordu dış dünyaya kapanan gözlerinin önünden...

Cem, hayretli bir seyir tutturmuştu Muhsin Çavuş'un üzerinde.

Yeşil Höyük, gam yükü duyguların vurgun yediği anı, yeniden aynı acılarla yaşatıyordu Muhsin Çavuş'a...

Köyün tenhalaşan yolunda kesişmişti yolları ilk. Muhsin, töreyi, ahlaki anlayışı unutup yolundan eğlemişti Suna'yı... Babasını ve annesini gönderip isteteceğini seslendirip kendisi ile hayat arkadaşı olup olmayacağı hususunda fikrini sormuştu utanarak.

Aldığı cevaplar umut vericiydi, ancak Suna korkuyordu engellerden. Babaerkil bir yaşantısı vardı Muhsin'in ailesinin. Bilmeyen yoktu bunu Yeşil Höyük'te.

"Baban" demiş ve tereddütlerini sıralamıştı Suna kısaca. Muhsin yüreklenmişti, meydan okuyan cinstendi sarf ettiği sözcükler:

– Komşu kızı, sen bilmez misin, kalp emir almaktan hoşlanmaz... Onun için de önce sana sorarım. Babamsa benim verdiğim adrese uğramak zorunda, buna inanmalısın.

– O kalbin sahibine bağlıdır Ağaoğlu. Ne söyleyebilirim ki başka? Bakarsın gücün yetmez babana ve onun gönlünün esiri olursun... Var git, babanla konuş önce. Yoksa dile düşürürsün beni ve günaha girersin.

– Sana erkek sözü, komşu kızı. Dilersen, şuracıkta ve üzerinde durduğumuz yol şahidimiz olur.

Söz namustur benim dünyamda komşu kızı. Can bu bedende oldukça da senedimdir sözüm. Ya sen, sen ister misin, beni sorduklarında?

– Madem kendine güvenirsin bu kadar, Allah utandırmasın Ağaoğlu. Başka da sözüm olmaz...

Suna, etrafını vehimli bakışlarla kolaçan ettikten sonra, adımlarını hızlandırıp ardına bile bakınmadan uzaklaşmıştı Muhsin'in bulunduğu yerden...

Geriye dönüp evlerine gitmek düşmüştü aklına Muhsin'in, ama babası kızabilirdi...

Gözlerinden iri yaşlar yıktı bendini Muhsin'in. Cem sükûtunu bozmadan inceliyordu onu... Dış dünyası ile irtibatı kesikti Muhsin'in. O acıların tahammülsüzüne direniyordu ruhunu katleden anıların tekrarıyla...

Aslıhan ve düğün, yüreğindeki kor ateşlerini körüklüyordu, daha sonraki günlerde, gönlünde iklimleri değiştiren çeşm-i siyah sevdası, kadınım dediği o dünyalar güzeli çeşm-i siyah efsanesi dirilmişti duygularında.

Dere kenarındaki tarla, beyaz badanalı ev, küçük şirin bahçe, bülbüller, gül ağaçları ve o bahçede oynayan bir çocuk... Askere uğurlanırken çeşm-i siyahın davranışları ve gözyaşları. Hâlâ cebinde sakladığı mektup ve dudaklarından hiç düşürmediği o yanık türkünün içli dörtlüğü...

Yine o türkü vardı dudaklarında Muhsin'in. Cem duyuyordu yanık türkünün mısralarını Muhsin'in yanık sesinden...

Yazmalar içinde oyalı yazma,
Ellerin içinde yaralı gezme,
Sakın mektubunu firkatli yazma,
Okuyan olur da dert olur bana...

Muhsin, kısık bir sesle Oyalı Yazma türküsünü mırıldanıyordu... Aslıhan'ı seviyordu, ona saygı duyuyordu, ancak Suna ile olan hikâyesi ve mahcubiyetinin vurgunları her geçen gün derinleşerek şifa bulmaz hale getiriyordu kalbindeki yarayı...

Köye gittiğinde Suna karşısına çıkıp harcadığı o sözleri kendisine hatırlatacak olsa? Derin ahlar çekiyordu yollarını kesen manzara karşısında...

Babasına karşı aldığı tavır ve kendisini düşürdüğü çıkmazı hatırladıkça Yeşil Höyük varılmaz bir yer oluyordu Muhsin için...

Yüreği çeşm-i siyah dediği kadına sevdalıydı elbette. Köyden uzaklarda yaşamayı arzulayan duyguları, Aslıhan'ı bir kuşun kanadında, oralardan alıp kendisine getirmesini istiyor, hayaller kuruyordu... Aslıhan, adını hatta varlığını bilip görmediği bir çocuk ve kendisi. Üç kişilik bir yuva, Yeşil Höyük'ten ıraklarda ve nerede olursa olsun...

Cem kendi derdini unutmuştu, buğulanan gözlerle Muhsin'i izlerken. İçli, cılız ve hazin bir ses bölüyordu Muhsin'in kâbus dolu hülyalarını...

– Komutanım!

Muhsin'i derin uykusundan uyandırdı bu sesleniş... Ani bir kıpırdanışla açmıştı gözlerini ve zihnini yoklamıştı birden. Cem'i görüp hatırlamıştı, düşüncesini toparlayıp sözün neresinde kesildiğini arıyordu... Dudaklarının arasından çıkan sözcükte saklıydı ne söylemek istediği:

– Haklısın Cem!!!

Muhsin, iç dünyası ile ilgili ipuçları da vermiyordu. Yalan söylemişti Cem'in gözlerine baka baka. Kendisine kızmıştı, doğruları söylemediği için. Resmi nikâhının olmayışı ve nüfus kâğıdında "bekâr" yazılı oluşu söyletiyordu belki de Muhsin'e bu sözleri...

Odanın içinde bozulmayan bir sükut başlamıştı tekrar... Muhsin, çelişkilerini sorguluyordu kendisine fırsat tanıyıp...

Nüfus cüzdanında bekâr yazdığı bir gerçekti. Anadolu insanının değişmeyen bir anlayışıydı bu. Yaş sınırı yoktu evliliklerde. Gençlerin boyları biraz uzadı mı tamamdı her şey. Resmi nikâh birkaç çocuktan sonraya bile kıyılırdı oralarda...

Sıla hasreti yaman tütmeye başlamıştı hayalinde. Çeşm-i siyah ve doğum haberini bile almak için gayretlenmeyişi, yorgun düşürmüştü hayallerini.

Cem'in içli sesini hayal meyal algılayıp yeniden dalgınlığını noktalamaya çalışıyordu Muhsin Çavuş:

– Komutanım.

Hazin bir bakış uzatıyordu ona:

– Söyle Cem.

– Dalıp gittin. Belli ki seni de vurmuş hasret.

Aralarındaki sohbet uzayıp gitmişti. Cem'in normale döndüğünü hissedince, başına başka bir nöbetçi bırakıp o da yatağına uzanmıştı.

Sabah yatağından kalktığı vakit yeterince istirahat edemeyen bedeni yorgundu. Cem'i hatırladı ve kalkıp bulunduğu odaya girdi.

Cem'i daha iyi görünce, gözlerine bakıp gülümsedi:

– Cem gözlerin parıldıyor, iyi gördüm seni.

– Sağ ol komutanım...

Muhsin Çavuş'un gözlerine bakarken, sanki akşamki samimiyetin yerinde durup durmadığını yokluyor gibiydi Cem...

– Komutanım, sana candan arkadaş olurum demiştin.

– Unutmadım Cem.

– İçimde hâlâ adını koyamadığım bir huzursuzluk var komutanım. Tek başıma ona direnemeyeceğim diye bir korku hançerlemekte kalbimi...

– Takma kafana öyle şeyleri şimdi, unutup gidersin.

Onlar konuşmaya devam ederken doktor girmişti odaya. Hastaya bakmıştı önce:

– Nasıl hissediyorsun kendini?

– Sağ olun komutanım. İyiyim.

– Bir daha böyle bir cahillik edersen, değişiriz külahları haberin olsun!

– Yapmam bir daha komutanım.

Doktor, hastasını kontrol ettikten sonra, başka hastalar için ayrılmıştı yanlarından. Muhsin Çavuş'un aklında bir şeyler vardı geceden bu yana.

Doktorun peşinden Muhsin Çavuş da çıkmıştı ve asteğmen odasına girmeden selam verip karşısında durmuştu:

– Bir maruzatım vardı komutanım.

Asteğmen, durup derin bakıyordu Muhsin Çavuş'un gözlerine:

– Söyle bakalım Muhsin Çavuş.

– O çocuk zor bitirir askerliğini komutanım.

– Neden?

– Gece boyu konuştuk komutanım. Farklı bir yapısı var. Alıngan ve tedirgin. İki defa firara kalkışmış, yakalanmış her ikisinde de. Anladığım kadarıyla arkadaşlık kuramamış kimseyle. Evliymiş komutanım, iki de çocuğu varmış. Azınlık ve inanç ayrılığı psikolojisi ağır basıyor ve dışlandığı vehmine kaptırıyor kendini...

– Azınlık mı?

– Evet komutanım.

– Gayrimüslim mi, demek istiyorsun?

– Doğrudur komutanım.

– İyi de benden istediğin şey ne?

– Komutanım, altı ayı kalmış terhisine, diyorum ki siz isterseniz, onu revire alırız, kalan zamanı için ben onu hem burada çalıştırır hem de askerliğini bitirmesine yardımcı oluruz.

– İyi de Muhsin Çavuş, her zorlanana ayrıcalık olsun diye, kol kanat gerersek, nasıl olur, bilmem ki?

– Komutanım, acıdım haline, çok zor durumda.

Asteğmen, çavuşu kırmıyordu:

– Pekâlâ çavuş. Şimdilik taburcu etmeyelim... Daha sonra bölük komutanıyla konuşur, bir şeyler yapmaya çalışırım...

Çavuş, çakı gibi bir selamla belirtiyordu doktora karşı sevincini.

– Sağ olun komutanım.

***

Cem'i o geceden sonra kanatlarının altına almıştı Muhsin Çavuş... Taş kalpli çavuş, yumuşamıştı Cem'e karşı...

Doktor asteğmen, sözünde durmuş revire almıştı Cem'i... Akşamın, günü soldurduğu vakitlerdeydi zaman... Takvimden bir yaprak daha düşürmüşlerdi birlikte. Muhsin, nöbetçi odasındaydı. Cem, çay demleyip getirmişti ona.

Muhsin sözünde durmuştu Cem'e karşı. Candan arkadaş olmuşlardı sonunda. Sandalye çekmişti Cem, karşılıklı oturmuşlardı Muhsin Çavuş'la. Cem alışmıştı askerliğe, hayatından memnundu artık. Ilık bir sesi vardı Cem'in.

– Komutanım.

Çayını yudumluyordu Muhsin Çavuş:

– Söyle Cem.

– Hani tanıştığımız gece bir sorum olmuştu sana...

– Birkaç sorun vardı, çıkaramadım hangisi olduğunu.

– Evli misin demiştim, sen de hayır demiştin.

– Ha, evet, hatırladım.

Muhsin Çavuş anlamlı bakıyordu Cem'e:

– Geç mi kalmışım yoksa?

– Yok demişti Cem. Senin gönlün daha rahat olmalı bizlerden.

– Evli biri için askerlik daha mı zor diyorsun?

– Hayır, daha farklı bir şey söylemek istiyordum. Diyorum ki madem bekârsın, İstanbul'u da hiç görmemişsin, terhis olduğumuzda davet etsem, İstanbul'a gelir misin benimle. İş hatta kalabilecek yer, bunların hiçbirini dert edinme. Bizde iş de çok kalacak yer de.

Muhsin Çavuş düşünüp kalmıştı Cem'e bakarken. Cem sürdürüyordu konuşmasını:

– İmkanlarımız çok komutanım. Arkadaşlığımız bitmesin istiyorum. Sen, sen öz kardeşim kadar yakınsın bana. Babama yazdım bunları. Çok sevindi. "Al gel arkadaşını, Allah utandırmasın" dedi.

– Sağ olasın Cem. Ben, herhangi bir beklenti için arkadaş olmamıştım seninle. Sakın bunu bir minnet borcu gibi kabullenme. Üzülürüm aksi halde...

– Yanlış anlama beni. Söylediklerinin hiçbiri değil. Ben çok iyi tanıdım seni. Hem erkek kardeşim yok benim, bir kardeş, bir destek olursun bana diye...

Susup kalmıştı Muhsin Çavuş. Cem üsteliyordu:

– Günler yakın, cevap vermedin davetime.

– Kısmet Cem, davetine icabet ederim bakarsın... Bu, cevap olarak yeterli mi sana?

– Sağ ol arkadaş. İnan pişman olmazsın. İş dersen, iş de kurarız.

İstanbul

Uçurumların kıyısında biten, ürpertilerle dolu bir çiçek gibi tutunmuştu toprağında İstanbul'un. Ağlamayı unutmuştu, kendi yüreğinde bile, bir sürgün bir kaçak gibi yaşıyordu yabancısı olduğu bu şehirde. Muhsin, yaşamak için adeta bir duyarsızlık iklimi seçmişti kendisine.

Masalsı bir gece başlamıştı boğazın sularında. Pencerenin perdesini aralamış, dışarıların büyülü manzarasını seyre dalmıştı... Üsküdar'ın denize nazır kıyısında tepeleşip tıpkı bir yürek gibi kabaran noktasından Boğaz'ın sularına dökülüyordu bakışları...

Kıyı lambalarının her biri, kedi gözleri gibi ışıldıyordu sislerin arasından. Dev kent, derin bir sükuta bürünmüştü gecenin ilerlemiş saatlerinde.

Bu akıl almaz yola nasıl çıktığının yorumlarına tutsaktı düşünceleri.

– Çavuşum, bekârım demiştin?

Zorlandığını bile bile söylemişti o yalanı Muhsin:

– Öyle ya.

– Annen, baban, kardeşlerin ne iş yaparlar?

– Kimsem yok Cem.

– Seni bırakmam çavuşum. Benim erkek kardeşim yok. O zaman geliyorsun demektir benimle.

Neden yalan söylemişti? Bir gönül yapayım derken mi olmuştu bunların hepsi? Hiç düşünmeden söylediği bir çift söz, nerelere getirmişti onu... Babasına olan tepkisinin, hiç mi etkisi yoktu? Aslında bilinçaltı gibi harcanan yalanda bile o gerçeğin payı büyüktü...

Dayalı döşeli bir daire vermişti ona Cem ve İstanbul'da tanıştığı bu aile çok sevmişti Muhsin'i. Dahası bir kahraman edasıyla karşılamışlardı onu İstanbul'a ayak bastığında. Kendisine kalabileceği daire ve iş vermişlerdi. Zaman su gibi akıp giderken, hırsla sarıldığı hayattan başka beklentileri vardı onun. Minnet altında yaşamayı sevmemişti Muhsin. Ortaokul ve liseyi dışarıdan bitirerek aldığı diploma ona cesaret vermişti.

***

Askerlik bitiminin sonunda Cem'in neşesine diyecek yoktu... Eşi, çocukları ve ailesiyle birlikte hayata yeniden doğuşun coşkularını yaşıyordu o.

Yeni kişiliği, askerdeki Cem'den çok daha farklıydı. Babasının işlerinde söz sahibiydi Cem. Çok da iyi bir tüccardı aynı zamanda.

İstanbul'a ayak basar basmaz, babasından bir iş yeri açmasını istemişti Muhsin için.

Aile bölünmemişti onlarda... Baba, anne, Cem ve evin yetişkin yaştaki kızı Meri, hepsi bir aradaydı. Bir nevi aile toplantısı vardı evlerinde. Cem, babasına derin bakmıştı. Önemli bir meselesi vardı onunla. Muhsin'den söz açılmıştı:

– Minnet borcum var ona baba.

Baba, herkesi şaşırtan bir fikir sürüyordu ortaya, oğlunun isteğine karşılık:

– Doğru söylersin de oğlum, Muhsin tüccar olamaz.

Cem, şaşkın bir seyir tutturmuştu babasının gözlerinde:

– Neden baba?

– Vakti geçmiş onun bu işler için…

– Baba, Muhsin'in yapamayacağı iş çok azdır bence...

– Endişelenme hemen evladım. Muhsin bize lazım değil demedim ki. Hem çok daha iyi bir iş var onun için aklımda:

– Ben ona kuyumcu dükkânı demiştim baba. Kâr ortaklığı sözü vermiştim.

– Mert ve cesur bir delikanlıya benzer. Senin de anlattığın gibi güvenilir biri.

– Öyle zaten.

– Bak oğlum, Vali Bey yakın dostum. Alış verişlerini eşiyle birlikte bizim mağazalarımızdan yaparlar.

Muhsin'in çok iyi bir polis olacağı kanaatindeyim. Bizim için de gerekli bu günlerde öyle biri.

– Ne işimize yarar ki polis baba?

– Başımız son günlerde dertte yine.

– Kimlerden söz ediyorsun baba?

– Yorgo denilen o haydutla. Sıkıştıkça uğrayıp haraç alıyor bizden. Bu da yetmiyormuş gibi kız kardeşine gönül vermiş. Tehdit edercesine dünürcü gönderdi evimize geçen akşam.

– Vermiyorum dersin olur biter baba.

– Sen onun ne bela olduğunu bilmezsin. Dün gece aklıma geldi birden. Yakınımızda bir polis olursa, bakarsın yılar da belası bulaşmaz üzerimize.

Sesi kısılmıştı Cem'in. Hayreti şaşırtıcı boyutlardaydı babasına bakarken:

– Baba, Muhsin bana yardımcı olurken, hiçbir karşılık beklememişti benden.

– Sen de karşılık istemeyeceksin. Polis olunca dertleniriz biraz, o anlar.

– Bu karşılık beklemeyiş mi oluyor sana göre baba?

– Yorgo ile baş edemeyiz kolay kolay. Bela tütüyor adam. Şikâyet etsek, sonunda yine yapar yapacağını. Yakınımızda bir polis olursa, ensesinde hisseder nefesini ve peşimizi bırakır diye düşünüyorum doğrusunu istersen...

***

Askerlik biteli ikinci yılını da eskitmek üzereydi Muhsin İstanbul'da... Yeşil Höyük'te karşısına çıkabileceğini düşündüğü, adını sır diye sakladığı kıza ve babasının buyurganlığına, nikâhlısına sevdalı yüreğine bile dipsiz uçurum oluşturmuştu... Oraları hatırladıkça kahrıyla sevdası müsavi duruyor ve engelliyordu yollarını...

Vali, Teodor'un ricasını kırmamış, Muhsin'i Polis Teşkilatı'na aldırmıştı. Yine aynı evde kalıyordu. Aileden biri olmuştu... Dahası gizli teşkilatta görevlendirilmişti çok geçmeden ve Muhsin adeta âşık olmuştu mesleğine...

Her şey güzeldi onun için güzel olmasına... İşleri de yolundaydı, lakin babasına olan tepkisinin hışmı Aslıhan'ı vurmuştu daha çok...

Oyalı yazma hikâyesi, askere uğurlanırken çeşm-i siyahın cebine koyduğu mektup ve satırların altına iliştirdiği dörtlük, o anın fotoğrafları hafızasından hiç mi hiç silinmiyordu...

Bir de dere kenarındaki tarlada aldığı müjde, beyaz badanalı, şirin bahçeli ev ve bahçesinde oynayacak çocuğun hikâyesi olmasa, belki tat alacaktı dünyadan... Adını Hamza koy dediği beklenen yolcu yürek yarasıydı tutunmaya çalıştığı yeni hayatında. "Vicdan tutulmasında mı duygularım?" sorusunu soruyordu kendisine sıkça ve hüzne tutsak bir gönül çöküntüsünde tükeniyordu günler...

***

Yorgo artırmıştı tacizlerini. Kapalı çarşıdaki kuyumcu dükkânına uğruyordu sıkça ve haraç istiyordu... Artık, aileden biri olmayı kafaya iyice koymuş olmalı ki, hiç çekinmeden Teodor'a yani Meri'nin babasına açıktan seslendiriyordu gönlünden geçenleri.

Kapalı Çarşı'nın içi karınca yuvası gibi kaynaşıyordu. Serin bir hava sirkülasyonu vardı çarşıda... Kuyumcular, tuhafiyeciler, gıda maddeleri, antika eşyaların satıldığı dükkânlar, envai çeşit malların teşhir edildiği bölmeler, müşterilerle dolup taşıyordu.

Yorgo vardı yine Teodor'un kuyumcu dükkânında. İhtişamlı, sanatsal maharetle göz alıcı vitrini önce seyretmiş sonra da içeriye girmişti.

Teodor'un morali bozulmuştu Yorgo'yu karşısında bulunca.

– Buralara uğramamanı söylemiştim sana Yorgo.

– Ben istediğim yere, istediğim zaman uğrarım.

– Ne istiyorsun yine?

– Harçlık tükendi babalık.

– Çalış ve kazan.

– Görmeyeli çok cesaretlenmişsin.

– Seninle uğraşacak zamanım yok artık. Git buradan, bir daha da sakın uğrama buralara.

Yorgo öfkesinden titremeye başlamıştı:

– Aynı milliyetteniz babalık. Beni aranıza güzellikle alırsanız, kimse yan gözle bakamaz size.

Teodor, usançlı bakıyordu suratına gözü dönmüş delikanlının:

– Sen yine sarhoşsun, ne dediğini, ne yaptığını bilmiyorsun bu yüzden.

– Dediklerim olduğunda bunların hepsi bitecek. Adam gibi yaşayacağım, söz.

– Git başka yerde ara kısmetini. Meri'yi aklından çıkar ve bir daha da ne bu dükkâna ne de bulunduğumuz yere uğrama sakın.

Yorgo, şaşırmıştı. Teodor, ilk defa yürekleniyordu bu kadar.

– Sen böyle değildin babalık, görmeyeli neler değişti de meydan okuyorsun, anlayamadım doğrusu.

– Bak Yorgo, emniyete bildirdim durumu. Bir koruma verdiler. Polis, gölgen gibi peşinde.

Dudak bükmüştü Yorgo:

– Hadi bakalım, neredeyse koruyucuların çıksınlar karşıma. Tabii yürekleri yetiyorsa...

Teodor, önceden ayarlamıştı her şeyi. Muhsin ve arkadaşları, Kapalı Çarşı'da görevlilerdi ve Teodor'un bilgilendirmesiyle göz altında tutuyorlardı dükkânını. Yorgo, daha dükkâna ayak bastığında vermişti işaretini...

Polis ekibi, müşteri gibi girmişti dükkâna ve biraz uzaklarında beklerken, göz altında tutup dinlemişlerdi konuşmalarını.

Yorgo:

– Yutmazlar babalık, sökül önce şu mangırları. Meri işini de hallederiz yakında.

– Ya vermezsem?

Belindeki saldırmasına götürmüştü elini ve tam kınından çıkarmayı denerken, sivil polisler harekete geçmişti.

Tabancanın soğuk namlusunun ucu bastırılmıştı ensesine. Muhsin'in sesiydi yüreğini hoplatan:

– Çek elini saldırmanın üzerinden! Polis!

Ensesinde tabancanın namlusu beklerken, iki polis karşısına geçmiş, kimliklerini tutmuştu gözlerinin önüne. Kimliğini gösteren polis:

– Ellerini başının üzerinde tut, diye ikaz etmişti.

Yorgo kin dolu bakışlarını bırakmıştı Teodor'un üzerinde. Teodor, sakindi ve alaylı bir karşılık veriyordu sokak kabadayısına:

– Bundan sonra işte böyle Yorgo. Kazanıp da yiyeceksin.

Kıskıvrak yakalamışlardı Yorgo'yu... Çarşıda görevli, resmi elbiseli polislere teslim edilmişti az sonra ve suçüstü yakayı ele verip tutuklanmıştı o gün.

Teodor, doğru yolda olduğunu anlatmıştı Cem'e. Yorgosuz günlerde rahat bir soluk almıştı...

Muhsin, mesleğinin heyecanına vermişti kendisini. Kısa bir meslek hayatına inanılması zor başarılar sığdırmıştı. Hayat, onu iradesi dışında bir oluşuma hazırlıyordu haberi olmadan.

Her hafta sonu tatilinde Büyük Ada'da Cem'lerle birlikteydi. Meri, son günlerde beklenmeyen bir yakınlık duymaya başlamıştı Muhsin'e karşı...

Yorgo'nun cezası dolmuştu bu günlerde, çıkmak üzereydi hapisten ve gizli bir telaş sarmıştı aileyi... Meri, Yorgo'nun da düşüncesine saldığı korkunun verdiği bir bilinçsizlikle Muhsin'e fark edilir bir yaklaşım içindeydi...

Çay sohbetinin koyulaştığı anlarda, anne farkına varmıştı. Meri, Muhsin'e çay ikram ederken, bakışlarındaki derinlik ele veriyordu hissiyatını.

Anne, çay doldurmak maksadıyla mutfağa giren kızının peşindeydi. Onu şaşırtan şeylerdi söylediği:

– Meri, hareketlerini kontrol etmelisin biraz.

Çaydanlığı ocağın üzerine bırakıp soruyordu annesine:

– Ne var ki hareketlerimde anne?

Anne kızgındı Meri'ye:

– Her neyse. Daha sonra konuşuruz bunu. Ancak şunu hiç unutmamalısın ki o bir Müslüman, bizse Hıristiyanız.

– Söylediğin şeye bak. Sonuçta o da bir insan değil mi bizler gibi?

– İnsan, ancak inançlarımız farklı.

Umursamaz bir hali vardı Meri'nin:

– Olsun, kapılarımızı sonuna kadar açtığımız bir aile dostu o her şeyden önce.

Anne, kısık bir sesle azarlıyordu Meri'yi:

– Kalbimizin kapılarını da açarsak, yanlış olur.

– Yer yerinden mi oynar anne?

– Meri, delirtme beni. İnancını feda edebilir misin? Senden ilk önce onu isterler...

– Korkma anne, öyle bir şey olursa inancımı feda etmem.

– O zaman daha şimdiden duygularına hâkim olmaya çalış ve araya mesafe koy.

– Anne!

– Kızım, ben senin annenim. Davranışlarından bir şeyler çıkarmasam, söylemezdim bunları.

Bu sesleniş hassas, şefkate sarılmıştı belki, ama daha çok kızının gönlünde ince bir ayar yapmaya yönelikti. Her şeye rağmen itirazı vardı Meri'nin:

– Ama anne!

Kızını dikkatle inceliyordu anne:

– Efendim!

– Anne, o bana duygusal bir yakınlık içinde değil, ama ben onu seviyorum galiba.

Azarlı bir bakışın ardından gizemli şefkati andıran bir sesi vardı annenin:

– Anlamıştım. Yol yakınken, vazgeçmelisin Meri. Dünyalarımız çok farklı. Hayatın zehir olsun istemem.

– Anne ben çok sevdim onu.

– Sakın ha!

Annesinden çikolata isteyen bir çocuk yalvarışındaydı... Boynunu bükmüştü:

– Ama anne!!!

Kızım, bu isteğin boş yere yanmış bir ateşi andırıyor düşündükçe. Sana ondan sakınmanı söyledim.

– Sakınmak istedim, başaramadım anne.

– Yanlış adrestesin Meri. Sakın bir daha tekrarlatma bu sözlerimi. İnanç ve kültür farklılıkları, hayatı zindan eder insana. Sen bu yaştayken anlayamazsın bunları.

– Ya, herkes kendi inancını yaşar sonuçta ve olur biter.

Annenin morali bozulmuş, endişesi daha da çoğalmıştı:

– Meri, yoksa?

– Anne yanlış anlama. Onun haberi bile yok bundan. Endişem de o. Daha fark etmedi bile beni.

Derin bir nefes alıyordu anne:

– Tamam, bu konuyu ebediyen kapatmalısın Meri.

– Anne, kapatamıyorum ne yapsam. Artık elimde olan bir şey değil bu. Onun dinimi değiştirmemi istediği falan yok.

Anne yeniden değişmişti. Anlamlı ve ısrarlıydı gözlerinde bekleyen bakışlar:

– Hani haberi bile yoktu. Fark edilmediğinden yakınıyordun az önce. Bu ne çelişki Meri?

– Anne yemin ederim ki onu ben zorladım. O hâlâ kaçmakta benden.

– Neler oluyor, anlatsana bana.

– Anne, bir gün çalıştığı yeri görmek bahanesiyle yanına uğradım.

– Nasıl yaparsın bunu Meri?

– Bilmiyorum anne, yaptım işte.

– Kabul etti mi yoksa?

– Anne, o zor ve dürüst bir insan. Çok ısrar edince sorumluluğu bana bırakıp dedi ki, "Baban, annen ve Cem isterlerse, onlar da olur derlerse, kabul." dedi.

Vehmi artmıştı annenin. Sesi inadına titrekti:

– Yalnız kalırsın bu yolda. Bu isteğine kimse olur demez. Üstelik Muhsin'le aramızdaki dostluk da biter ve bir daha giremez bu eve.

– Nedenmiş o?

– Baban verir mi sanıyorsun seni ona? Bizimle aynı inançtan olsaydı neyse?

– Biz bu tür evlilik yapanların ne ilkiyiz ne de sonuncusu oluruz anne.

– Sen onunla neler konuştuğunuzu anlatır mısın önce…

– Aşmaya gücümüzün yetmeyeceği engellerle karşılaşacağımızı bildiğim halde kendimi kontrol edemeyip seni sevdim, dedim ona. Şaşırdı bunları duyunca. Utancından gözlerime bile bakamadı. Hatta susmamı istedi benden. Bana neler söyledi, duymak istiyor musun?

"Sen ne yapmaya çalışıyorsun?" dedi bana. Bunları bir daha tekrar edersen, annenin, babanın Cem'in, hiçbirinin yüzüne bakamam... Senin ne suçun var, ben seni sevdim, diye üsteledim. "Bana sormadın ki severken!" demez mi. Kahroldum anne. Şimdi haberin oldu işte, dedim ve ağladım. Senin de gönlün varsa ötesini ben hallederim dedim. Yeter ki sen olumlu bir cevap ver bana... "Cem'e, babana ve annene karşı utandırırsın beni. Meri, bakamam yüzlerine. Vazgeç. Hem engel dediklerin kolay aşılacak şeyler değil. Sen dinini değiştirmeye hazır mısın severken?"

Hayır, bunu istememelisin şimdi, dedim. Senin dinin başka inançtaki biriyle evlenmene mani değil, herkes inancını yaşar, hayat müşterek olur dedim ona. Alay etti benimle, "Bak ilk ayrılık şimdiden başladı bile." dedi. Bırak o kadar ayrılık da olsun. Üstesinden geliriz sevdikten sonra, dedim. "İnanç ve kültür farklılıkları gün olur uçurumlaşır insanların arasında." diye karşılık verdi. Sen de bilirsin ki uçurumlar yok. Herkes seni aileden biri gibi bilir. Aynı anlayış sürüp gider. "Bak Meri, güzel bir kızsın," dedi bana, "uysal bir huyun da var, lakin ileriki zamanlarda değişebilir bu anlayış. Bu başlangıç, dostluğumuzu düşmanlığa çevirebilir. Daha yolun başındayken, müsaade etmeyelim dostluğumuzun bozulmasına."

Bardaklara doldurulan çaylar çoktan soğumuştu. Anne, konuşmayı kesip kızını ikaz ediyordu:

– Yeniden doldur çayları ve burada noktalayalım, bitsin bu iş...

Meri, ailesini çözmüştü. Biraz direnmesi yeterdi önündeki engelleri aşmak için. Çayları yeniden doldururken ağlıyordu ve gözlerinden akan yaşlar kolay bir iknanın işi değildi.

Annesi onu incelerken bunu anlamıştı. Sesi içli ve reddiyesi oldukça çetindi Meri'nin:

– Bana göstereceğiniz tepkilerden hiç korkmuyorum anne. Hayata karşı duruşum, kişiliğimi özgürce ifade edişimle ilişkilidir. Geriye dönüşümün, kendime saygısızlık olacağı inancındayım. Bunun için de her şeyi göze alırım.

Anne, yadırgamıştı kızının karşı koyuşlarını ve sözü bitirmek için kesin bir emir veriyordu ona:

– Sen şimdi o çayları götür, seninle daha geniş bir zamanda konuşuruz bunları. Şunu da aklından hiç çıkarma Meri, çok tehlikeli bir kararla baş başasın.

Elindeki tepsiyi bırakıp, gözyaşlarını silmeye çalışırken kırılganlığını yansıtarak ayrılıyordu annesinin yanından.

Adresi Saklı mı Vefâsızlığın

Muhsin'in gönlü rahat değildi. Gittikçe battığını bilse de sürdürüyordu aymazlığını... Bir rüya gibiydi her şey ve uyanmak istemiyordu o rüyadan...

Bir garaz düşürmüştü onu bu yola. Babasının kendisine yaptığı haksızlığı hâlâ hazmedemiyordu. Günahsız bir kadını, doğumundan haber bile almadığı, masum bir çocuğu unutturan garaz, düşüncesinde artık kemikleşmişti ve ne yapsa silip atamıyordu onu dünyasından...

Gittikçe uzaklaşıyordu çeşm-i siyahtan. Cebine koyduğu mektubu hâlâ saklasa da babasına duyduğu öfke ve Suna'ya sarf ettiği hamasi sözler yüzünden tutulan vicdanı, sıladan yana bakmasına bile izin vermiyordu...

Cem'in ailesi çalkantılı bir huzursuzluğun girdabındaydı son günlerde... Tüm olanların sebep ve sonuçlarından dolayı Cem yargılanıyordu anne ve baba tarafından... Muhsin'in kan bağı olan biri gibi aile içine katılmasından Cem sorumlu tutuluyordu.

İstişareler ve münakaşalarla gelen huzursuzlukların sonunda aile içi savaşı Meri kazanıyordu. Ailede sular durulmuştu bir bakıma. Evlilik kararı alınmıştı sonunda... Meri uçarı bir gönülle dolaşıyordu, Muhsin ise hâlâ ne yaptığının farkında olmayan bir duyarsızlığın çırpınışlarını yaşıyordu gönlünde. Bir yanda çeşm-i siyah, öte yanda, söylediği bekârlık yalanı ve Meri'nin evlilik teklifi karşısında direnemeyişi...

Muhsin girdiği adressiz yolda hâlâ el yordamıyla yürümekten yanaydı... Kendisini fazlaca sorgulamıyor görünümünde olsa da içi buruktu... Gönlünde açılan eski bir yaranın ve affedemediği o garazın kendisini düşürdüğü, dönüşü olmayan bir yola girmişti...

Rum asıllı aile, kendileri ile aynı inançta olanlara zor izah etmişlerdi meseleyi... Cem, tek savunucusu ve tek destekçisi olmuştu evliliğe giden bu yolun.

Üsküdar'daki ev hazırlanmıştı onlar için. Aile içinde nişan sonuçlanmış, düğünün fazla zaman geçirilmeden yapılması kararı alınmıştı...

***

Daracık, iç içe geçmiş sokaklar, mazisini günümüze taşımakta oldukça zorlanmış bir manzara arz ediyordu. İstanbul, bütün kültürlerin mozaiğini sergileyen dev şehir, büyülemişti Muhsin'i. Faytonların, vaktinde geçişlerine imkân tanıyan dar yollar, çağın araçlarına yeterince geçiş veremeyişlerinin hissiyatını yansıtıyorlardı yaşayanlara.

Suları artık kesilmiş lülelerin, içli manzaralarını seyrederken bile insanların çehrelerinde esen huzur rüzgârlarının sinyalleri, susamış gönüllere bile serinlik vaat etmekteydi...

Muhsin, şimdilerde bütün hasret ve ıstırabını, İstanbul'un gizemli havasıyla bastırmaya çalışıyordu. Kalbinin en ücra mahzenlerine indirip üzerini küllendirmeye çalışıyordu mazisinin. Korkunç yanardağların sırlarını iç âleminde alevlendiren yüreği, dış dünyasına sadece yapmacık gülücükler oluşturmakla meşguldü...

Mazinin yitik yüzlü adamı sonunda yeni bir dünya kurmuştu kendisine. Mutlu görünen çehresi fotoğraflara yansımıştı nişan ve düğün merasimlerinde... Üsküdar'da oturuyorlardı ve Yorgo hapisten çıkmıştı... Soluklanır soluklanmaz, kendisini ziyarete gelen arkadaşı ile ceza evinin kapısında soruyordu Meri'yi... Yorgo, duyduklarına inanamamıştı. Meri evlenmişti. Hem de kendisini suçüstü yapıp, ceza evine girmesine sebep olan polisle...

Teodor güçlüydü artık. Yorgo, korkarak uğramıştı dükkânlarına. Son defa harçlık istemişti kendisinden.

Teodor:

– Bir daha dükkâna uğramamak kaydıyla demişti ona acıyarak bakıp...

Dokuz Yıl Sonra

Muhsin askerden dönüp İstanbul'da mekân tutalı, tam dokuz yıl olmuştu. İçsel sorunlarıyla yüzleşen, sıkıntılarını kimseyle paylaşamadığı için kederlerin yüzünde acının en hazin nakışlarından izler taşıyor oluşu ve hayatından tat almayışı, kurduğu yuvasında mutsuzluk ifadesi gibi yansıyordu çoğunlukla. Muhayyilesinden süzülen duyguların ona tanıdığı ve hislerinin gün geçtikçe içinde büyüttüğü sıkıntıların karşılığında, müşfik, şefkatli davranışların anlayışını bekliyordu hayatını adadığı sevgiliden.

Hayat serüveninin anılarını, kâğıt üzerine işlemeye başlayalı çok olmuştu. Bir oldu bittiyle başlayan hayatın yalnız adamıydı o şimdilerde. Baş komiser olmuştu. İstikbale emin adımlarla yürüyordu. Azimli, sınır tanımaz bir adam olmuştu. Üniversiteyi bitirmişti dışarıdan, mastır bile yapmıştı. Ne var ki hayatta hiçbir şey onu mesut etmeye yetmemişti. Unutamamıştı hayatının sırrı olarak sakladığı acılarını. Yolun başındayken, bulunmaz hazineler gibi sarıldığı her şey vasfını çoktan yitirmiş ve basitleşmeye başlamıştı onun gözünde. Makam, para ve arzularının akışında, rengini aşk sandığı duygular birer birer söndürmüştü kandillerini onun dünyasında.

Zamanı bilinçli kullanamayışının ve ona karşı yanlış duruşunun yüzünden, umutları solmuş, gülücükleri tükenmişti. Daha da fenası, yanılgılara sorumsuzca akan arzuların vurgunlarını sindire sindire yemişti.

Şimdi sadece, kaybolmuş bir hayatın uzantılarını yaşamaya çalışıyordu. Engeller çıkmıştı önüne. İstikbale yalanla çektiği çizginin ürpertileriyle yüzleşiyordu durmadan. İş yerinde, kasasının özel bölmesinde saklayıp, efkârlandıkça dertleştiği ve yazdığı bir defteri vardı hayatta.

Ölümcül yalnızlıkların içinde hissetmeye başlamıştı kendisini. Önce umursamadan verdiği karar, her eskiyen gün içinde alevlenen gerçekleri ve vaktinde farkına varamadığı gizemle yüreğine işlenen sevdalarını amansızca körüklüyordu son günlerde. Köyünü, ardında bıraktıklarını, daha inanılmazı da çeşm-i siyahını özlüyordu... Fırsat buldukça hayallerini kuruyordu oraların. Dertlenecek, dökülüp saçılıp efkâr dağıtacak kimsesi yoktu. Olsa bile her şeyi konuşamıyordu onlarla. "Kimsem yok" demişti başlangıçta. "Bekârım," demişti. Bunun öyle olmadığını sadece kendisi biliyordu.

Bir oğlu olmuştu Muhsin'in. Adını Hakan koymuştu. Evet, sadece adını koymuştu oğlunun. Hakan! Ya öteki? Sılasından askerlik için ayrılırken, çeşm-i siyahın müjdesini verdiği çocuk? Onun henüz ne varlığından ne de cinsiyetinden haberdardı. Hayal bile edemiyordu onların durumlarını. Muhsin, bir kayıptan ibaretti yıllardır ailesi için. Anne olarak, Meri daha çok ilgileniyordu Hakan'la. Her şeyini en ince ayrıntısına kadar düşünüyor, dindar bir çocuk olması için Pazar günleri onu kiliseye götürmeyi planlıyordu ve bunu Muhsin'e de söylüyordu. Düşünülmedik şeylerdi bunlar başlangıçta. Eli kolu bağlı gibiydi Muhsin'in. "Onu kiliseye götürmemelisin!" dese?.. Bir geç kalmışlığın boğuntuları sıkıyordu ruhunu. O da bir anneydi her şeyden önce.

Başlangıçta, "Sen kendi inancını yaşarsın, ben kendi inancımı yaşarım" diye anlaşmışlardı. Öyle de sürüp gitmişti uzun bir zaman. Şimdi Hakan, müşterek kan bağı olan çocukları vardı karşılarında ve onun hangi inanca mensup olup olmayacağı düşüncesi çıkıyordu karşılarına. Muhsin sadece seyirci kalmıştı, annenin çocuğuyla ilgili bu hayallerine.

Baharda Kıştı O Gün

Beyninden hançerlenmiş gibiydi. Acıların cirit attığı yerdi yüreği. Muhsin ilk vurgununu yiyordu mahsuru yok dediği hayatın. Hakan'ın annesine ve kendisine yönlendirdiği sorular yankılanıyordu kulaklarında. Oğlunun, dünyaya geldiği günlerin anıları vardı aklında... Bir evlat sahibi oluşun sevinç ve duygularını amansızca kuşatan çelişkileri dokunuyordu ruhuna. Çözemediği kavramlar ve hayata dair kesitler dökülüyordu gözlerinin önüne. Sanki daha yeni yeni anlıyordu zıtların barışmaz olduğunu. Mesleki yoğunlukların yaşandığı günlerde doğmuştu Hakan. Eşini ve çocuğunu çıkarmak için hastaneye uğradığında odada yoklardı. Hemşireye oğlunun ve eşinin nerede olduğunu sorarken, yüreği ölçüsüz heyecanların yeriydi.

Hemşirenin cevabı rahatlatmıştı Muhsin'i:

– Az önce taburcu edildiler. Eşinizin annesi ve babası gelip işlemlerini tamamlayıp götürdüler.

Muhsin, derin bir nefes almıştı.

– Beni de bekleyeceklerdi, öyle konuşmuştuk.

– Birkaç dakikalık zaman geçti aradan, acele ederseniz yetişirsiniz.

Muhsin rüzgârlaşmıştı hemşireden ayrıldığında. Makam aracı bekliyordu kendisini kapıda... Aceleyle bindi araca ve etrafa bakındı, kimseler yoktu görünürlerde. "Eve..." diye talimat veriyordu şoförüne.

Ölçüsüz bir sevinç ve heyecan içindeydi kapı ziline dokunurken. İçeriden ses seda çıkmayınca gerilmiş, cebinden anahtarını çıkarıp kapıyı açmıştı. Sonsuz bir acelecilik duygusuyla dolaşmıştı evin odalarını ve salonu. Ortalarda kimsenin olmayışı, derinliklerinden alev püskürten bir gayya kuyusuna çevirmişti düşüncesini. Önce kapıya koşmuş, sonra, babasının evine gitmiş olabilir, düşüncesiyle sarılmıştı telefona. Parmakları titreşiyordu numaraları çevirmeye çabalarken. Aradığı numara çalıyordu fakat telefon açılmıyordu bir türlü. Kayın biraderinin evine gitmiş olabilirler, düşüncesiyle onların telefonunu çaldırdığında bir sesin varlığı az da olsa rahatlatmıştı kuşkularını... Kayın biraderi Cem'in eşiydi telefonun öbür ucundaki. Endişe doluydu Muhsin'in sesi:

"Bizimkiler," diye mırıldandı, "Oradalar mı? Hastaneye uğradım, annesi babası gelip aldılar hastaneden, dedi hemşire. Baba evine uğradım kimseler yok, sizi aradım."

Kulaklarına dökülen sesin ömür boyu azabını çekebileceğinden habersizdi. Kadın önce gevrek bir gülüşle seslendi ona, sonra da onu huzursuz eden cevabı verdi aynı şen şakrak sesiyle:

– Bilmiyor muydun enişte bey, onlar hastaneden kiliseye uğrayıp önce Hakan'ı vaftiz ettirecekler sonra eve gelecekler.

Evliliğin ilk acısını o gün yaşamıştı Muhsin:

– Ya! Bilmiyordum, sağ ol haber verdiğin için! diyebilmiş, nefesi alevlenmişti ciğerlerine çekip bırakırken.

Telefonu kapatıp kaygılı bir bekleyişe bırakmıştı kendini. Derin, bedenini acımasız ateşlerde kavuran bir nefes daha indirmişti ciğerlerine. Kendisini güçlükle bırakıyordu en yakın koltuğun üzerine.

***

Keyiflerine diyecek yoktu kucaklarında kundakla içeriye girdiklerinde. Beklenmeyen bir karşılama vardı ve göz göze gelmişlerdi Muhsin ile Meri... Buruk bir tebessüm vardı genç adamın. Kayın pederi, kayın validesi ve Meri'ye bakışı çekiyordu dikkatleri.

– Hastaneye gittim, hemşire çıktığınızı söyleyince eve geldim, yoktunuz.

"Şey..." diye duraklıyordu Meri ve zoraki yutkunuşların ardından kayınvalidesi veriyordu cevabı ona:

– Evladım, malum bizim inancımızda çocuk vaftiz edilir. Hazır fırsat bulmuşken gidelim dedik. Annenin taburcu gününü ve saatini konuşup anlaştık, sonra da kiliseye uğrayıp görevimizi yerine getirdik.

Muhsin yorum yapmamıştı. Oğlunu alıyordu kucağına ve duygusal bir seyir tutturuyordu üzerinde. Meri sadece, "Sana haber verseydik gelmezdin kiliseye" diye mırıldanıyor ve gönlünü alıyordu hassas bir seslenişle. Muhsin'in gözlerinin içine bakıp:

– Özür dilerim senden habersiz davrandığım için.

Bu sözlerin yorumu yoktu Muhsin'in lügatinde:

– Kusursa bakacak bir şey yok, sen yorgunsundur, istirahatına bak, diyordu.

İçsel bir sesin tezahürüydü karşılığı Hakan'ı severken.

– Vaftizin rövanşını bekle!

Muhsin her şeyi unutuyor ve dalgınlığını yeniyordu mazinin, zıtların barışmazlığındaki yanılgılarını yaşarken.

Rövanş

Hakan altı yaşını bitirmişti. İlkokula yazdırmıştı babası onu. Yaz aylarının seyahat yoğunluğu vardı insanlarda. Sahil kenarlarındaki otellerden yer ayırtanlar, yazlıklarının yolunu tutanlar, sıla-yı rahim için memleketini özleyenlerin yoğunluğunu taşıyordu yollar. Muhsin'in planları vardı günlerdir. Düşüncesini uzun zamandır meşgul eden, dert edindiği bir meselenin çözümü için yoruyordu zihnini. Akşam iş dönüşü çekirdek ailenin sessizliği vardı sofrada. Meri Hakan ve Muhsin... Meri'yi süzüyordu derinden ve peşinden oğlu Hakan'ı. Eşinin gözlerine bakıp mırıldanışına dikkat kesilen Meri pür dikkat dinliyordu Muhsin'i.

– Bir yolculuğun telaşesi var kafamda.

Meri:

– Birlikte çıkacağımız bir seyahat mi bu, çok iyi düşünmüşsün?

Olumsuzdu cevabı ve neşesini söndürmüştü Meri'nin.

– Hayır, öylesi değil hayatım, görevle karışık bir seyahat işte. Dönüşte birlikte karar verip gidebileceğimiz yeri konuşuruz.

– Yalnız mı gidiyorsun şimdi?

– İki arkadaşım daha var, bir de Hakan'ı düşünüyorum.

– Nasıl yani... Annesiz ne yapar Hakan oralarda?

– Meraklanma hayatım, iki arkadaş olacağız ve korumalarımız var. Onlardan bir tanesi Hakan'la ilgilenecek ben görevde iken, işim bitince de benimle olacak.

Huzuru bozulmuştu Meri'nin. Keskin bir karşı koyuşu vardı:

– Asla olmaz! Müsaade etmem buna.

Hakan, annesinin itirazına yüksek sesli bir feryatla karşılık veriyordu:

– Anne, ben babamla gidiyorum! Sen de her şeye itiraz ediyorsun.

Muhsin, Hakan'ın saçlarını okşuyordu. Dengeyi sağlayan sözlerdi bunlar:

– Annen haklı, ilgilenemeyeceğim endişesi var, ancak bir babanın da anne kadar çocuğunu kanatları altında tutabileceğini unutuyor bazen.

Meri, tepkisinin yetersiz kalacağını anladığında, kabul, anlamına gelen sorusu rahatlatıyordu Muhsin'i:

– Kaç gün sürer bu seyahat?

– En fazla bir hafta, bilemedin on gün.

Hakan'ın coşkularını söndürmemek adına susmuştu Meri. Baba oğul titizlikle hazırlanan valizleri ve özel araçlarıyla yola çıkarken, bir kuşku vardı düşüncesinde Meri'nin:

– Resmi göreve kendi aracınla mı çıkıyorsun?

Hiç düşünmeden veriyordu cevabını Muhsin:

– Hayatım, gizliliği olan bir seyahat bu, rahat ol, hoşça kal.

– Dönüşünde kararlaştıralım dediğin seyahat için bir yer oluştu düşüncemde duymak ister misin?

– Elbette hayatım. Yeter ki sen iste.

– Senin de doğup büyüdüğün bir köyün ya da kasaban olmalı. Oraları görmek düştü aklıma.

– Hele bir dönelim, kolay!

Hakan, annesinin elini aceleci bir heyecanla öpüp aracın ön koltuğuna oturuyor, ruhunun bakışlarına yansıyan huzursuz pırıltılarıyla ve yorgun el sallayışlarıyla uğurluyordu onları Meri... Vesvese vardı zihninde ve asla anlam yükleyemiyordu böylesi bir seyahate... Ancak, susmak düşüyordu Meri'ye.

Hakan babasıyla yolculuğa bayılmıştı. İstediği yerde durduruyor, istediğini alıyordu. Diyecek yoktu keyfine şimdilik. Araçları, gün solarken şehrin emniyet misafir hanesinin önünde park ediliyordu. Görevli, valizlerini kalacakları odaya taşmıştı. Bir sahil şehriydi geldikleri yer ve tabiatın gözleri kamaştıran güzellikleri vardı karşılarında baba ve oğlunun. Muhsin odasına dilediği gibi yerleşmeden önce telefonla bir numarayı arayıp haber veriyordu geldiğini.

***

Doktorcum biz Hakan'la geldik, misafirhanedeyiz şu an. Acele ediyorsun demezsen hemen yarın sabahtan halletsek şu işi diyorum. Doktor Muhsin'in arkadaşıydı. Sesini duyar duymaz hoş bir seda ile karşılık veriyordu arzusuna:

– Aziz dostum, senin için zaman ayırmak bu kardeşine en büyük şereftir. Ben hazırlıkları yapar, sabahtan ararım seni. Ancak bir şartım var, kabul edersen... Aksi halde olmaz derim, haberin olsun.

– Nasıl bir şart ki onu da söylesene azizim?

– Hastaneden sonra ben kendi evimde misafir edeceğim sizi, daha yakından ilgilenebilmek için.

– Size zahmet vermekten korkuyorum sevgili kardeşim. Biz misafirhanede kalırız.

– Hayır, evim müsait. Ben sana gelsem rahatsız mı olursun?

– O nasıl söz?

– O zaman anlaştık... Çocuğu ikna ettin mi?

– Şu an haberi yok ben orada anlatırım, üzülme.

Muhsin, akşam misafirhanedeki odalarına çekildiklerinde evlerini aramış Hakan'ı konuşturmuştu annesiyle. Sevinçten dört köşeydi Hakan. Annesiyle konuşurlarken bulundukları mekânı ve güzelliklerini anlatmaktan başka şeylere zaman ayırmayı bile unutmuştu. Muhsin anlatıyordu dahasını:

– Görüyorsun, oğlumuz ne kadar mutlu. Onu merak etme ve sana döneceğimiz günü aynı heyecanla bekle.

Hakan geceyi sakin ve huzur içinde sabaha bağladığında, babasının kendisinden bir isteği vardı:

– Kahvaltıdan sonra seninle bir arkadaşımın ziyaretine gidelim mi?

– Babacığım, sen nereye dersen. Çok sevdim buraları.

Araçlarına binip özel bir hastanenin önünde durduklarında doktor arkadaşı karşılıyordu onları."

Hakan, nereye geldiklerinden bile haberdar değildi. Önce doktorun özel odasında ağırlanmışlar ve doktor her şeyin hazır olduğunu Muhsin'e bildirdiğinde Hakan'ı durumdan haberdar edip onu sünnet için ikna etmesi kalıyordu geriye. Muhsin, Hakan'ı karşısına almıştı, gözlerinin içine bakarken ilk sözü:

– Doktor amcası, oğlum Hakan var ya erkekliğe ilk adımını atacağı bu günü ve seni hiç aklından çıkarmayacak.

Babasının sözleri soru işaretleri dizmişti Hakan'ın o küçücük beyninde:

– Baba, erkekliğe ilk adım dediğin şey ne?

Gururlandıran bir bakışı vardı Muhsin'in oğlunun gözlerine bakarken ve doktor onları dinliyordu:

– Erkekliğe ilk adım, adını sünnet koyduğumuz küçük bir müdahale! Doktor amcanın muayenesi gibi bir şey işte, korkacak bir şey değil.

– İğne mi yapacak?

– Ne o sen iğneden korkuyor musun yoksa?

Morali bozulur gibi olmuştu Hakan'ın ancak, babasını kırmak istemeyişinin tarzıydı bakışlarındaki tutukluk:

– Korkmam!

– O zaman ne duruyoruz?

Hakan şaşırtıyordu babasını:

– Babacığım!

– Söyle benim aslan parçası oğlum...

– Madem erkekliğe ilk adım atışımın bir merasimi bu, neden annem aramızda yok?

Doktoru da şaşırmıştı bu soru ve daha çok Muhsin'i:

– Evladım annen kadın, bizse erkeğiz. Bu daha çok baba ile oğlun yapabileceği bir şey de ondan... Hem annene inanamayacağı bir sürprizle döneceğiz düşünsene."

Buruk bir tebessüm vardı dudaklarında Hakan'ın ve ürkekti gözleri babasını incelerken:

– Yani anneme sürpriz yapmak için mi söylemedik ona?

– Aynen düşündüğün gibi aslan parçası... Annene gidinceye kadar hiçbir şey söylemezsek sürpriz olur ve nasıl heyecanlanır bilemezsin!

Hakan'ın sünnet işi zor olmamıştı. Doktor iki gün evlerinde kendi gözetiminde tuttu onu ve hediyeler, ziyafetler eklendi üçüncü günün ardından. Heyecan dolu günler geçirmişti Hakan babasıyla. Annesiyle telefonla konuşuyor, ser verip sır vermiyordu. Elbiseler, oyuncaklar ve keyfince tüketilen bir haftanın hafızasında unutulmayan günler olarak kalacağı şüphesizdi. Artık koşuyor, oynuyordu. Muhsin, gidelim mi, dediğinde annesini özlemişliğin belirtileri ve ona vereceği sürprizin heyecanı vardı gözlerinde:

– Gidelim. Anneme sünnet sürprizini söylemek için sabırsızlanıyorum babacığım.

– O zaman hazırlanıp çıkarız yola.

– Baba, annem çok sevinir mi benim erkekliğe ilk adımımı attığımı duyunca?

– Sevinmekte ne demek evladım. Haberi verdiğin zaman gözlerine bakınca anlarsın.

Bir coşku, sınırsız bir heyecan yolculuğuydu kapılarının önünde noktalanan. Muhsin valizleri almıştı bagajdan, evlerinin merdivenlerini çıkarken adımları bile şaşkındı Hakan'ın. Muhsin hemen peşindeydi... Annesi kapıyı açtığında bir hasret bitiminin sevinçle hüznü buluşturması vardı duygularda.

Meri:

– Hakan, çok özledim seni, hayat pınarım benim. Bir daha ayrılık mı, buna dayanamam, derken kollarını kuş kanadı gibi açıp oğlunu sıkı sıkı sarışı Muhsin'in bile duygulandırmıştı. Yanaklarından öpüyor bağrına basıyor, kokluyor ve sevinçten ağlıyordu Meri.

– Özlemedin mi anneni Hakan?

Hakan bunalmıştı. Müjdeli haberini veremiyordu fırsatını bulup... Neden sonra anne aralanıp yüzüne gözlerine bakıp özlem giderirken Hakan'ın verdiği haber dumandan heykele döndürüyordu Meri'yi. Muhsin valizlerle arkalarında bekliyordu:

– İçeride konuşun, yolu kapadınız...

Meri, elinden tutup açık duran kapıdan gölge gibi oğluyla birlikte süzülürken, Hakan artık bekletemediği haberi coşkuyla veriyordu annesine. Evin kapısı kapatılmış Muhsin elindeki valizleri bir kenara bırakmış onları seyrediyor ve olacaklara hazırlıyor kendini. Hakan, annesinin karşısında durmuş haykırıyordu yüksek bir sesle:

– Sürpriz! Anneciğim ben erkekliğe ilk adımımı attım, söyle, bana ne hediye alıyorsun?

Meri, ayaklarının bastığı yere çakılmış gibiydi. Yüz ifadesi değişti aniden ve sevinci soldu karmaşık ifadelerin sergisini açtığı çehrede:

– Ne demek o?

– Ben inancımız gereği sünnet oldum!

Bir feryat halindeydi Meri'nin tepkisi:

– Ne!

Durakladı, başı döndü ve ani bir fırtına koptu dudaklarında:

– Şey, olmaz! Olamazsın!

Hakan hayretle izliyordu annesini. Gayet sakin ve ciddi bir çehresi vardı:

– Oldum anne. Vallahi de oldum billahi de oldum!

Muhsin'e gözlerinden şimşekler düşürüyordu Meri:

– Muhsin, nasıl yaparsın bunu bana? Bu çocuk ben yarın, annemin dinini yaşıyorum derse ne olacak?

Muhsin sakindi:

– Bu, aklı erince onun verebileceği bir karar ve ne sünnetsizliğin Müslüman olmaya bir manisi var ne de sünnetlinin Hıristiyan olmaya bir engeli var. Kişi dilediği dini seçerken kimseye danışmıyor artık.

Çıldıracak gibiydi Meri. Hakan şaşırıp kalmıştı annesiyle babasını izlerken. Meri'nin ağlayışı daha da hayrete düşürüyordu çocuğu:

– Anne, neden ağlıyorsun, kötü bir şey olmadı ki. Doktor bile sünnet gerekli dedi.

– Sen sus Hakan, sen sus. Bu annene kurulan affedilmez bir oyunu babanın.

Muhsin, "Rövanş" diye mırıldanıyordu Meri'ye bakıp:

– Hayatım, sen daha çocuk gözlerini dünyaya açmadan, doğum öncesi kiliseden söz alıp bana haber vermeden, hastaneden kiliseye uğrayıp vaftiz yaptırmadın mı oğlumuzu? Ben seni üzecek söz ettim mi o gün? Şimdi de lütfen sen bunu mesele haline getirme. Ben o çocuğun babasıyım.

– Muhsin! diye yükseltiyordu sesini, Kuşkularım bu kadar değil. Hakan'ı okula kayıt için elinden tutup sen götürdün. Bana o sevinci bile çok gördün.

– Beni şaşırtıyorsun Meri. Bundan sonra da elinden tutup sen götürürsün olur biter. Bunda mesele edecek ne var?

– Nüfus kâğıdını mazeretler göstererek benden sakladın. Bana oğlumuzun nüfus kâğıdını gösterir misin?

– Nüfus kâğıdı! Tabii, cebimde.

Elini cebine atıp cüzdanının arasından Hakan'ın nüfus kâğıdını çıkarıp eşine uzatıyor ve kuşkularının sebebi için merakla bekliyordu karşısında. Hakan, susup kalmıştı annesiyle babasını seyrederken. Meri nüfus kâğıdının üzerindeki yazıları okurken gözleri alevlenmişti dinin yazdığı kısmı okurken. Dudaklarının arasında öfke patlaması halinde yükseliyordu sesinin azameti:

– Dini: İslam!

– Sen çocuğun doğduğu gün buyurgan bir tutum izlemişsin Muhsin!

Nereden biliyorsun bu çocuğun dininin İslam olacağını sen?"

Muhsin, patlama noktasındaydı:

– Abartma, içeriye geçip daha sakin bir şekilde konuşalım bunları Meri. Bu ülkenin çoğunluğu İslam dinine mensup ve burada babanın dini yazılır çocukların kimliklerine.

Ağlıyordu Meri:

– Hayatımın vurgunlarını yaşatıyorsun bana. Mesih İsa bana kırgındır, biliyorum. Yanılgılarımın çilesi mi bu çektiklerim? Ben sana gönül verdim, bedeli azap mı olacaktı Muhsin?

Daha bir aklıselimle konuşuyordu Muhsin.

– Hayatım, biz baştan zıtların barışmaz olduğunun farkındaydık. Birimiz diğerinin inancına göre nikâhlanmadı. Hele ilerisine hiç bakmadık hayatın. Bazı hadiselerin arzumuza göre olmayışına tahammül gerekir. Seviyoruz, dedik ve bir adım ötesine bakmadık sevdalı gönüller bütünleşsin diye. Huzurlu ol, en çetin ağırlığını senin inancın ile benim inancım arasında bocalayacak olan çocuğumuz yaşayacak. Ben Hazreti İsa'yı da seviyor ve sevdirmeye çalışıyorum oğlumuza, Son Peygamber Hazreti Muhammed'i de...

İşte bundan sonrasıydı asıl hayatın zorlukları. Hakan önce unutup gitmişti annesi ile babasının zihnine kazınırcasına yazdıklarını. Daha sonraki yıllarda, külleri belki de amansız bir fırtınayı uçuracak, çocukluğundan beri yaşadığı bu ve benzer hadiselerin devamlısı olacaktı, zihnini kurcalayan bir çok benzer hadise...

***

Aklı hep Hakan'daydı. Oğlu için neler yapması gerekiyordu, henüz bir çıkar yol bulamamıştı. Bu umursamayışla devam ederse, Hakan'la kendi inancını asla paylaşamayabilirdi.

Yine günlerden Pazar'dı. Sıkıntılarının kendisini bunalttığı, ruhunu afakanların bastığı anları yaşıyordu, karşısında cereyan eden hadiseyi izlerken. Sabah erkenden kalkıp kahvaltılarını yapmışlardı birlikte. Meri az sonra çıkacağı kilise yolculuğu için hazırlıklarını çoktan tamamlamıştı...

Hakan'ı itina ile giydirmeye çalışıyordu. Henüz yedi yaşına basmıştı Hakan. İlkokula gidiyordu. Okumayı yazmayı daha yeni öğrenmişti. Çok şeyden haberdar sayılırdı. Annesi kendisini hazırlarken babasına anlamlı bakıyordu... Ona sorması gerektiği bir şey olduğu inancındaydı gözlerinin ta içine bakarken:

– Baba!

Hakan'ı seyrederken, tıpkı bir burgunun kalbini acımasızca oymaya başladığı anların ıstırabı vardı bakışlarında.

– Efendim oğlum.

– Babacığım, sen neden bizimle kiliseye gelmiyorsun?

Hiç beklemediği değil, zamanını kestiremediği bu soru şimşekleri çakıyordu kulaklarında... İnanması zor bir sağanak başlamıştı gözlerinde Muhsin'in.

Taşlaşan yürek yufkalaşıp bentlerini hoyratça yıkmıştı buğulaşan gözlerinin. İçindeki doldurulamadık boşluklara akıyordu sessiz gözyaşları. Acı acı yutkunuşunun figürleri işlenmişti suratına...

Korkunun, zamansız atılan feryadıyla uyandırılan düşüncelerini de devleştiriyordu oğlundan duyduğu bu ses. Hakan sorularıyla, taşıyabileceğinden fazlasını yüklüyordu babasının omuzlarına.

Susup kalmıştı bir müddet. Meri ile göz göze gelmişlerdi. O anlamlı bakışlar neler konuşmuştu o kısa susuşun sığdığı zaman diliminde, tahmin etmesi zor...

Tekrar tekrar yankılanmıştı Hakan'ın soruları Muhsin'in kulaklarında:

– Babacığım sen neden gelmiyorsun bizimle kiliseye?

Oğluna vereceği cevabı ölçeğe vuramadı bir an ve Meri'den nasıl bir tepki alacağını hesaplayamadı... Her ne olursa olsun cevaplayacaktı Hakan'ı... Meri'nin tepkisi hangi boyutta olursa olsun, kendisini günlerden beri hazırlıyordu ona.

– İstersen bu gün de benimle gel. Başka bir mabede götüreyim seni.

Meri, duyduklarıyla şoka uğramış gibiydi. Suskundu, ama Hakan'a hissettirmeden çok keskin bakmıştı Muhsin'in gözlerine. Muhsin, Hakan'la ilgileniyordu, Meri'yi umursamamıştı:

– Mabet ne baba?

– Ha, mabet, Hani bazen adını bildiğin ve yabacısı olduğun sesler yükselir semâlara. Adına ezan, dediğimiz.

Kiliselerde çan sesleri çağırır inananlarını, camilerin minarelerinden de ezan sesleri... Bu gün istersen seninle o ezan seslerinin davetine katılalım birlikte, orayı da gör ve hangisini daha çok benimsiyorsan bundan sonra, sadece o mabede git inancını yaşayabilmek için... Tabii hangisi tercihin olacaksa demek istedim, kendin vermelisin kararını, İslam dinine göre bir kişinin inancında zorlama ve dayatma olmaz...

Meri, alevlere müsavi bir nefes indiriyordu ciğerlerine onları dinlerken. Hakan, aklını karıştıran bu teklifin derinleşmesini istiyordu sorularıyla:

– Biz her Pazar günü annemle kiliseye giderek yapıyorduk senin dediğini.

– Bu gün de birlikte gidelim, bir de babanın inancının yaşandığı mabedi görmelisin bana kalırsa.

Anne toparlayamamıştı kendisini. Bu tepkiyi günün birinde korkuyla bekliyordu aslında. Azarla karışık bir tondaydı sesi Meri'nin...

– Muhsin, diye yükseltiyordu sesinin tonunu fakında olmadan. Çocuğun kafasını karıştırmaya hakkımız yok... Araya girmemelisin bu saatten sonra. Ben şimdiye kadar nasıl ilgilenmişsem, bırak bundan sonra da ilgileneyim. Cami ile kilise arasında bırakmayalım çocuğumuzu.

Muhsin, anlam dolu bir bakış bırakıyordu gözlerinde Meri'nin.

– Bu hususu şimdiye kadar hiç konuşmamıştık aramızda. Sonuçlarını düşünememiştik daha doğrusu

Meri tavizkâr gözükmüyordu... Davranışları açıkça belirliyordu bunu.

– Şimdiye kadar uzlaşmıştık ve sorun olmamıştı aramızda.

Muhsin daha anlayışlı ve bir o kadar da kararlıydı:

– Tercihlerimizi dayatmak uzlaşmak mıdır sence? Ben kendi inancımı da anlatmalıyım ona. Hakan aklı erdiğinde, hangisine karar verirse, uzlaşmak koyarız adını. Uzlaşmak dediğin şey böyle olur benim bildiğim.

– Unutma, ben Hakan'ın annesiyim. Adını sen koydun, sorun çıkarmadım. Şimdi sıra sende.

– Ben de onun babasıyım Meri. Sıra ne sende ne de bende... Hatalarımızı düzeltebilmek adına Hakan'a fırsat tanımamız gerektiğini düşünüyorum. Ona bir baba ve anne olarak Hazreti Âdem'le başlayan serüveni, insanları hayata hazırlayan ilahi kitapları ve onların Peygamberlerini ön yargısız anlatmamız gerekecek.

Neye, nasıl inanmamız gerektiğini, sınırsız gücün bizlerden nasıl bir hayat tarzı istediğini ve kurallarını nasıl yaşamamız gerektiğini ona anlatmamız gerektiğine inanıyorum...

Hakan'ın kafası karışmıştı. Annesini babasını dinliyor, konuşulanların içinden çıkamıyordu. Anne, Hakan'ın içine düştüğü durumu fark edip, kestirme bir söz etmişti:

– Bunun için daha erken.

Muhsin'in itirazı vardı eşine:

– Hayır Meri. Daha sonra gecikmiş olabiliriz.

– Sen yeterince ilgilenemezsin onunla.

– Yanlış bilgilenmiş olması, Hakan'a yapılan en büyük haksızlık olur. Buna müsaade etmem.

– İnanamıyorum sana Muhsin. Hani herkes kendi inancını yaşayacaktı, söz vermiştik bunun için birbirimize.

– Bu anlaşma doğru ya da yanlış, ikimiz kendi hayatlarımız ve inançlarımız adına yaptık. Hakan, bu anlaşmaya dahil değildi Meri...

Gücü gözyaşlarına yetmişti Meri'nin:

– İnanamıyorum sana?

Muhsin kararlı, Hakan şaşkındı:

– Gözyaşlarını kullanma bu mesele için... Etkileneceğimi sanıyorsan yanılıyorsun demektir. Bu çok önemli bir husus Meri... Şimdi bekle, Hakan'a bu gün kiminle birlikte çıkacağını soralım istersen, razı mısın buna?

Meri'nin gönlü yoktu böylesi bir tavize. Oldukça da zorlanmıştı Muhsin'in gözlerinin içine bakarken. Başka bir çaresi de kalmamıştı. İstemese bile zorlanarak bükmüştü boynunu:

– Bir şartla, önce ben sormalıyım Hakan'a.

Hakan aptallaşıp kalmıştı. Bir annesine bir de babasına bakıp duruyordu... Meri, Hakan'ın ellerinden tutmuş, önünde diz çökmüş, gözlerinin içine yakaran şefkatinin en kuşatıcı duygularıyla bakıyordu:

– Hakan, bir tanem, canım evladım benim. Söyle bakalım, bu gün benimle kiliseye mi gelmek istersin, yoksa babanın söylediği mabede mi gidersin?

Meri'yi şaşırtan bir cevaptı duyduğu:

– Neden ayrı ayrı yerlere gidiyoruz ki? Nereye gideceksek, hep birlikte gidelim anne.

Her ikisinin gözlerini de ziyaret etmişti Hakan, cevabını beklerken. Anne veriyordu sorusunun cevabını:

– Hep birlikte gidemiyoruz

– Nedenmiş o?

– Çünkü biz babanla ayrı inançları yaşıyoruz. Onun için de baban bizimle kiliseye gelmez.

Bir çözüm bulmuşluğun heyecanını yaşıyordu Hakan:

– O zaman hep birlikte bu gün de camiye gidelim anne.

– Ben de oraya gelemem Hakan.

Çok daha güç durumda kalmıştı çocuk:

– Neden ayrı şeylere inanıyorsunuz anne?

– Anlatsak bile bu yaşlarında anlayamazsın.

– Madem anlamıyorum, neden götürüyorsun beni kiliseye?

– Anlayasın diye.

Annesini hayrette bırakan, hatta onu çileden çıkaran bir kabuldeydi Hakan.

– O zaman ben babamın inancının da nasıl bir şey olduğunu öğrenmek istiyorum anne. Babamla gidiyorum bu gün.

Dunyası başına çökmüştü Meri'nin.

Hakan'ın gözleri yine her ikisini de ayrı ayrı ziyaretteydi. Muhsin'in gözlerinin içi gülüyordu Hakan'ı seyrederken.

Diz çöküp kaldığı yerde, huzuru kaçmış, neşesi sönmüştü annenin. Yorgun düşen elleri Hakan'ın ellerini bırakırken sitem doluydu Muhsin'e bakışları:

– Beğendin mi yaptığını?

– Bu, bizden daha çok Hakan'ın hakkıydı, unutmamalısın Meri.

Meri hıçkıra hıçkıra ağlıyordu:

– Neden çocuğun kafasına ayrıcalığı soktun ki?

– Ağladığın zaman daha da zor durumda bırakırsın çocuğu. Şimdiye kadar bana bunları hiç sormadan hareket etmiştin Meri. Bir baba olarak benim de hakkım bu. Onun maneviyatı hakkında benim de düşüncelerimin olduğunu düşünmen gerekmez miydi? Benim de çocuğumuza karşı kaçınılmaz bir görevim değil mi bu?

Hırçınlaşmıştı Meri ve öfke doluydu sesi:

– Kiliseye gitmeli o!

– Şu anda dinleri tartışmıyoruz Meri. Hakan'ın tercihi hangisi olacak, ikimiz de bilmiyoruz.

Anne, oğluna bakıp son defa yakarıyordu kararını değiştirmesi için:

– Hakan, yavrum, kiminle geliyorsun?

– Babamla anne. Çünkü o her Pazar günü üzgündü biz seninle el ele tutuşup giderken. Bu gün de babamın elinden tutup onun mabedine gitmek istiyorum. Çok merak ettim babamın mabedini anne, üzme bizi.

Anne müzmin bir kederle ayrılıyordu kiliseye gitmek için onlardan...

Cami

Üsküdar iskelesinden vapura binip Avrupa yakasına geçmişlerdi... Baba, oğlunun elinden tutup onu Gülhane Parkı'na götürmüştü. Büfelerden canı ne istiyorsa almıştı Hakan'a.

Nefis bir hava vardı. Üşümüyorlar ve terlemiyorlardı. Hakan dolaşırlarken, dondurmasını da bitirmişti. Gönüllerince parkı dolaşırlarken aklına bir soru takılmıştı Hakan'ın. Durdurup sormuştu:

– Baba!

– Efendim oğlum.

– Senin mabedin burası mı?

Ağaçların altındaki bir kanepeye oturmuş, hem konuşuyor hem de gelip geçenleri izliyorlardı...

Babanın gözlerinin içi gülmüştü oğluna bakarken. Hoş bir lisanla latife ediyordu onunla:

– Burası işte. Nasıl, beğendin mi bari?

– Çok güzel. Biz annemle de gelmiştik senin mabedine. Sen olunca neden gelmiyor ki sanki?

Kolundaki saate bakmıştı Muhsin, tebessüm ederek. Saat tam on bir otuzu gösteriyordu.

– Bak Hakan. Saat henüz erken olduğu için buralardayız. Burası Gülhane Parkı. Mabet değil anlayacağın. Ben biraz da gezesin diye seni buraya getirdim.

– Senin mabedine girişinin belli bir saati mi var?

– Evet. Benim mabedime günde beş defa gidilir.

– Her gün mü?

– Her gün.

– İyi de annem sadece Pazar günleri gidiyor.

– İsterse, başka zamanlarda da gidebilir aslında. Daha öğrenmedin, benim inancımda da Cuma günleri ferdi olmayan bir ibadet vardır. Annenin Pazar günü kiliseye gidişi de öyle bir şey işte.

Kafası iyice karışmıştı Hakan'ın:

– Baba hemen gidelim. Beni çok meraklandırdı anlattıklarınız. Bana öğretirsin mabedinde nelerin yapılması gerektiğini değil mi baba?

– Elbette öğretirim evladım.

***

Sultanahmet Meydanı oldukça sakindi bu gün. Baba oğul el ele yürümüşlerdi parktan çıkıp. Sultanahmet Camii, bütün ihtişamıyla duruyordu karşılarında... Baba, oğlunun dikkatini çekmek için ona sesleniyordu:

– Bak Hakan, işte şu karşısında durduğumuz muhteşem yapı var ya, işte orası benim mabedlerimden biri.

Hakan hiçbir şekilde etkilenmemişti. Mutsuzluk vardı bakışlarında, hiç görmediği, aşinası olmadığı bir yere gideceklerini sanmıştı:

– Ben bunlardan her yerde görüyorum baba. Annemin kilise dediği yerler de buna benzer binalar.

– Onların minaresi de var mı?

– İşte o yok.

– Bak bunların minaresi var. Ezan okunur tepesinde birazdan. Kiliselerde çan vardır. İbadet için çağrılışımız bile farklı onlardan. Hem sen binalar benzeşiyor diye aynı ibadetleri yaptığımızı sanmamalısın. Farklı şeyler var aramızda. Birazdan göreceksin.

– Tamam babacığım, görelim.

– O zaman gel benimle. Önce abdestimizi alalım.

– Abdest ne baba?

– Namaza başlamadan önce yaptığımız temizlik.

– İyi de evden çıkarken, elimizi yüzümüzü yıkamıştık...

– Şimdi hiçbir şey sormadan ben ne yapıyorsam, sen de onları yap, inanıyorum ki abdest alırken ne demek istediğimi de anlayacaksın..

Hakan, babası ne yaptıysa ona bakıp aynısını yapmıştı abdest alırlarken... Hazırlıklarını tamamlayınca Hakan soruyordu babasına:

– Baba, neden yaptık bunları?

– Hakan, bu farklı bir temizlik. Namaza yani bizleri yaratan Allah'ın huzuruna, temiz bir kalp ve temiz bir bedenle durabilmek için abdest aldık. Ruh, beden ve zihinsel temizlik şart Huzur'a dururken.

Ezan yükseliyordu minarelerin tepesinden. Hakan, camiye girdiklerinde, duyacağı biçimde geliyordu kulaklarına yankıları:

– Baba, ben bu sesleri biliyorum, ezan deniyor buna.

– Aferin Hakan. Peki bunun ne anlama geldiğini de biliyor musun?

– Az önce söylemiştin ya baba. Kilise çanla, camiler, insan sesi olan ezanla çağrılarını yaparlar diye.

– Günde beş defa, Huzur'a durmak için yükselmekte bu sesler.

– Kimin huzurunda durmak için baba?

– Bizleri Yaratan, bizlere can veren, Kâinat'ın Sahibi olan Allah'ın huzurunda durmak için...

– Baba, annemin Allah'ı başka mı?

– Hayır Hakan. Bütün canlıların ve her şeyin yaratıcısı aynı.

– Neden ayrı yerlere gidiyorsunuz öyle ise?

– Hakan, bu uzun bir hikâye. Sana söz veriyorum, müsait bir zamanda anlatacağım, olmaz mı?

– Tamam baba. Yalnız, sorularıma itiraz etmek yok.

Camiye girerlerken, ayakkabılarını çıkarmış, ellerine almışlardı. Hakan özenle izliyordu etrafında olup bitenleri...

– Neden ayakkabılarımızı çıkardık? Kiliseye çıkarmadan giriyorduk.

– Evimizi de ayakkabılarımızın altında getirdiğimiz mikroplardan korumuyor muyduk?

– Evet baba.

– Mabetler de evlerimiz kadar temiz tutulmalı Hakan. Ne demişler, "Temizlik, imandan gelir."

– İman ne ki baba?

– Hakan, sorularından usandığımdan değil. Bunları daha sonra konuşacaktık unuttun mu? Şimdi ben ne yaparsam sen de aynısını yapmaya çalış, buradan ayrıldığımız zaman için de sorularını hafızana yaz. Anlaştık mı?

– Anlaştık baba.

Camide hatırı sayılır bir cemaat vardı. Önce sünnetler kılınmıştı, sonra farz namaz ve peşinden son sünnet... Babasının inancının gereği, kilise geleneğinden daha ilginç gelmişti Hakan'a. Namaz bitiminde tesbihat yapılmış, daha sonra, eller dua için açılmıştı Yaratıcı'ya. İçten yakarışların peşinden, eller yüzlere sürülüyordu. Daha sonra da herkes birer birer çıkış hazırlığına başlamıştı.

Baba kalkmamıştı yerinden, Hakan da hem babasını bekliyor hem de içerinin dekorlarını ve insanların yüzlerindeki sükûnetin huzurunu, merak dolu bir seyirle izliyordu.

Az sonra soruyordu babasına:

– Biz neden oturuyoruz hâlâ?

– Kalabalık biraz çekilsin diye.

– Baba!

– Efendim.

– Allahuekber, ne demek?

– Tek büyük Allah'tır demek.

– Neden ellerimizi bağladık, neden eğiliyoruz ya da neden alnımızı yere koyup O'na bir şeyler söylüyoruz?

– Eşi benzeri olmadığını tasdik etmek için, O'na saygıda kusur etmediğimizi göstermek için... Ellerimizi bağlıyor, ayetler okuyor, O'nun huzurunda eğilip sonra alnımızı yere koyup, secde dediğimiz, inancın goncalarını açtıran ve kulu Allah'ına bağışlatan o teslimiyeti sunuyoruz Bizleri Yaratan o sınırsız güce.

– Sonra ellerimizi açıp bir şeyler söyleyip...

– Ha! Dua dediğimiz de o. Hatalarımız olmuşsa affımızı istiyoruz Allah'ımızdan. Bir müşkülümüz varsa, onun hallolmasını istiyoruz. Gönderdiği kitaplara ve peygamberlere inancımızı tazeliyoruz, söz veriyoruz.

– Baba?

– Söyle bakalım Hakan.

Yüzündeki ifade görmeye değerdi Hakan'ın:

– Sizin ibadetiniz zormuş.

– Şunu bilmelisin ki insanlar zor olanı başardıkça kendilerine güvenleri çoğalır.

Beklenen Mücadele

Artık hiçbir şey başlangıçtaki gibi değildi evlerinde. Henüz masumiyeti bozulmayan, el değmedik düşüncelerini zorlayan çocuğun halet-i ruhiyesi hesaba bile katılmıyordu aralarındaki mücadelede...

Babasıyla camiye gitse, annesinin sitemli bakışları ve kinayeli sözleri, gönlünde yaralar açıyor, annesiyle kiliseye gitse, babasının gözlerinden okumaya çalıştığı hoşnutsuzluk zor durumlarda bırakıyordu Hakan'ı...

İçlerindeki saklı duygular ortaya dökülmüştü ikisinin de. İkisi de çocuklarına karşı yanlış yaptıklarının farkındaydı aslında.

İki yüreğin, iki dev şefkatin arasında, çok zor durumda bırakılıyordu Hakan... Bazen babasıyla, bazen de annesiyle gitmek zorunda kalıyordu... İki farklı inanç ve iki farklı mabedin arasındaydı Hakan.

O, küçücük beyninde halledemeyeceği meselelerin ortasında sıkışıp kalmıştı. Tek şeye aklı ermişti sadece. Her ikisi de, bir olan Allah'a inanıyorlardı Hakan'a göre. O arayış içinde çırpınan düşüncesi karmaşalarla doluydu. Belki de bildiği en doğru şey buydu Hakan'ın... Hangisine sorsa aynı cevabı alıyordu. Allah bir!

Annesi daha kırıcıydı Hakan'a göre. Ona daha az şeyler soruyordu. Babasını yalnız yakalamıştı ve fırsatı değerlendiriyordu aklınca:

– Baba!

– Gel bakalım Hakan. Yine neler düşündün?

– Baba. Annem ve sen, ikiniz de bir olan Allah'a inandığınız halde neden mabetleriniz ayrı?

Muhsin, derin bir bakış uzatıyordu Hakan'ın gözlerine.

– Hakan, bu yaşta sorduğun sorular, her aklın kârı değil aslında. Belli ki çok yoruyorsun kafanı. Bak evladım, kendi arayışlarınla bir yerlere gelesin istiyorum, ancak daha çok küçüksün. Yanılabilirsin bazı hususlarda. Sorduğun bu soruda, insanı yanılgıya düşürebilecek, geniş araştırmalara ve yorumlara ihtiyaç hissettiren incelikler var. Senin için korkum şu; araştırabilme yaşına gelmedin henüz, onun için de yüzeysel bir yolculuk yanlış inanışa götürebilir seni...

İstersen ben sana zorla şunu şöyle yapmalısın demeyeyim. Sen kafanı kurcalayan ne varsa hiç çekinmeden gel ve bana sor. Daha sonra da iyi düşün. Hatta biraz zaman tanımaya çalış kendine. Yaşın küçük henüz karar verebilmek için. Kendini daha fazla zorlarsan, usanabilirsin, o zaman içinden çıkılmaz çıkmazlara düşebilirsin...

Bizim sana yapabileceğimiz bir haksızlığın sonucu beni üzer. Seni seviyorum, üzülmeni ve yanlış bir karar vermeni asla istemiyorum... Bununla beraber, yine de sorunun cevabını vermek istiyorum...

Bak evladım, bizim inandığımız Allah, varlığı hiçbir varlığa muhtaç olmayan, Kâinat'ta ne varsa, sadece ve sadece O'nun eseri olan Allah'tır. Doğmamış, doğurmamış, eşi ve benzeri, hiçbir ortağı olmayan Allah inancıdır, işte babanın kabulü bu.

Baba, oğul ve Kutsal Ruh hikâyesi bizim inancımızda şirktir, yani O'na ortak koşmaktır ki affedilmeyen, en büyük günahtır bizim inancımızda...

Şimdi az da olsa aradaki uçurumu anlamış olman gerekir diye düşünüyorum. Ben annenin inandığı peygambere ve insanlara duyurduğu kutsal kitaba da inanıyorum. Annen, ne benim inandığım Son Peygamber Hz. Muhammed'e (sav) ne de Son İlahi Kitap, Kur'an-ı Kerim'e inanıyor. Aramızdaki ayrılığın aslı bu. Şimdilik bu kadarını bilmen ve düşünmen senin için yeterli olur...

***

Sonbaharın, hüzne tutsak yağan yağmurlarını seyrediyordu pencerenin kenarından... Yağmurla birlikte esmeye başlayan rüzgâr, solgun dallarda iğreti tutunan kehribar sarısı yaprakları düşürüyordu...

Hazin bir manzara vardı gözlerinin önünde. Ruhunda, dışarıdakinden çok daha hoyrat esen fırtınalar kopuyordu aslında... O, dalından kopup rüzgârın önünde savrulan yapraklardan daha da zor durumdaydı...

Dışarıları seyrederken, asıl fırtınalar gönül ağacının dallarında kopmuştu... Vehimlerini ejderhalaştırmaya başlamıştı kederi.

Hafif buharlaşan camın ardındaki dünyayı seyrediyor görünümünü veriyordu Muhsin... Meri ve Hakan vardı fırtınaları azdıran düşüncesinde.

Gözleri boş bakışlarla dışarılarda, beyni anne ve oğlundaydı... Mutlaka üstesinden gelmeyi başarması gereken bir problem vardı yaşadıkları çatının altında.

Hayatı anlaşılmaz olarak niteliyordu Muhsin. Günleri, ayları ve yılları elinden çalınıp gitmişti farkında olmadan...

Oraları düşlüyordu ve yine kendisini suçluyordu. İki yanlış, bir doğru etmemişti ömrünce. Masum saydığı bir yalanla başlamıştı her şey... Şimdi uçurumun kenarında hissetmeye başladığı oğlu vardı gözlerinin önünde... Arkasında, umursamadan kaçıp bıraktığı insanlar!

Gençlik yıllarında, bir çift gözün gönül sayfasına işlediği sevdası, sonunda günahsız ve masum bir kızla aralarındaki bağ ve henüz cinsiyetinden bile haberdar olmadığı, bir çocuk ve tutulan vicdanla yaşayan bir yüreğin hazin hikâyesi...

Sık sık sorduğu bir soru vardı kendisine, "Adresi saklı mı vefâsızlığın?" İçinde kapanması muhal, derin mi derin, maziden kalma bir yarayla yaşamıştı hep.

İşte o yaranın kapanması için ne kadar çırpınmışsa biraz daha batmıştı. Gün solmuş, gece başlamış ve bu elemle dolu gecenin sabahı, taze bir Pazar'dı yine...

Sabah yorgun kalkmıştı yatağından... Sessizce giyinip yeniden pencere kenarına geçmiş ve dalıp gitmişti...

Hakan, artık dokuz yaşını bitirmişti. Annesi akşamdan söz almıştı oğlundan, sabah kendisiyle birlikte kiliseye gelmesi için... O yaşlardaki çocuk, huzursuzluğunu sezdirmemek için "evet" demişti annesine.

Hakan'ın sezgilerinden kötü şeyler okuyordu Muhsin. O çocuk, kendisini talihsiz görüyordu etrafında olup bitenlere bakıp talihsizlikler yaşadıkça. Sabah erkenden kalkmıştı Muhsin. Üzerini giyinip yine pencerenin kenarına geçmişti.

Dışarıları seyrediyordu boş bakışlarla... Tek başına oturduğu odanın kapısının açılışından bile habersizdi...

Meri sessizce sokulmuştu yanına ve o da Muhsin'in baktığını sandığı noktayı yakalayıp oraya vermişti dikkatini... Nefesindeki hararet buharlaştırmıştı camı ve görüntü bulanıktı bu yüzden.

– Ne yapıyorsun burada tek başına?

Bu sesle toparlanmış ve hissetmişti Meri'nin varlığını.

– Ha, hiç, dalıp gitmişim dışarıları seyrederken.

– Belli ki bir sıkıntın var senin.

– Ürpertili bir çileye sarılmış gibi uçuktu sesinin tonu:

– Hiç gitmedi ki!

– Konuşalım mı biraz?

– Konuşuyoruz işte.

Derin ve içli bir nefes uzatıyordu Meri, eşinin gözlerine... Efkâr tütüyordu onun da bakışları:

– Söyler misin, neyin var senin?

– Yok bir şey desem inanır mıydın bana?

– Bilmediğim çok sıkıntın var demek mi bu?

– Belki de!

– İyi ya, anlat ve içindekileri dökmeyi dene istersen...

– Paylaşırsam, seni de benim durumuma sokabilir o sıkıntı.

– Bölüşürüz gerekiyorsa. Ben senin hayat arkadaşınım Muhsin.

Acı bir tebessüm vardı dudaklarında:

– Ayrılsak da beraberiz diyemiyorsak, hiçbir umudumuz yoksa bunun için, nasıl paylaşılır ki sıkıntılar.

– Sen neler söylüyorsun öyle?!

– Birimiz vaat edilen Cennet'i kazanırsak, diğerimiz Cehennem'de Meri. Hiç düşündün mü bunu?

– Yeni bir düşünce şekli mi bu sendeki?

– Fark edemediklerimiz diyelim istersen hepsine birden.

– Sen pişman mısın benimle hayatı paylaştığına?

– Pişman değilim. Yalnız, düşünüyorum da sevenler birbirlerine adıyorlar kendilerini. Biz inançlarımızı konuşup hangisi bizleri kurtuluşa götürüyorsa birlikte onun peşine düşelim bile diyemedik yıllardır...

Şimdi öz çocuğumuz, can paremiz, başlangıçta alamadığımız kararın perişanlıklarını yaşadıkça kahroluyorum...

– Hakan'ın nesi var ki üzülecek?

– Ona haksızlık ediyoruz Meri. Kafasını çok karıştırdık farkında olmadan. Buna hakkımız yoktu. Diyorum ki onu zorlamaktan vazgeçsen?

– Neden ben vazgeçiyorum ki?

– Beni dikkatle dinlemeni istiyorum Meri. Bir noktada buluşamazsak daha büyük engeller çıkar yolumuzun üzerine. Daha fazla vakit harcamadan, bir noktada buluşalım ve halledelim artık şu meseleyi... Ailece daha ahenkli ve daha huzurlu oluruz böylelikle...

Biraz engin düşünmeye çalışırsan umarım ki bulacaksın kaybının nasıl bir şey olduğunu... Ben, Allah'ın, Hazreti Musa'ya gönderdiği orijinal Tevrat'a inanıyorum. Hazreti İsa'ya da ve ona gelen, insan eli dokunmamış İncil'e de iman ettim. Zebur'a da inanıyorum Hazreti Davut'a da. İlahi kitaplara ve o kitapları duyurmak için görevlendirilen peygamberlerin hepsine inanıyorum... Ben Hazreti İsa'nın müjdesi olan Hazreti Muhammed'e ve onun duyurduğu son kutsal kitap olan Kuran'ı Kerim'e de iman ediyorum.

Allah'ın gönderdiklerine ve Peygamber buyruklarına reddiyem olamaz, onlardan bir tanesine iman etmesem, dinden çıkarım, İslam'da, imanın değişmez kuralıdır bu.

Bu sebeple benim geriye adım atıp sana gelişim söz konusu olmaz Meri, senin bir adım daha atman gerekiyor.

O adım senin için de çok önemli. Çünkü sen eksiğin olan halkayı ekleyeceksin inancına atacağın o adımla. Mensubu olduğun inancı ne terk etmen ne de ona isyanın söz konusu değil.

Bir feryattan daha ötelerdeydi Meri'nin itirazı:

– Sen benim inancıma gel Muhsin!

Sıkıntısından ayağa fırlamış, istavroz çıkarıyordu soluk soluğa:

– Biz bunları işin başındayken konuşmuştuk.

Muhsin, sakindi ve bozmamıştı edasını. Onu izlerken hazin bir nefes tazelemişti sadece:

– Bak, ben hâlâ sakinim ve kızmadan konuşabiliyorum Meri. Sana söylediğim gibi benim hiçbir İlahi kitaba ve gönderilmiş peygambere reddiyem yok. Onlar benim de iman ettiğim kitaplar ve peygamberler. Ben sana ta işin başından beri gelmişim. Beni çağırmana ne hacet. Senden istediğim bir basamak daha çıkman. Bu senin ve çocuğumuzun da geleceği, unutmamalısın.

– Hayıııır!!!

Adeta tüm binayı sallayan bir çığlıktı Meri'nin attığı. Hakan, bu çığlığı duyup hışımla girmişti bulundukları odaya. Kapının hışımla açılışı ve ayak sesleri ikisinin de dikkatinden kaçmıyordu.

Muhsin, hayretle bakıyordu Hakan'ın gözlerine. Soru Hakan'dan geldi bu defa:

– Neler oluyor baba?

Öfkesini yenememişti, ancak Meri cevaplıyordu oğlunu:

– Babana karşı yüksek sesle konuştum Hakan, yok bir şey.

Sersemlemişti onları seyrederken:

– Nasıl bir şey yok anne, korktum!!!

– Olur, böyle şeyler bazen, kendimi tutamayıp bağırdım işte.

Heyecanını söndürememişti Hakan:

– Anneeee!!!

Hakan'ın bakışlarının ikazı, ses tonu ve tavrı etkilemişti anneyi.

– Hakancım, sen hazırlıklarını tamamladıysan, çıkalım birazdan.

Hakan annesine aldırış bile etmeden babasına dikmişti gözlerini:

– Babacığım bu gün seninle Büyük Ada'ya gidelim mi? Dedemi ve dayımı çok özledim de.

Meri, ne söylediğini anlamamış edasıyla bakıyordu Hakan'a:

– Şimdi çıkıyoruz Hakan. Kilise dönüşünden sonra da Büyük Ada'ya gideriz.

Yüz ifadesi usançlıydı Hakan'ın. Gözlerinde, kıvılcımı kıran buğular oluşmuştu. Etkili bir bakışla bekliyordu annesinin gözlerinde:

– Anne, ben kiliseye gitmek istemiyorum.

Anne şaşırmıştı. Yüzündeki ifade korkunç bir tükenişin belirtisiydi. Hakan'ı anlamamış gibi sözlerinin tekrarını istiyordu gözlerinin içine bakıp:

– Ne!!!

Hakan, kararlı bir tavır sergiliyordu annesine karşı... Kelimeleri bölüp üzerlerine basa basa tekrarlıyordu sözlerini:

– Ben kiliseye gitmek istemiyorum!!!

Suratı asılmış, morali sıfırlanmıştı oğlunu sorgulamaya alırken:

– Sana baban mı öğretiyor bunları?

Yüreklenmişti ve duyarlı bakıyordu annesinin gözlerine:

– Anneeee!!! Babam bana bir şey öğretmedi.

– O halde nereden çıktı bu itiraz?

Hakan, her ikisini de şaşırtan bir tavır sergiliyordu:

– Anneciğim, ben düşündüm, ikinizin mabedine de gelmiyorum.

Baba, şaşkın, hüzünlü ve sakindi anneye nazaran. Anne, endişeyle karşılıyordu duyduklarını:

– Hakan, sen ne söylemek istediğinin farkında mısın bilmem. Bildiğim tek şey, çok korkunç bir itiraz bu.

– Lütfen anne. İkiniz de beni götürmeyin mabedinize. Çünkü hanginizin mabedine gitsem diğerinizi üzgün görüyorum. Bakışlarınızdan anlıyorum hiçbir şey konuşmasanız da. Onun için karar aldım anneciğim. Bundan sonra ne senin ne de babamın mabedine gitmiyorum ben. Büyüdüğümde bir gün, ben de tıpkı sizler gibi gidecek bir mabed bulurum.

Baba hiç konuşmuyor, anne ile oğlunu dinliyordu. Anne, bir soru daha tazeliyordu, Hakan'ın gözlerinde esefli bakışlarını bırakıp:

– O zaman, hangisine diye sorsam?

– Bilmem, o zaman bir karar veririm.

– Ama oğlum kiliseye gelmezsen, İsa küser.

– Anneciğim, bakarsın babam da başkasını söyler...

Anne, gözlerini Hakan'ın üzerinden çekip Muhsin'in gözlerine perçinlemişti. Susturucu takmıştı öfkesine eşine mırıldanırken:

– Bu senin fikrin Muhsin, yoksa bu çocuk nereden bilsin bunları?

Muhsin'in yüzünde, alayı barındıran bir tebessüm vardı:

– Çocuk aklı dersin... Bak, Nebiler silsilesinin halkasındaki kopmalara onun küçücük gönlü bile razı değil.

– İnanmıyorum sana Muhsin. Sonunda yine yapacağını yaptın ve Hakan'ın düşüncelerini karıştırdın. Sen tavrını ortaya koymazdan önce, biz ne güzel sorun yaşamadan gidiyorduk kilisemize.

– İstersen bir müddet çocuğumuzu kendi iradesine ve kendi arayışlarındaki akışlara bırakalım, ne dersin?

– Ağaç yaşken eğilir Muhsin, muhal akışlara asla bırakamam ben onu.

– Hangi tarafa eğileceğini kendisine hiç sormadan mı yapacaksın bunu?

On İki Yıl Sonra Gönül Takvimi

İnsanı şefkate, duyarlılığa ve ince bir ayara çağıran gözler, buharlıydı bu akşam... Deniz sakindi. Nefti bir örtü kaplamıştı suların üzerini.

Artık üniversite sıralarından mezun olmasına iki aylık bir zaman kalmıştı... Sevenlerinin kem gözlerden sakındığı, seçme bir delikanlı olmuştu Hakan...

Kendisini talihsiz hissediyordu Hakan. İçine kapalı, iç dünyasını kimse ile paylaşamayışının boğuntularını yaşıyordu.

Annesi Büyük Ada'daydı bugün. Babası henüz dönmemişti eve. Hafif bir sis tabakası vardı akşamın tüllendiği ufukta.

Sahil yolu kenarındaki ağaçların dekorları, sokak lambalarının yaldızladığı kıyılarda yorgun akislerle sisleri deliyor, uçuk renklerle görüntüye düşüyordu manzara.

Yıllardır o çocuk yüreğin tepkisi hiç değişmemiş gibi gözüküyordu anne ve babasına karşı. Yıllar öncesi aldığı kararı hiç değiştirmemiş, ne annesiyle birlikte kiliseye ne de babasıyla birlikte camiye gitmişti.

Anne, bütün ısrarlarına rağmen, oğlunu kararından caydıramamıştı. Meri, yarım kalmış hikâyelerden hoşlanmazdı. Hakan, annesinin yüreğinde hep bir ukde olarak yaşıyordu o günden beri.

O hiçbir şekilde Cennet'e gidemeyecekti annesinin düşüncelerine göre. En büyük endişesiydi annenin, Hakan'ın kararsızlığı. Onu, içine düştüğü boşluktan çekip alacak planlar üretiyordu durmadan.

Bu hususu Muhsin'le konuşmaya hiç yanaşmıyordu. Çünkü o da tıpkı kendisi gibi Hakan'ı kendi safına çekmek için mücadele vermekteydi. Annenin aklına gelen en son çare Hakan'ın gönül defterini karıştırmaktan geçiyordu.

Büyük Ada'da, birkaç göbek ötesine dayanan akrabalarından, güzelliği dillere destan edilen, güzel bir kız vardı aklında. Tasula... Daha önceleri bu ismi Hakan'ın ağzından duymuştu Meri.

Bu kız, beyninde iz bırakmıştı Hakan'ın... Anne, fırsat yakalamışçasına gündeme getiriyordu onu durmadan...

Hakan, boş değildi bu konuda. Tasula için annesiyle fikir birliğinde oluşunun eğilimleri vardı lisanında.

Onu düşlüyordu. Gönlünde biri var mıydı onun da? Annesinin söylediği gibi kısmeti çıkar da gidebilir miydi?

Gönlünü kimseye açamasa da Hakan'ın kalbinde adeta ulaşılmaz olmuştu Tasula. Sonra bir düşünce vuruyordu duygularını. Ya inanç yapısı? O da tıpkı annesi ve babası gibi inanç farklılıkları konusunda huzursuzluklar çıkarırsa!!!

Hangi inançta buluşmaları gerekiyordu onunla? Güzelliğine bir diyecek yoktu, belki huy olarak da anlaşılabilirdi, ama aralarına inanç farklılıkları girerse, çocuklara yazık olurdu Hakan'a göre. Çünkü çok çekmişti Hakan bu farkın çilesini...

Puslu camın arkasındaki gecenin biraz daha koyulaşan örtüsü, düşüncelerini de koyulaştırmıştı. Annesinin sözleri yankılanıyordu kulaklarında:

– Tasula çok hoş bir kız Hakan. Belki senin için biraz erken olacak, ama gönlüm razı değil o kızı başka bir kapıda görmeye...

O kız bir başka güzellikte Hakan. Uyumlu olduğunu da söylüyor herkes. İyi düşün. On yedisinde henüz. Üniversiteye gitmeyecekmiş. Uçup giderse elimizden, üzülürüz.

Annesiyle, Tasula konusunda konuşmaları arttıkça Hakan'ın Büyük Ada'daki evlerine gidiş gelişleri de o nispetle sıklaşmıştı... Özellikle de Tasula'yı görebilmek için bahaneler buluyordu Ada'ya her uğrayışında.

Anne, oğlunun çabalarını ve Büyük Ada ziyaretlerini kolaylaştırıyor, hatta onunla birlikte gidip geliyor ve akraba ziyaretleri bile birlikte yapılıyordu.

Son ziyaretlerinde, vapurla Üsküdar'a dönerken anne, oğluna sordu:

– Gözlerini üzerinden çekmiyorsun Tasula'nın. Duyduğuma göre o da seni beğeniyormuş.

Hakan, utançlı bir bakış uzatıp çekiyordu annesine:

– Anne, nereden çıkarıyorsun bunları bilmem. Daha ne onun ne de benim sıra dışı baktığımızı bile hatırlamıyorum birbirimize...

– Evladım, gönlün varsa kaçırmayalım. Maddi bir sıkıntımız söz konusu değil. Dedene çıtlattım, bütün düğün masrafları ve ev benden dedi.

– Anne, üniversite bitti bitmesine. Askerlik engeli var önümde.

– O sorun değil. Subay olarak gider, dönersin.

– Anne, Tasula güzel bir kız. İstemesine ben de istiyorum, ama arada önemsediğim sorunlar var.

– Evladım, sen sorunlarını bana bırak dedim ya.

– Anne, her sorunu paranın çözmediğini sen de biliyorsun.

– Neler var düşüncende bilmiyorum, ama para gücünün birçok şeyi çözdüğünü biliyorum. Söyler misin Hakan, senin çekincelerin nedir bu konuda?

Anneyi yıllar sonra bir daha şaşırtıyordu Hakan:

– Fikir ayrılıklarının kâbusları anne.

Anne, ani bir şokun peşinden kendisine geliyor ve buruk bir tebessümle gülümsemeye çalışıyordu:

– Ha, sadece onun içinse meraklanma sakın. Çünkü o da tıpkı senin gibi boşlukta duran biri.

– İnsanlar sır küpü gibidirler anne, kimsenin beynini okuyamazsın ki.

– Sen, benim dinim yok diyorsun. O zaman da korkacağın bir şey olmamalı bu hususta. Uyumlu bir kız olduğunu söylemekte tanıyanlar. Hayatın akışında anlaşır gidersiniz. Sen tam beş yaş büyüksün ondan. Kültür farkınız da var. Düşüncene göre eğitirsin olmazsa.

– Anne, her insanın farklı kabulleri ve hayalleri vardır... Bilemezsin ki...

– Sen babanla beni kendine örnek alıyorsan evde kalırsın. Biz yine de seviyoruz birbirimizi. Aramızdaki yegane uzlaşmazlık, inanç ayrılıklarımız. Başka da bir sıkıntımız olmadı onunla. Bunu sen de biliyorsun evladım.

– Bilmiyorum anne. Bana kalırsa, kurulan yuvaların en büyük sorunu bu...

***

Mevsim yeni bir baharı daha eskitmiş, yaz ayları ortalamıştı ömrünü. Anne vazgeçmiyordu ısrarlarından. Hakan'ı her defasında bilinçli bir ısrarla aynı adrese çağırıyordu usanmadan...

Tasula olayında sona gelmişti. Hiçbir aracıya ihtiyaç duymadan, Tasula'ya oğluyla evlenip evlenmeyeceğini bile sormuş, güç de olsa cevabını almıştı Meri... Havalanıp uçuyordu, sevinciden...

Ada'dan, coşkulu bir gönülle gelmişti evlerine. Hazırlık yapmıştı ve eşini beklemeye başlamıştı. Bir bayram hazırlığında donanmıştı sofra...

Sahili gören pencerenin kenarındaydı yemek için açılan masa. Çok bekletmemişti baba ve oğul evin kadınını. Onları güler yüzle davet ediyordu Meri, hazırladığı sofraya:

– Hadi bakalım, sofranız hazır.

Herkes masadaki yerini almış, tabaklara servis yapılmıştı. Annenin gözleri, Hakan'ın üzerindeydi...

– Sana müjdeli bir haberim var, ama biraz sonra.

– Neden biraz sonra anne, oğlunun merakta kalmasını çok mu seviyorsun?

– Hayır, ama önce kendi merak ettiklerimi sormak istiyorum sana...

– İyi ya, sor o zaman.

Saçlarına aklar düşse de hâlâ yakışıklı ve zindeydi Muhsin. Sakin bir dinleyişte yemeğiyle meşguldü. Onlarla ilgilenmiyor gibi bir tavır sergilemeyi uygun bulmuştu kendisine.

Anne, tepeden inme sorularla başlamıştı Hakan'a:

– Çok kitap okuyorsun. Bunu biliyorum... Nedense okuduklarının içinde bir hazineye hâlâ rastlayamadın.

– Nasıl bir hazine o sözünü ettiğin anne?

Muhsin anlamıştı arkasından gelecekleri. Bıyık altından gülüşü açığa vuruyordu hissiyatını.

Anne alaylı bir lisanla açıklıyordu düşüncesini:

– Kendi içindeki hazineden söz ediyorum. Artık büyüdün.

Görüntüsü birden değişmişti Hakan'ın. İnanılmaz bir tepkisi vardı annesine karşı:

– Anne hâlâ ne diye ısrarlısın bu kadar? Ben üniversiteyi bitirdim. Üniversitede asistanlık unvanını almak üzereyim. Bırak da kendimle ilgili olan şeyleri özgürce düşüneyim.

– Unutma, ben bir anneyim. Israrım normal. Kendini şekillendirmekte oldukça geciktin.

– Anne, lütfen! Bak bu gecikmeye sizlerin sebep olduğunuzu söylesem üzülürsünüz. O sebeple susuyorum bu konularda.

– Susmanı değil, konuşmanı istiyorum bu hususta.

Baba, duyarsız bir tavrı tercihteydi hâlâ. Her zaman başvurduğu sabırdaydı yine... Hakan sakindi her şeye rağmen ve soruyordu annesine:

– Anne, doğruyu söyle bana. Diyelim ki ben bir inancın sahibiyim. Bunu açıkça söylediğimde rahatlayacağından emin misin?

– Elbette evladım.

– Diyelim ki anne, ben senin değil de babamın mensup olduğu inancı seçtim, yine de bunu duyduğun zaman rahatlayabileceğini söyleyebilir musun bana?

Acı yutkunuşlardaydı anne, oğlunun gözlerine bakarken:

– Şey, tabii ki benim doğrularıma gönül verişin, daha da çok memnun eder beni...

– Ya babam anne? Onun doğrularına reddiye sunuşum, babamı sevindirecek mi sana göre? Bana kalırsa anne, kapatalım artık bu konuyu. Çünkü ikiniz de uzlaşamıyorsunuz bu hususta. Nedense sonunda olan hep bana oluyor. Cami ile kilise arasında sıkıştırıp bıraktınız beni. Şekillenmek bir yana, hiç kendim olamadım sizin yanınızda.

Ben artık o yaşlardayım anne. Kişi özgür iradesiyle akmalı inancına doğru ve hayata duruşunun sorumluluğunu kendi beyniyle duymalı önce. İnsan başkası tarafından da eğitilebilir, ancak her düşüncenin bilinçsizce etkisi altında kalan insanın kişiliğini kazanması güçleşir. Kendi içindeki boşlukları keşfedip dolduramadıkça da sıkıntıları artar. Haklı olduğunuz taraflar olabilir... Şunu sormak istiyorum sizlere, söyler misiniz, ben ne zaman kendim olacağım? Çocukluğumu bile özgürce yaşayamadım çekişmeleriniz yüzünden.

Aklımın erdiği şu ki ikiniz de çoğu zaman bencildiniz doğrularınızı bana anlatırken... Aynı şeyler değildi anlattıklarınız. Hanginizin safında olduysam diğerinizin dünyası yıkıldı. Çekişmelerinizin arasında sıkışan, kâbus dolu bir hayattı bana uygun gördüğünüz. Yıllardır sonuca varamadınız aranızda. Şimdi soruyorum ikinize de; doğru olan hanginizin çizgisiydi? Hayata münakaşalarla başladığınız için buluşamadınız bir yerde. Yazık ettiniz bana. Sizin inatlaşmanızın sonunda bir ateist oldum desem, neler söylemek isterdiniz, merak ediyorum.

Baba, suskunluğunu fırtınalar koparan bir tepkiyle bozuyordu:

– Hakan!!!

Oldukça sert bir tepkiydi Muhsin'in verdiği. Buruk bir tebessüm vardı Hakan'ın dudaklarında. Saygısını yitirmemek için direniyordu. İkisini de hırpalamıştı sözleri ve bunu bilerek yapıyordu Hakan:

– Baba, diye mırıldanmıştı dikkatini çekebilmek için ve konuşmasına devam ediyordu. Sen Müslümansın, sahi inancının gereğini yaşayabiliyor musun?

Muhsin, böyle bir soruyla karşılaşacağını hiç beklemiyordu oğlundan. Yüzündeki ifade, bakışlarındaki mana değişmişti birden. Koyu bir kâbusa bürünmüştü çehresi. Zor durumda bırakmıştı Muhsin'i bu soru:

– Sen benim inancımın gereksinimlerinin neler olduğunu biliyor musun ki onları yaşayıp yaşamadığım hakkında soru soruyorsun?

– Merak etme baba. Hem senden çok okudum hem de üniversitede, arkadaşlar arasında, bunları sizlerle tartıştığımızın daha fevkinde konuştuk ve tartıştık... Annemin ve senin inancın hakkında önemsenecek araştırmalarım oldu. Yani her ikinizin inancı hakkında, sizlerden daha fazla bilgim olabilir. Lütfen baba, sorumun karşılığını verir misin?

Hakan, babasını köşeye sıkıştırmaya başlayınca, anne, rahat bir nefes almıştı.

Muhsin buruktu. Sadece:

– Elimden geldiğince yaşamaya çalışıyorum.

Bu bir kaçamaktı Hakan'a göre:

– Babacığım, ihmalinize kılıf aramayın lütfen. Sürekli beni safınıza çekmek için mücadele verdiniz annemle. Madem yeterli değilsiniz inancınızda, o eksik olan bilgilerinizle beni nereye çağırıyordunuz? Ben sizden şimdi onun cevabını bekliyorum... Sizlere sorum şu, "Sadece bir inatlaşmadan ileriye gidemeyen tavırlarınız mıydı bana çektirdikleriniz?" Doktor sigarasını dumanlıyor ve hastasına tavsiyede bulunuyor, "Sigara sağlığınız için en büyük tehlikedir." diye, ikinizin durumu da bana göre bu.

Oruç yok, zekât yok, namaz; aklınıza geldiği zaman. Daha doğrusu sadece haftada bir gün Cuma namazında görünüyorsunuz bildiğim kadarıyla. Yanlış mı söylüyorum baba?

İnancınızın gereklerini yaşasaydınız, bana aynı hayatı yaşayabilmem için davetiye çıkarmakta haklıydınız.

Baba susup kalmıştı. Annesine bakıyordu Hakan:

– Sen de babamdan farklı sayılmazsın anne. İnancın doğru ve yanlışlarına nefsinizin verdiği sinyallerle yaklaşıyorsunuz her ikiniz de. Etrafınıza ördüğünüz duvarların arka tarafını hiç görmek istemediniz. Araştır biraz anne sen de içinde sıkıştığın kalıbı kır ve düşünceni biraz olsun yor. Kime rastlasam, daha kendisine yeterli birikimi olmadan, selam verdiği insanı kendileştirme çabasında...

Meri kahırlanmıştı. Hakan, vereceği müjdeyi bile sormamıştı kendisinden. Öfke onu da unutturmuştu anneye.

Sofra toplanmış, Muhsin düşüncelere dalmıştı. Anne, hakaret sayıyordu oğlunun inançları hakkında kendilerini basite alışını.

Hakan anlaşılmazdı bu defa, onları münakaşanın içine çekerken, kendilerini, gerçekleri sorgulamaları için zorluyordu adeta.

Baba derin düşüncelerin adamıydı. "Yanılgıların ürünü." Başka bir şey olamaz diye suçluyordu kendisini. Annesiyle konuşmalarına vermişti yeniden kendini. Satır aralarındaki çelişkilerini yakalamak istiyordu Hakan'ın.

Anne rahatsızlığını vuruyordu dışa:

– Ben ateistim diyorsun. Bu korkunç düşüncenin aynı zamanda, bir yaratıcının da olmayışını vurgulamakta olduğundan habersizsin. Çok kitap okuyup hazineyi bulamadın derken sana bunu söylemek istiyordum. Senin bu duyarsız kabulün, ispat edilmesi gereken bir iddiayı da beraberinde getirmiyor mu? Üniversite mezunusun, asistanlığın söz konusu. Bunları mı öğreteceksin talebelerine?

Böyle boşlukta kalan, kolay kabul gören bir iddia seninki... Ateizm!!! Söz sahibinin cehaletini ortaya koyan bir keyfiyetten ibaret konuşmaların...

Karşındaki insan hangi İlahi kitabın mensubu olursa olsun, aklı ve mantığı güldüren bu görüş için sana dönüp, "O halde seni kim yarattı? diye sormaz mı?

Ruhunu, bedenini, bütün ihtişamıyla hislerini ve duygularını, aklını beyninde barındıran her insanın hakkı değil midir sana bu soruyu sormak?

Bu sorunun bir cevabı da var mı bari Hakan? Bütün kâinatı, canlı cansız dediğimiz, etrafımızda bizlerle varlığını sürdüren her şey kimin eseri? Bunları tesadüflerin eline bırakan akla söylenecek söz nedir, hiç düşündün mü?

Akıl sahibi olan, ilim, bilim ve manevi değerleri bir kenara atıp bütün gerçekleri tek kelime ile reddeder ve ben, ateistim diyerek bitirir mi sözü? Sen söyledin diye kabul edilir mi sanıyorsun?

Kendine sormak da mı aklına gelmedi bunu ateistim derken? Ben varım... Konuşuyor, duyuyor, üzülüyor, seviniyor, nefret ediyor, acıyabiliyorum... Duygularım, kabullerim, hissiyatım ve bedenimde bana sormadan işleyen organlarım kimden alıyor çalışma emrini?

Nefes alıp verişim, yer çekimini hissedişim, ay, güneş yıldızlar, hava, su, yağmur, şimşek, kar dolu, boran ve tabiatın mevsimlere göre renk ve desenlerini kim yaratıyor?

Bu ölçülü hareketler ve denge kimin işi? Söyle Hakan, hangi akıl bu muhteşem oluşumu kafasından siler ve özüne dönmeyi, kul oluşu reddeder? Kim bu harikalar sanatıyla oluşturulan kâinata kayıtsız kalır ve bunca varlık sahipsizdir diyebilir?

Akıl, bilim ve ilim, var oluşun hikâyesini de beraberinde getirmiyor mu?

Hakan gayet soğukkanlı ve kendisinden emin bir duruş sergiliyordu annesiyle konuşurken. Onun rahatlığı bile rahatsız ediyordu anneyi.

Hırsını alamayıp Muhsin'e dikmişti gözlerini ve hırsını adeta ondan almak, ona sataşmak istiyordu. Keskin bakışlarını gözlerine mıhlamışçasına hiddetliydi:

– Muhsin, şaşırtıyorsun beni bu sakin ve duyarsız halinle. Ne kadar rahatsın, duydukların incitmiyor mu seni?

Alışkındı Meri'nin sataşmalarına. İstifini bozmadan, oldukça rahat ve sakin bir şekilde eşini cevapladı:

– İncinmesi gereken bizim içinde bulunduğumuz durum Meri. Hakan'ın konuşmalarını iyi dinlemişsen bu öfkeye gerek kalmazdı. O, buluşamadığımız nokta için bizi ateşlemekte. İnanmayan bir düşüncenin soruları değildi bizlere yöneltilen. O sanki bir yerlerde, inatla bizlere adresini vermemek için direnmekte.

Hakan, anlamlı bir seyir tutturmuştu babasının gözlerinde ve susmuştu... Annesi konuşmasını istiyordu:

– Doğru mu söylüyor baban? Yoksa onun beni çıldırtan rahatlığı seni kendi safına alışı mı Hakan?

Esef doluydu delikanlı. Efkârı sesine yansımıştı:

– Gerçeklerden kaçışlar ve onların devamına kapıları kapalı tutmanın ürpertileridir insanı tüketen anne. Benim özgürce seslendiremediğim düşüncelerim ve gönül hapishanesinin duvarları arasında mahkûm gerçekler var, durmadan yüzleştiğim.

Eksik kalmış bazı geleneksel kuralları değişmez sanıp asıl kurallara duyarsız yaşarken, buyrukları nefislerimize göre güdükleştirmeler öldürür beni.

İlahi serüvenin halkalarını dilediğimiz yerde koparışlarımız, kopuk halkanın devamına bakmadan, geride bıraktığımızı din sanmamız ve yolculuğunu menziline vardıramayan inançlarımızın keyfilikleri vurur beni...

Akışın önündeki setler olmasaydı belki de bu sorunlar hiç yaşanmayacaktı anne. Bunları fark ettikçe ölürüm ben, siz farkına bile varmazsınız.

Beyinlerimizde gönlümüze göre kemikleştirdiğimiz, sınırlarını kendimizin çizdiği ve gerçek çizgisinden saptırdığımız inançların çilesini çekiyoruz birlikte.

Sen ve babam! Benim için koyduğunuz engelleri aşamadım. İkiniz de inandırıcı değildiniz beni saflarınıza çağırırken.

Gerçekleriyle yüzleşmekten korktuğunuz inançlarınızın gölgeleriyle oyalandınız ikiniz de. Birbirinize karşı iki yüzlü bir hayattı yaşadığınız. Sevgileriniz bile sahteydi birbirinize karşı.

Annenin itirazı vardı:

– Hakan neler söylüyorsun bilip bilmeden. Sen nereden biliyorsun sevgilerimizin sahte olduğunu?

– Seven gönüllerin buluşma adresleri olur anne. Siz değişik adreslerdeydiniz hep. Bedenlerinizdi sadece birbirini tanıyan ve bütünleştiğini sanan. Ruhlarınız, en önemlisi anne, ruhlarınızın buluşması gereken adreste değilsiniz ikiniz de...

Sevenlere verilen adres ateş bile olsa, orada buluşurlardı. Siz korktunuz ruhlarınızı buluşturmaktan ve bana da aynı mirası armağan etmeye çabaladınız.

Sizinki sevmek değil, efendi köle hikâyesiydi. Bir de ben eklenmek istemedim aranıza ve adresimi vermeden, inancım varsa onu iç mahzenlerimde sakladım, paylaşmak istemedim ikinizle de...

Bildiklerinizi yaşamaya devam edin içiniz rahatsa. Bana dokunmayın bu konuda...

Anne yine alıngandı. Gözlerine ısrarlı bakışlarını bırakmıştı:

– Ne kadar da çok benziyorsun babana?

– Hangi halimle anne?

– Gülmeyen yüzün, kendine olan güvenin ve sırlarını içinde saklayışın, tabii ki fiziki benzerliğin de buna dahil.

– Babama fiziki benzerliğim doğal anne. Yalnız iş sır saklamaya gelince babamla yarışmam mümkün olmaz. Babam zor bir insan, ancak onu yine de çok sevdim ben.

– Ya beni, beni sevmiyor musun?

– İnsan annesini sevmez olur mu hiç?

– O halde neden zorluyorsun bizleri? Ne istiyorsun bizden?

– Birbirinize sevgilerinizi hissettirmenizi istiyorum. Dönüşü olmayan zamanın akışında, geride yaşanmamış sevgilerin kalmaması için çabalıyorum

Babam, açılmamış bir kutu anne, onun paylaşamadıkları var bizimle. Gözlerinden okuyorum onun gizli dünyalarını.

Muhsin, içli bir dinleyişteydi anne ve oğulu. Meri, hissiyatını cümleleştiriyordu oğluna bakıp:

– Deli çocuk. Şuna inandım ki sen oldukça dolusun. Bunları unut ve rahat olmaya çalış. Biz babanla mutluyuz. Senin olumsuz sandıkların hayatın tuzu ve biberi... Onlar da olmasalar, hayat monotonlaşır.

– Dozu kaçan, tuz ve biber değil anne.

Muhsin dayanamamıştı daha fazla:

– Hakan haklı Meri. Sabırla dinledim konuşmalarını. Bizim tutarsız yanlarımızın huzursuzluğu var onda. Uyumsuzlukların ürünü, arzulanan görüntüyü vermez bildiğim kadarıyla. O, adresini kesinleştirmiş görüntüsü vermekte. Konuşmalarından anladığım bu. Ancak çözemediğim bir şey var arada. Söyle bakalım Hakan, çözülmez oluşumu nasıl kanıtlayabilirsin?

– Onu daha sonra konuşuruz baba.

***

Hayaller ülkesi kent, yine efsane dekorlarını sergiliyordu baktığı pencereden. Deniz, ruhunu dinlendiren, ahenkli dalgaların kesişmesiyle göz alıcıydı...

Hakan, asistanlığın verdiği çalışmalarıyla yoğun günler yaşasa da memnundu hayatından. İçinde bir huzursuzluk vardı. Üstesinden gelemediği, prensiplerini iradesini hiçe sayan bir tutkunun esiriydi gönlü bu günlerde...

Annesinin bitmeyen ısrarı sonunda, gönlünü bir büyülenişe kaptırmıştı Hakan. Annesinin bilinçli ısrarları ve duyguları ağır basmıştı.

Meri, o sır gibi sakladığı muştusunu, Hakan'la baş başa kaldığı bir gün, doğru zamanda ve doğru bir zeminde seslendirmişti ona.

Büyük Ada'ya gitmişlerdi birlikte... Vapurda denizin esintisini soluyarak bakıyordu oğlunun gözlerine:

– Sana bir müjdemin olduğunu söylemiştim, üsteleyip de sormamıştın.

– Evet anne, hatırlıyorum.

– O zaman, ne olduğunu bildiğin için de merak etmedin, öyle mi?

– Evet anne.

– Neydi tahminin, bana da söyler misin?

– Anne, dayım söyledi bana.

– Demek biliyordun?

– Evet anne, Tasula hikâyesi.

– Ona seni isteyip istemeyeceğini sordum. Sevincinden havalara uçtu kız.

– Bunu neden yapıyorsun anne? Bir Müslüman kızla evlenebileceğim korkusu mu sardı içini son günlerde?

– Sen ondan hoşlanıyordun, bunu sezmiştim Hakan. Bir anne olarak, gelinini seçme duygusu bende de hâkimdi ve gidip sordum ona.

– Anne, daha önce bana sorman gerekmez miydi bunu?

– Hakan, birbirimizi yanıltmanın anlamı yok. Sen gönüllüydün Tasula için.

– Tasula güzel bir kız ama çekincelerimin olduğunu söylemiştim sana.

– Sen şimdi boş ver onları. O da senin gibi boşlukta.

– Bu senin fikrin anne. Daha sormadık ki ona.

– Ben sordum, merak etme sen.

– Anne, diyelim ki ben de onu istiyorum, ya babam? O ne diyecek bu işe?

– Sen evet de, gerisini annene bırak evladım.

***

Kafası karışıktı günlerdir. Annesinin, Tasula konusundaki acelesi ve babasının bu konuda haberdar edilmeyişinin huzursuzluklarını yaşıyordu Hakan.

Annesi Büyük Ada'daydı... Dönülmez bir noktaya getirmişti Tasula meselesini. Hakan erken gelmişti eve, babasını bekliyordu dışarıları seyrederek.

Bol yıldızlı bir akşamdaydı İstanbul semâları. Ay, mahmur bir aydınlıkla ışıtıyordu kenti... Kapının açılışı babasının gelişinin habercisiydi...

İşleri yoğundu Muhsin'in. O eskimiş bir Emniyet mensubuydu. Gözde bir elemanıydı görev yaptığı kurumun.

Üzerini değişip gelmişti Hakan'ın yanına:

– Merhaba delikanlı.

– Merhaba baba.

Onlar iki arkadaş gibiydi. İçindeki sıkıntıyı açmanın zamanı olduğu kanaatindeydi Hakan.

– Babacığım, otur biraz, konuşalım.

– Önemli bir şey olmalı?

– Önemli.

Karşısına oturmuştu oğlunun:

– Seni dinliyorum.

– Baba, önemsediğim meseleyi görüşmeye hazır mısın?

– Baba ile oğlunun özelleri de müştereklik arz ederler delikanlı.

Sıkılganlığı her halinden belliydi Hakan'ın:

– Affedersin baba, sana sormadan bir işe giriştik annemle birlikte.

– Neler yaptınız yine benden habersiz, merak ettim doğrusu.

Başını öne eğmişti Hakan:

– Evlilik meselesi.

İroniyi andıran bir bakışı vardı oğluna:

– Desene oğlumuz gönlünü bir güzele kaptırdı.

– Düşündüğün gibi baba.

– Kimmiş bu şanslı kız, ben de tanıyor muyum bari?

– Evet baba. Tanıyorsun.

Daha bir dikkatli bakıyordu oğlunun gözlerine... Biraz öncesi yüzünü kuşatan neşeden eser kalmamıştı.

– Kimmiş o, öğrenebilir miyim?

– Tasula, baba...

Algılamaya çalıştığı isim, acı yutkunuşlarına sebep oluyordu babanın. Hakan'ı hayrete düşürmüştü babanın bu hali:

– Ne oldu baba, bir sakıncası mı vardı?

– Annen mi istedi bunu senden?

– Baba!!!

– Ben sana bir soru sordum delikanlı.

– Sadece annem değil, onu ben de istedim baba.

– Gözlerinin önündeki ve örneğinden müşteki olduğun durumu bilerek yaşamak için mi aldın bu kararı?

– Aldığım karar yanlış olsa bile babacığım, sen de yaptın bunu sonuçta.

– Bana bak delikanlı. Hayatta en önemsediğim parçalarımdan birisin. Hayatının sıkıntılarla geçmesini istemem. Karar vermezden önce çok iyi düşünmeni istiyorum sadece.

Annenle aynı adreste buluşmadığımızın sıkıntılarını yaşayan bir gönlün var. O senden aynı adreste buluşmanızı isteyecek şimdi olmasa bile!!! Nasıl, onun inancı için çağırdığı adreste buluşabilecek misin?

Ben o ıstırabı ömrümce yaşadım ve hâlâ da yaşamaktayım... En yakın görgü şahidisin bunun. Şu an inanıyorum ve üstelemiyorum.

Senin bir inancın var ve bunu annenden de benden de daha mükemmel yaşıyorsun. Sormuyorum bunun için adresinin neresi olduğunu... İyi düşün demekten başka da hiçbir şey gelmiyor aklıma. Sen bilirsin Hakan.

***

Bir oldu bittiye gelmişti her şey. Meri, zafer kazanmış kumandan edasındaydı. Yer yerinden oynamıştı düğünlerinde. Meri, Hakan'la Tasula'nın yuva kurmasını başarmıştı.

Coşkulu bir hayatı vardı onların... Keyiflerine diyecek yoktu. Herkesi şaşırtan, huzurlu ve mutlu bir yuvaları vardı. Ayrı bir ev açılmıştı onlar için, maddi sıkıntıları yoktu...

Yılına varmadan bir erkek çocuğu doğurmuştu Tasula... İkici yılın sonunda da bir kız çocukları dünyaya gelmişti.

Oğullarının adını Soner koymuşlardı, kızlarının adını da Muhsin koymuştu, Kayra...

Baba oğul, Üsküdar'da aynı sokakta, karşılıklı dairelerde oturuyorlardı. Hakan, doktorasını vermişti. Yardımcı doçent unvanı vardı çalıştığı üniversitede... Nihayet askerlik kapısına dayanmıştı...Yedek Subay olarak kışlasındaydı o...

Eşinden, çocuklarından, anne ve babasından uzakta, ayrılığın hasretini özümseyerek yaşıyordu.

Tasula ile aralarında hasret mektupları gelip gitmeye çoktan başlamıştı...

Meri, Hakan'ın askere gidişindeki boşluğu çok iyi dolduruyordu kendisine göre... Beklediği bir fırsattı ve eline geçen fırsatı değerlendirebilmek için çırpınışlardaydı Muhsin'e sezdirmeden.

Hakan bir dinsizdi, Cehennem'e gidecekti müdahale etmezse. Meri öyle düşünüyordu oğlu için.

Tasula'nın, kilise ile arasındaki bağı güçlendirebilme fırsatını oldukça bilinçli bir şekilde değerlendirmeyi başarmıştı.

Dönüş

Çocuklar büyümüş, serpilmişlerdi. Hakan, askerlik dönüşü çok farklı bir Tasula ile karşılaşıyordu

Dönüşünde bulduğu Tasula, kendisini askere uğurlayan Tasula ile aynı değildi.

Yine güzel, yine anlayışlı ve yakın, yüzünde yine gülücükleri solmayan bir Tasula bulmuştu, ama inancını çok ileri boyutlara taşıyan bir Tasula vardı şimdi karşısında Hakan'ın…

Çocukları daha şimdiden, kendi yaşadığı çocukluk günlerinin benzerini yaşıyorlardı… Hiç beklemediği bu manzara, onu haddinden fazla tedirgin etmişe benziyordu.

Pazar gününün rehaveti vardı gözlerinde. Tasula erkenden kalkmıştı. Az sonra da kapıları çalınmıştı. Annesiydi evlerine gelen…

Meri'nin sesiydi kulaklarına dolan:

– Hazır mısın Tasula?

Tasula karşılamıştı Meri'yi:

– Hazır sayılırız anne. Çocukları giydirecektim sadece.

Hakan bir şeyler sezmişti hazırlıklarından. Annesiyle Tasula'nın bulundukları odaya girmişti. Çocuklar babaanneye sarılıyorlar, yanakları öpülüp çikolata uzatılıyordu ellerine.

Hakan ortakçısı oluyor beraberliklerin ve sesini duyuruyor varlığını hissettirmek için onlara:

– Anne, hoş geldin.

Sevinçli ve inanılmaz güleç yüzle bakıyor oğlunun gözlerine:

– Hoş bulduk evladım. Nasılsın?

– Sağ ol anne, iyiyim. Babam ne âlemde, o neden gelmedi?

– O kahvaltısını yaptı, ben de kiliseye gitmek için çıktım evden. Tasula ile birlikte, sen askerdeyken, çocukları da yanımıza aldığımız gibi hiç aksatmadan, her Pazar günü ayinlere katıldık onlarla. Çocuklar nasıl da mutlu oluyorlar, bilemezsin...

– Ya!!!

Sakin bir seyir tutturmuştu Tasula'nın gözlerinde. Anne, oğlunun vereceği tepkiyi merak ederken, Hakan sabredememişti.

– Sen kiliseye mi gidiyorsun Tasula?

– Evet.

– Annem mi istedi bunu senden?

Karışık bir düşüncenin anlamsızlığı yansıyordu Tasula'nın gözlerinden:

– Benim Hıristiyan, dinine mensup olduğumu bilmiyormuş gibi bir tavrın var Hakan.

– Askerlik öncesi hiç konusu olmamıştı aramızda. Kiliseye gittiğini hiç hatırlamıyorum nedense.

– Belli bir inancım vardı. Tabii ihmallerim de söz konusuydu o vakitler. Bir bakıma sen de haklısın şaşırmakta. Şey, ya sen Hakan, sen hâlâ bir şeyler söylemedin bu konuda. Senin de ihmallerin olsa bile hiçbir inancın yok mu hâlâ?

Anne merakla bekliyordu oğlunun vereceği cevabı. O sadece dudak arası bir fısıltıyla:

– Var, diyebilmişti ve susmuştu eşinin gözlerine bakıp. Yalnız, sizin inancınızdan çok farklı benim inancım.

Anne şaşırmıştı. Tasula gayet sakin bir seslenişle soruyordu:

– Sen o farklı dediğin inancı yaşıyor musun?

– Evet.

– Hiç görmedim de.

Kahırlı bir sesi vardı:

– Hayatımda onu özgürce yaşayabilme şansım hiç olmadı.

Anne, dozu yükselen bir öfkeyle Tasula'yı ikaz ediyordu:

– Evladım, sen çocuklarını giyindirmene bak. İnançsızlığın kuralı, inançlara isyandır. Hakan bu tavrıyla hâlâ üzmekte bizleri. O Cennet'i özlemiyor her ne yaptıysak.

Hakan donup kalmıştı Tasula'yı beklerken. Tasula gönülsüzdü, huzuru kaçmıştı çocukları hazırlarken... Hakan yıllar öncesine gitmişti birden.

Babasının evlilik öncesinde kendisine yakarışları geliyordu kulaklarına. O sert ve otoriter adam, müşfik ve kuşatıcıydı o akşam:

– Bu sorunu biz ailece yaşadık Hakan. Sen en çok etkilenen kişi oldun aramızda.

– Baba, Tasula boşlukta bir kız. Anlaşırız onunla. Tahminim, bir yerlerde buluşuruz, merakta kalma sen.

– Senin onu çağıracak bir adresin mi var? O seni bilinen adresine davet edecektir sonuçta. Nasıl, gidecek misin?

– Baba bunları boş ver şimdi. Onu çağıracak bir adres bulurum ben.

– Hakan, bunları sana söylemek istemezdim, çok yaralıyım bu konuda. Sen de benim gibi aynı sorunları yaşama diye hatırlatıyorum sadece.

Onların bir inancı var, ihmalleri olsa da. Sen soru işaretleriyle yaşıyorsun kafanda. Nasıl, senin de bir yol haritan var mı?

– Baba bu konuda kimseye yüreğimi açmamaya kararlıyım. Bunca araştırma yaptım. Sana şu kadarını söyleyeyim yine de.

Benim de bir inancım var, Tasula ile biz kendimize buluşma noktamızı belirler ve sizlere de söyleriz bir gün.

– Hakan, yine de endişelerim var bu hususta. Ben bir babayım. beni kamçıladın ve ihmallerimi giderdim, olduğum gibi görünemediğim için. Bunu sen de biliyorsun.

– Biliyorum baba.

– Bak evladım, aklı başında bir insansın. Elbette yaşadığı hayatın sorumluluğu daha çok kendisine düşer insanların.

Herkesin hayatının hesabının verileceği gün gelir. Hazırlıkların var mı bu konuda, merak ettim.

– Meraklanma dedim ya baba.

– Bir adet vardır ülkemizde. Gelinliğe hazırlanan kızların, baba evinden çıkmazdan önce çeyiz sandıkları açılır evlerinin bir köşesine, neyi varsa görücüye çıkarılır. Ziyaretçileri için teşhir edilir çeyizler.

İnsanın yaşarlarken umursamadığı inançları var ya? Ömür tükenip, hayatla bağları koptuğunda, baba evinden çıkacak gelinin görücüye çıkan çeyizine benzer halin…

Buradan ne götürmüşsen sergini yaşadığın hayatın dekorlarıyla açarsın… Dünya geçici, yarın yok, o halde bugün senin de bir şeyler yapman gerekiyor…

Bir baba olarak senden istediğim şu. Dünyaya gelişinin sebeplerini iyice araştır ve hayatını mükemmel bir kul olarak yaşa.

Elinden gidecek zamana ve senin olmayan yarınlara fazlasıyla bel bağlama. İçinde yaşadığın an sana ait. Söyle bana, şu an ne yapmayı düşünüyorsun? Kararını ona göre vermelisin...

Ağır bir uykudan uyanır gibi açıyordu gözlerini. Tasula çocukları hazırlamış, anne sabırsızdı. Derin, efkâr dolu bir nefes almıştı onların çıkış hazırlıklarını gördüğünde.

Beklenmedik bir tepkisi vardı Hakan'ın:

– Tasula!!!

Çocukların birinin elinden babaanne, diğerinin elinden Tasula tutmuştu. Bu ses durduruyordu hepsini. Tasula, dönüp anlamlı bakmıştı, dozu yükselen sesin sahibine:

– Efendim Hakan!

– Çocuklar benimle kalıyorlar.

Meri'nin yüz ifadesi görmeye değerdi. Cevabı da o veriyordu:

– Neden?

– Anne lütfen. Çocuklar kalıyor.

Tasula, mahcup bir sesle ulaşıyordu eşine:

– Çocuklar da seviyorlar Pazar günlerindeki bu değişikliği.

– Onların daha neyi sevip neyi sevmedikleri belli değil. Çocuklar, benimle evde kalıyorlar hayatım.

Anne ne kadar direndiyse, Hakan kabul etmiyordu. Sonunda, çocuklar kalmıştı, Hakan onları uğurlarken, Tasula'ya bir şeyler mırıldanıyordu:

– Döndüğünde bunları baş başa daha derinlemesine konuşuruz hayatım.

Tasula, itiraz etmemişti:

– Tamam, dönünce konuşuruz Hakan. Umarım tutarlı bir sebebi vardır bunun.

***

Ateşten mürekkeple aşkı telif ettiler,

Bir kızıl güle sarıp bana teklif ettiler...

Çocuklarla meşgul olmuş, onların gönlünce işler yapmıştı. Oyuncaklarını çıkarmıştı onlarla oynamak için. Çocuklar oyuna daldığında, sükûtun çaplı kuşatması hâkimiyet kurmuştu suratında. Kırılganlıkların, yeisin izleri vardı yüz hatlarında.

Babasını hatırlamıştı yine. Haklıydı galiba ikazlarında. Öyle düşünüyordu Hakan. Onun bir yol haritası vardı aslında ve özenle saklıyordu bunu anne ve babasından.

***

Tarih üzerine yapmıştı doktorasını... Önemli araştırmaları ve birikimleri vardı bu konuda...

Savaşların soğuk yüzünün derinliklerine indiğinde daha çok üç sebebe rastlamıştı Hakan. Din ayrılıkları, rejim ideolojisi ve toprak edinme hevesleri.

Tarihi sebep ve sonuçlar yazmıştı... Dünyayı kan gölleri haline bu sebepler getirmişti daha çok... Az bir zaman kalmıştı önünde doçentlik için. Tarihte dinler ve mezhep ayrılıkları konulu bir tez üzerinde yoğunlaşmıştı.

Bütün gayretiyle asıl hüviyetine bürünüşün hazırlıkları içindeydi son günlerde. Muhteşem bir nizama ve ihtişama, gerçek dokularının elbiselerini giydirebilmesi için, gerçek bir dengeye, en hassas ölçülerle hazırlıyordu kendisini Hakan.

Oldukça ilginç gelen, aşinası olmadığı sinyaller alıyordu içinden. Adeta sırlar kendisini cömertçe açıyordu Hakan'a... Bu güven ve oluşum içinde suyu kaynaklarından içerek, bütün sahteleri seçip gerçekleriyle değiştiriyordu onların yerlerini. Öğrendikleri, onu sınırsız gücün merkezine doğru çekiyordu. Hakan, Bir'e yürümeye adamıştı kendisini...

***

Zaman çok şeyi değiştirmişti hayatlarında. Dedesi ve anneannesi, dünyadan kısa aralıklarla vedâlaşıp gitmişlerdi. Annesine ve dayısına kalmıştı bütün servet.

Çocuklar on iki ve on bir yaşlarına basmışlardı. Zaman, farkında olmadan akıp gitmişti ellerinden.

Baba, şaşırtan bir başarı ile İstanbul Emniyet Müdür Yardımcılığı'na yükselmişti. Sevinçten uçuyordu aile. Aynı coşkuya Hakan'ın doçentlik müjdesi de karışınca, çifte kutlama başlamıştı ailede.

Her şeye rağmen Hakan'ın burukluğu kaçmıyordu babanın gözlerinden... Bir fırsatını yakalayıp baş başa kalmıştı baba ve oğul. Muhsin, oğluna derin bir bakış uzatmıştı:

– Neşen sönük senin!

– Yok bir şey baba. Her zamanki halim.

– Dertleşiyoruz. Saklama artık bazı şeyleri benden.

– Çocuklar!

– Neyi var çocukların?

– Annem, sağ olsun ellerini üzerimizden çekmedi baba. Çocuklara da aynı şeyleri uygulamakta. Benden habersiz alıp alıp kiliseye götürüyorlar onları.

– Sen ne yapıyorsun?

– Her zaman olduğu gibi sükûtu tercih ediyorum baba... Öyle bir sükût ki içinde yanar dağları harekete geçirecek kadar acımasız...

Yarınlar Bizi Anlatır

Yıllar bir solukta geçip gitmişti. Bu ihtiras dolu adamın gönlüne, kendisini silinmez harflerle kazımıştı hasret. Oraları kimseyle paylaşamayışının azabı vardı içinde. Tam otuz altıncı yılıydı, hatıralarının sindiği o yerlerden ayrılışı.

Yıllar var ki ayrıldığı mekândan aşinası olduğu bir yüze rastlayamamıştı. Artık İstanbul Emniyeti'nin uç makamlarından bir koltuğu hak etmiş ve o makamda sürdürüyordu görevini...

Çiçekler, ziyaretçiler, yoğun günler yaşamıştı Muhsin... Mazisini kendi arzusuyla reddeden biriydi o.

Kaygısız değildi aslında. Satırlara döküyordu azaplarını... Harflerin sırtına ne kadar sarabilmişse azaplarını, belki de o ölçüde rahatlıyordu içini onlara döktükçe.

Makamını dolduran biriydi... Adı çok çabuk yayılmıştı yürüttüğü sıra dışı hizmetiyle birlikte... Sekreteri açmıştı kapısını. Dalgınlığını geçiştirip ona bakıyordu.

Görevli:

– Ziyaretçileriniz var efendim. Çok eski bir arkadaşınız olduğunu söyledi.

– Açılmamış bir sesti sorulaşan:

– İsim sormadın mı?

– Eşi ve oğlu var yanında efendim. İsterseniz sorup öğreneyim.

Beynine balyoz çakılmış gibi acı çekmişti. Sadece:

– Gelsinler, diyebilmişti.

Kafası karmakarışıktı. Gözleri, açılan kapıda çakıyordu şimşeklerini. Hayret ifadesi bütün bedenini kuşatmıştı.

Üç kişi giriyor açılan kapıdan. Koltuğundan yavaşça kalkmıştı misafirlerini karşılamak için.

Hayatının belki de en büyük heyecanlarından birini yaşıyordu Muhsin. Kendi yaşlarında gösteren bir adam, peşinden bir kadın ve onun peşinden bir delikanlı girmişlerdi odasına.

Tanıyabilmek için zorlanıyordu kendisini. Dikkatli bir incelemeye almasına rağmen tanıyamamıştı... Bakışları misafirlerine de aynı şeyleri söylüyordu.

– Buyurun, çıkaramadım, kusura bakmayın... Arkadaşım olduğunuzu söylemişsiniz.

Adam, buruk bir tebessümle bakıyordu Muhsin'in gözlerine:

– Nasıl olur? Köydeki en yakın arkadaşın bendim. Birlikte doğup büyüdük Yeşil Höyük'te.

Adamın ağzından çıkan sözler, Muhsin'i beyninden vuruyordu... Yeşil Höyük?

– Dur bakalım, sakın söyleme adını.

Biraz daha dikkatli baktığında bir isim bomba gibi patlıyordu dudaklarında:

– Sen Kenan'sın.

Arkadaşı derin bir nefes almıştı yanındakilere göz ucuyla bakıp ve o da:

– Evet demişti. Şükür, tanıdın arkadaş...

– Ne yani sen beni dışarıda bir yerde görsen yine de tanır mıydın?

– Zorlanırdım, orası doğru. Ama fazla değişmemişsin.

– Sen de öyle.

Birbirlerine nasıl da sarılmışlardı. Kenan, yanındakileri tanıtıyordu arkadaşına:

– Eşim ve oğlum.

Yer göstermişti oturmaları için:

– Memnun oldum, hoş geldiniz.

Delikanlı, elini öpmüştü, kadın sadece utanç dolu bir sesle:

– Hoş bulduk, diyebilmişti Muhsin'e.

Hepsi de oturmuşlardı misafir kabul edilen masanın etrafında. Kaçamak bakışları kadını inceliyordu Muhsin'in. Yıllar öncesine götürmüştü bu seyir onu... Hülyalarının başladığı ve söndüğü, küstürülmüş yüreğinin sılasından kare kare fotoğraflar düşüyordu geçmişinden gözlerinin önüne...

Sekreterini arayıp:

– Dört çay. Demişti ve kafasında mazi vardı... Dalmıştı bir an için. O günlerden kalma, kırık dökük sözcükler yankılanıyordu kulaklarında.

– Mehel değildir yol kesmek, bilirim... Sana babamı ve annemi göndersem Allah'ın emriyle? Hayat arkadaşım olmayı sen de ister misin!!!

– Senin için başka bir kızdan söz ederler?

– Gönlümde başka biri yok.

– Bakarsın üstesinden gelemezsin, adım dillenir.

– Sen olur de, sadece bunu duymak yeter.

– Baban olmaz derse, yine de durabilecek misin sözünde?

– Gönül benim gönlüm ve başkalarından emir almaktan asla hoşlanmaz.

– *Allah utandırmasın Ağaoğlu.*

Sonra gözlerini açıp derin bir soluklanışla rahatlamaya çalışsa da, Azrail yoklamış gibi irkilmiş ve toparlanmıştı hayallerini noktalayıp. Susuşundaki mazeretini dillendiriyordu. Kenan'a bakıp:

– Bizim köyden mi yenge?

– Evet, bizim köyden.

Durun bakayım, onu da çıkarabilecek miyim? Çok görmeyin, otuz altı yıl bu, dile kolay.

Biraz baktıktan sonra kendisini zorlayarak telaffuz ediyordu arkadaşının hanımının adını:

– Suna mıydı adınız?

Mahcup bir sesi vardı kadının. Yüzünde sıkıntı terleri sökün etmişti:

– Evet, unutmamışsınız!!!

Çaylar içilmiş, tekrarı söylenmiş, sohbet koyulaşmıştı. Yıllardır bir ilki ve inanılmazı yaşıyordu Muhsin. Zor nefes alıp veriyordu, utanç onu da vurmuştu.

Kenan'a bakıp soruyordu Muhsin:

– Siz ne zamandan beri İstanbul'dasınız?

– Az değil, bizim de hayli oldu oralardan ayrılışımız. Belki otuz yıl.

– Gitmediniz mi bir daha?

– Her yıl gideriz.

– Nasıl buldunuz beni?

– Önce gazetelerde resmini gördük. Yükseliş haberin vardı gazetelerde. Hem, İstanbul'da yaşayıp da şu günlerde seni tanımayan mı var arkadaş. Sonra da kalkıp ziyaretine geldik...

– Çok sevindim. İyi ki geldiniz.

Kadının yüzüne bir daha bakamamıştı. Azapları yaşıyordu Muhsin... Kenan eşeliyordu arkadaşını:

– Damdan düşer gibi olacak, ama neden dönmedin köyüne bir daha? Baban, annen, bildiğim kadarıyla oğlun, çok baktılar yollarına.

Muhsin, arkadaşından bir oğlunun olduğunu öğreniyordu bu sırada. Kalbi, inanılması zor ritimlere bırakmıştı atışlarını. Derin bir ah çekmişti ciğerlerini parçalarcasına:

– Bilmem, dönmedim işte.

– Bu kolay bir cevaptı arkadaş.

– Şimdi sen söyle bakalım Kenan. Dönmeyişimin de bir hikâyesi olmuştur yanılmıyorsam köyde... Neler anlatılıyor hakkımda?

– Anlaşıldı, önce senin haberlere ihtiyacın var. Ben sana özetleyeyim istersen arkadaş. Annen, yıllar sonrası anlatmış dönmeyişinin hikâyesini.

Şimdi dillerde destansın... Annen, askere alınmazdan önce bir kıza gönül verdiğini öğrenmiş ve isim sormuş senden.

– Söyle oğul kimmiş gönlünü kaptırdığın o kız? diye...

– Demişsin ki ona, "Olmaz, önce dünür gideceğinizin sözünü almalısın babamdan."

Dillerde dolaşan hikâyeye göre, annen babana anlatmış seninle konuştuklarını. Daha sonra da bir efsane oldun bizim oralarda. Adına türküler yakıldı... Kavallarda yankılanırsınız o günden bu yana. Kına gecelerinde senin ve o adı sanı bilinmeyen kız için yakılan türkülerle ağlatılır gelinler.

Ne Leyla ile Mecnun ne Ferhat ile Şirin ne de Kerem ile Aslı'nın hikâyeleri tat vermez oldu köyde o kızla senin hikâyen anlatılmaya başladığından bu yana. Dünler hep sizi anlattı arkadaş, yarınlar da anlatacak. Belki de dünya durdukça anlatılacak, sizin o sırrı çözülmeyen sevdanız Yeşil Höyük'te.

Muhsin, ölümcül utancıyla dinliyor, Suna, alnında oluşan hicap terleriyle kavruluyor, Kenan, kendini kaptırmış, anlatıyordu onların hikâyesini.

– O kız merak edildi hep. Uğruna evini ocağını ve sılanı terk ettiğin o kız efsaneleşti herkesin dilinde. İşin enteresan olanı da köyün yetişkin bütün kızları biraz kendi üzerlerine alır gibi oldular hikâyeyi... Köyde, o kuşağın bütün yetişkin kızları, adeta bir parçası olmaya özendiler hazin öykünün... O kız, tıpkı senin gibi ser verdi, sır vermedi kimseye...

Ne küp kırıldı ne de o sır çözülebildi yıllardır... Her şeye rağmen, bir anlayış hâkimdi köyün aklı erenlerinde. Derlerdi ki o günlerde gelinlik çağındaki hiçbir kız, eline su dökemezdi Aslıhan'ın. Asıl merak edilen de buydu bence. Uğruna terk-i diyar ettiğin o kız her kimse, gözü ya da gönlü yanılmış olmalı Muhsin'in dediler.

Muhsin'in kalbi duracak gibiydi. O da Suna gibi ecel terleri dökerek dinliyordu arkadaşını. Derin, içli bir nefes almıştı. Hassas bir tondaydı sesi:

– Kenan, biraz da başka şeylerden konuşsak ya...

Kenan'sa, sonuna kadar anlatmaya niyetliydi hikâyeyi:

– Sabret arkadaş. Neler anlatılıyor hakkında, bilmelisin. Derler ki ertesi akşam, sana söz kestim diye gelmiş baban ve yine denilir ki senin kafandaki kız değilmiş babanın söz kestim dediği kız. Babanı aşamayınca, ar edip seslendirememişsin gönlündeki kızın adını. O kız, sır olarak kaldı o günden bu yana.

Her kız o görüntüyü vermeye çalışıp kedisine yakıştırmaya kalkışsa da kim olduğu bilinemedi. O kız da sır sakladı tıpkı senin gibi... Senin anlayacağın, bu hikâye herkes tarafından çok değişik anlatıldı. İnanılması zor abartılar, daha neler neler...

Burada zaman dar, vakit yetmez ki anlatayım dahasını. İşin özü şu arkadaş; o efsaneleşen kıza verdiğin söz yerine getirilmediği için babana kahredip dönmemişsin askerden.

Muhsin, hazin bir görüntüyü andırıyordu:

– Neyse, diye geçiştirmeye kalkıştı sözü.

Kenan, aynı şeyleri düşünmüyordu arkadaşıyla:

– Neyse mi? Yani sen anlatmayacak mısın sebeplerini?

– Bırak ki öyle kalsın Kenan. Söyle şimdi, babam, annem nasıllar?

– Haber de mi almıyorsun onlardan?

– Hayır.

– Baban, sizlere ömür. Hasretini yüreğinde duya duya gitti.

Gözlerini inanılmaz bir acının hoyratlığıyla kapamıştı... Kirpiklerini araladığında, iri yaşlar asılmıştı uçlarına.

– Neyse Kenan, kapatalım. Sebeb-i ziyaretiniz sadece bu mu?

– Anlamlı bakmıştı Kenan. Kusura bakma arkadaş, damdan düşer gibi oldu ama!

– Bu haberlere hazırlıklıydım, senin ne kabahatin var ki?

Oğlunu gösteriyordu:

– Bu en küçük oğlumuz. Polis olmak istiyor.

Hiç itirazı yoktu. Sıkıntıları depreşmişti, zor duruyordu karşılarında:

– Tamam, demişti.

Sekreterini çağırmıştı telefonunu açıp. Sekreter gelir gelmez, delikanlıya bakıp:

– Hadi bakalım delikanlı, sekreter hanımla birlikte form doldurun, gereken evrakları tamamla. Sekreter hanım, sana yardımcı olur. Mani bir hal olmazsa hallederiz.

Delikanlı, sekreterle birlikte ayrılmıştı yanlarından.

Suna, gözlerini kaldırıp bakamıyordu Muhsin'in yüzüne... Kenan sevinmişti:

– Sağ ol arkadaş. Evimize bekleriz.

Muhsin'in tembihi vardı arkadaşına:

– Bak arkadaş, oğlunuz için gereken yapılacak. Ancak sizlerden bir isteğim var...

– Estağfirullah...

– Köye giderseniz, beni görmediniz. Bu sözü verebilir misiniz bana?

– Neden be arkadaş, yetmedi mi bu kadarı?

– Yetmedi.

– Sen söylemeyin diyorsan söylemeyiz.

– Söz mü?

– Söz.

– Başka bir şey sormayacak mısın köyden?

– Hayır, sadece kafanızda yanlış kalmasın diye bir ilavem olacak.

– O da senin hikâyenden bir parça mı?

– Evet, ama o benim hikâyemin en mağdur olanı.

– Merakta kaldım doğrusu.

– Hani o bırakıp günahına girdiğim kadın var ya?

– Evet.

Suna da dikkat kesilmişti. İlk defa bakıyordu Muhsin'e:

– O, bir melek kadar temiz, duru ve paktır.

– Ondan kimsenin şüphesi yoktu zaten.

Derin bir nefes almıştı Muhsin:

– Kaçışımla, hayatımın en büyük haksızlığını ettim ona.

– Desene senin bu hikâye daha çok anlatılacak?

– Ne önemi var ki bundan sonra?

– Sahi, kendinden kaçtığına da inanıyor musun?

– Zaman, kendinden kaçılmayacağının en iyi yorumcusu gördüğün gibi...

– Pekala arkadaş, fazla meşgul etmeyelim, sekreterine adres bırakıp eve de bekliyoruz.

– Güle güle Kenan. Uğrarsın aklına geldikçe.

– Uğramaz mıyım, yılların özlemi durur içimde.

Suna, mahçup bir ifade ile ısmarlaşıyordu Muhsin'le:

– Kardeşimiz sayılırsın. Misafirimiz ol. Sanki senin de ihtiyacın var buna.

Hassas, adeta ağlar gibi olmuştu onu cevaplarken:

– Gelirim bacım, kardeşinizim elbet.

– O kız için de üzülmemelisin. Kader bu. Hayatın, her sözümüz tutulacak, her arzumuz yerine gelecek diye bir hükmü yok ki... Gelecek misin davetimize?

– Gelirim bacım, söz. Ancak sizler de sakın ifşa etmeyin görüştüğümüzü. Başka sebepler de var.

Çok anlamlı bir cevap alıyordu Muhsin:

– Merak etme, sır saklamayı biliriz.

– Sağ ol bacım, sağ ol. Hani olur ya, o kızla karşılaşsam, bir gün, helâllik isterim ondan.

– Her şey aşikârdır seni suçlamaması için. Bence helâl etmiştir o kız sana hakkını.

– Etmiş midir?

– Etmiştir...

Sır Küpü

Suna'nın oğlunu işe almıştı. Davetlerine bir türlü gidememişti... Aradan tam üç ay geçmişti...Yorgun görünüyordu. Saat on buçuğu gösterdiğinde, odası boştu. Sekreteri, oğlunun telefonda olduğunu söyleyince, ahizeye sarılmıştı:

– Hakan?

– Aklıma geldin, aramak geldi içimden.

– Bu hafta uğramadınız.

– Çocukların dersleriyle ilgilendim biraz. Tasula'nın da işleri vardı.

– Dersin yoksa gel. Yemeğe birlikte çıkarız istersen.

– Böyle bir teklif kaçırılmaz doğrusu baba.

– Bekliyorum o zaman.

– Ben de hemen davetine uyup geliyorum baba...

Muhsin, masasının başındaydı. İşleriyle meşguliyetini bitirmişti. Kapısı aralanıp sekreter, oğlunun geldiği haberini verince sevinmişti:

– Gelsin bakalım.

Hakan'la baş başa çay içmişlerdi. Baba ile oğulun sohbetlerinin koyulaştığı bir anda, sekreteri aralıyordu kapısını:

– Yakın akrabanız olduğunu söyleyen bir ziyaretçiniz var efendim.

Hoşnutsuzluk ve panik vardı yüz ifadesinde:

– Akrabam mı?

– Evet efendim. Çok yakın akrabanız olduğunu söyledi.

Muhsin, oğlunun gözlerini yoklamış, boğuntulu bakmıştı ona. Zor durumda kaldığı, yüz ifadesine yansımıştı Muhsin'in:

– Nasıl biri?

– Genç sayılır, şapkalı, taşralı biri efendim.

– İsim vermedi mi?

– Çok yakınıyım, dedi...

Gelmesin diyemiyordu, gelsin de diyemiyordu, sekreter, kendisinden cevap bekliyordu. Düşünceleri allak bullak olmuştu. Hakan, babasının durumuna bakıp ona yardımcı olmak adına mırıldanıyordu:

– Madem akrabamızmış, onu da alır, yemeğe birlikte çıkarız.

Muhsin, sekretere bakıp kararını güçlükle verdi:

– Biraz sonra kızım.

– Baş üstüne efendim.

Kapı kapatılınca Hakan'ın gözlerinde anlamlı bir seyir tutturmuştu ve:

– Bu yemek işi ertelendi, şansına...

– Neden baba? Sorun yok bence. Madem akrabamızmış gelen, şu dokunulmazlığı olan geçmişinden bir şeyler öğrenebilme şansını yakalardım en azından.

Kesin bir itirazı vardı babanın:

– Yo, hayır, birlikte olmaz.

– Neden olmasın baba? Akrabamla tanışırım.

– İşte onun için olmaz.

Hakan alıngandı:

– Seni hiç anlayamadım baba. Geçmişinde sana utanç veren bir şeyler mi var ki? Tanışırsam, akraban bana onu mu söyler?

– Bunları başka bir zaman, biz bize konuşuruz Hakan.

– Babacığım, ben de ömür yolunu yarıladım sayılır. Daha ne zaman konuşacağız bunları, söyler misin? Hadi annemden sakladığın bir şeyler var ve geçmişinle aranıza aşılmaz duvarlar koymayı başardın, ya benimle?

Ben senin oğlunum baba. İstesem kimlik bilgilerinle her şeye ulaşırım. Senin de mutlaka, annen, baban, akrabaların ve doğup büyüdün bir köyün var. Zor şeyler değil benim için bunlar. Oturup senden dinlemek istiyorum kaçtığın geçmişini. Yeşil Höyük köyü bulunmaz yer değil. Fazla ısrarın olursa kalkıp giderim, bir gün geçmişinle tanışıp yüzleşmek için. Bana şecereni anlatmazsan, yemin ederim yaparım bunu.

– Dedim ya, başka zaman.

– Baba, kuşkularımı daha da artırıyor bu halin. O halde ben gidiyorum.

– Kırıldın mı?

Buruk bir tebessüm vardı Hakan'ın dudaklarında:

– Kırılmadım. Şimdi çıkarken tanışırım o akraban her kimse.

Zor durumda kalmıştı Muhsin:

– Sakın yapma bunu. Akşam baş başa konuşuruz.

– Söz mü?

– Konuşuruz, söz.

Hakan'ın yüzü koyu bir meraka boyanmıştı... Babasıyla vedâlaşıp odasından çıktığında, gözü sekreterin yanında oturan ziyaretçinin üzerindeydi...

Saat, öğlen paydosuna çok yakın biz vakitteydi. Hakan'ın gözleri, sekreterin odasında oturan şapkalı, genç adamdaydı... Durup meraklı bir seyir tutturmuştu ziyaretçinin üzerinde.

Şaşılacak bir hadise vardı orta yerde. Ziyaretçi de Hakan'dan alamıyordu gözlerini... İkisi de adeta ezberlercesine bir bakış tutturmuşlardı birbirlerinin üzerinde...

Sekreter "yakın akrabanız" demişti Muhsin'e. Hakan'ın da tahmin ettiği bir şeyler vardı kendisine göre.

Ya ziyaretçi?

Hakan'ın bilmediği bir şey daha vardı. Sekreter, ziyaretçi görüş istediğinde ona, içeride oğluyla görüşüyor, demişti.

Bu bilgiler her iki tarafı da yakından ilgilendirdiği için ziyaretçiyle Hakan, sekreteri bile şaşırtan tavırlar sergiliyorlardı birbirlerini izlerlerken...

Ziyaretçi, başındaki şapkayı çıkarıp dizlerinin üzerine bırakmıştı. Bu iki genç adam arasındaki inanılmaz bakış alış verişini sekreterin ikazı bozuyordu:

– Muhsin Bey sizi bekliyor!

Sekreterin bu sesi, merakları daha da alevlendiriyordu... Hakan, anlamsız seyrini noktalayıp hareketlenmişti... İşin daha da şaşırtıcı olanı, irade dışı bir hareketle kolunu kaldırıp, ziyaretçiye eliyle içten gelen ılık bir vedâ mesajı bile göndermişti Hakan...

Genç adam, derin bir uykudan uyanırcasına toparlanıyordu sekreterin sesiyle. Gözleri, kendisine el sallayan Hakan'da, sol eliyle dizlerinin üzerinden aldığı şapkayı tutarken, o da yorgun bir el sallayışla karşılık veriyordu...

Hakan, gözden kaybolur olmaz, şaşkınlığın ve heyecanın verdiği telaşla, irade dışı atılan adımlar hareketlenip adeta ezber yürüyüşüyle yaklaşıyordu açık duran kapıya.

İçeriye ruhsuz bir robot gibi dalmıştı... Girdiği odanın ne ihtişamına ne dekorunun mükemmelliğine ne de makama bakıyordu.

Gözleri, durgun, anlam dolu tavrıyla kendisini seyreden adamdaydı. Onunla göz göze gelmişlerdi. Peşi sıra giren sekreterine sesleniyordu:

– Kapıyı kapat, başka da kimseyi alma.

– Emredersiniz efendim.

Sekreter çıkmış, kapı kapatılmıştı. Ziyaretçi ve Muhsin, kaygılı bakışlarla inceliyorlardı birbirlerini.

Muhsin, ziyaretçisinin gözlerinde beklerken, masasının kenarındaki koltuklardan birini işaret ediyor ve sesleniyordu ona:

– Otur bakalım. Köylüm ve yakın akrabam olduğunu söylemişsin sekretere.

Genç adam, keskin bakıyordu Muhsin'in gözlerine. Kısık, açılmamış bir sesle cevaplıyordu onu:

– Öyle söyledim.

Karşılıklı oturuyorlardı. Uzun bir seyirden sonra Muhsin, ilgisini çeken misafirine sormuştu:

– Kimden duydun aynı köyden olduğumuzu?

Çekingen, bir o kadar da tok sözlüydü ziyaretçi:

– Duydum bir yerden.

– Bir isteğin mi vardı?

– Hayır!

– Neden geldin o halde?

– Nasıl biri olduğunu merak ettim.

– Seni buraya kadar getiren sadece merakın mı?

– Merakım.

– Tanışalım o zaman. Yakın akrabam olur demişsin sekretere.

– Dedim.

– Adın neydi senin?

– Adımın ne önemi var?

Muhsin, şaşırıp kalmıştı. Çetin bir cevize benziyordu ziyaretçisi:

– Köyünün adı neydi senin?

– Yeşil Höyük.

– Tamam, aynı köylüyüz de kiminle ve nerede olduğunun farkında değil gibisin konuşurken evladım. Burası bir makam!

– Çok ciddi ve keskindi bakışları:

– Biliyorum! Onun için müsaade aldım buraya girerken.

– Kimlerdensin?

– Kimi tanıyorsun oralardan?

– Oğlum, buraya ziyaret için gelen sensin. Meramın ne senin, önce onu söyle.

Yorgun bir davranışla elini ceketinin cebine sokup bir zarf çıkarmış ve önüne uzatmıştı alması için:

– Bu mektubu size gönderdiler!

Mektubu ziyaretçisinin elinden alırken, rahatlamış gibiydi:

– Bir işin var anlaşılan, bu bir tavsiye mektubu mu?

– Benim iş istediğim yok.

– Bu mektup, babamdan, annemden olabilir mi?

– Baban öldü.

– Evet, bunu biliyorum. Sen de haberdar olduğuna göre... O zaman annemden?

Yüzüne bakmıyordu, başını öne eğmişti, sadece duyduklarını cevaplayabiliyordu. Hiç beklemediği bir haber daha geliyordu ziyaretçiden:

– Annen de öldü!

Muhsin, acıdan dudaklarını dişlerinin arasına alıp kıyasıya çökmüştü. Zarfı açamamıştı. Ziyaretçinin verdiği mektup, elinde öylece kalmıştı

Acı yutkunuşların sonrasında, derin bir nefesle boğulmaktan kurtuluyordu. Acınacak perişan haldeydi Muhsin.

Ziyaretçi hiç değişmemişti. Katı ve kararlıydı... Karamsar ve kaçamak bakışlarıyla, makamında açığa vurmak istemediği çırpınışlarını kasılarak yaşayan adamı seyrediyordu...

Gözlerini silip, misafirine bakarken ağlamaklıydı:

– Sen nasıl adamsın öyle? İnsan birine acı bir haber verirken bu kadar duyarsız mı olur evladım?

– Fazla etkilemez sizi diye öyle yaptım.

– İnsan annesinin ölüm haberini duyar da etkilenmez mi? Benim kalbim taş mı?

– Öyle söyledi tanıyanlar.

Üzerinde hiçbir isim yazmayan mektubu açmaya cesareti bile yoktu anlaşılan. Durup, kahır dolu bir soluk almış, ardından sormuştu ona:

– Senin adın Hamza mı?

Keskin bakıyordu ziyaretçi. Sesi de o kadar yürekliydi:

– Nereden biliyorsun? Beni hiç görmedin ki şimdiye kadar...

Artık her şey ortadaydı. Müzmin bir hastalığın verdiği uçukluk düşmüştü yüzüne Muhsin'in. Ta içten gelen bir sıcaklığa sarılıyordu kelimeler:

– Neyse, diye mırıldanıyordu ve ekliyordu peşinden. Sen de haklısın oğlum!!!

Genç adamdaydı duygularına hâkim olamayışın sırası. Gözlerinden iri yaşlar sıyrılıp akıyordu:

– Neden ağlıyorsun? Az önceki meydan okuyuşun yok, hayret!

Dudaklarının ucuna kadar gelen sözleri birkaç defa yutkunduktan sonra güçlükle mırıldanıyordu Hamza:

– Ben aklım erdiğinden beri, bu sözü sahibinden duyabilmenin hasretiyle yaşadım.

Muhsin'in acil bir çekincesi vardı ve hemen onu sıkıştırıyordu hazin manzaranın arasına:

– Sekretere de söyledin mi oğlum olduğunu?

– Hayır.

Derin bir nefes alıyordu baba:

– Buna sevindim.

Hayreti gittikçe çoğalıyordu Hamza'nın:

– Neden, yakıştıramazlar mı yoksa?

– Öyle değil. Başka sebepler de var. Evliyim. Bir oğlum daha var!

– Biliyorum!

Muhsin tuhaflaşmıştı:

– Biliyor musun, nereden?

– Az önce yanından çıktı. El salladık birbirimize...

– Nasıl yani, konuştunuz mu?

– Hayır, o da beni tanıdı sankı. Benzıyoruz ne de olsa birbirimize. Korkuyor musun bir oğlunun daha olduğunu duyarlar diye?

– Bilmediğin şeyler var.

– Seni cesur adam diye anlatırlardı tanıyanlar.

– Bırak şimdi, onların hepsi boş sözler. Hâlâ düşman mıyız seninle?

– Evlat, babasına düşman olmaz, benim bildiğim.

– Babam çok şey anlatmış sana anlaşılan.

– Hiç ayrılmazdı yanımdan. "Muhsin gibi kokuyorsun" derdi hep.

– Onları daha sonra konuşuruz istersen. Kızıyor musun bana?

– Çok!!!

– Bilmediğin şeyler var. Anlatırsam, hak verirsin belki.

– Hak vermem!!! Dedem gözlerimin önünde şu an. O hep sana hasret duyarak yaşadı... Onunla aranızda bitmeyen bir garazın savaşı varsa, bil ki o savaşın yıkılan harabesi altında annemle ben kaldım.

Sesi ağlamaklıydı. O da erimişti duygularının pençesine düşüp:

– O acımasız terk edilişin arasında, anamla benim ne günahımız vardı, bunun izahını yapabilecek misin baba? Bir canavar vicdanı oluşturup ona tutundum yaşamak için... Ne zaman çocuğunun elinden tutup yürüyen bir baba oğul görsem, her defasında öldüm. Düşman kesildim ömrümce öylesi bir manzaraya... "Baba" diye seslenen çocuklara düşman kesildim. İşte o zamanlar sana hep kızdım...

Çocukluğumu hiç yaşayamadım ben... Bazen içim ezilir bir haksızlığın karşısında ve bazen taş kesilir kalbim, acımam kimseye.

Bu sebeple çokları, "dengesiz" derler... Bana bıraktığın en büyük miras, acımayı unutmam oldu. Yüreğimde hasretini duyup yollarına baktıkça, benim de vicdanım tutuldu tıpkı senin gibi.

Taş kesilen yüreğimin duyarsızlığında işlediğim bütün günahlarımın sebebi sensin. Yalnız bıraktın bizi.

Düşünebiliyor musun baba, her akşam yatmazdan önce anneme yalvarırdım, "Anne başımı dizlerine koy ve içinde baba olan bir hikâye anlat bana" diye. Kırmazdı, mutlaka bir hikâye bulur, anlatırdı. Eşini terk eden bir koca ve çocuğunu ihmal eden, kayıplara karışan bir babanın hikâyesi olurdu bu... O çok duyarlı ve acılarını hep içinde yaşayan bir kadındı. Gözlerimden akan yaşların, dizlerini ıslattığını hissederdim, sessizce benimle ağlardı o da.

Sahi, senin vicdanın o ahları hiç duydu mu baba?

Perişan bir haldeydi Muhsin:

– Bazı zamanlarda vicdan tutulur, o ahları duymaz olur. Aslında ben duydum... Bir öfkeye mağlup oluşumun cezasını sizler çektiniz.

Babam, kurduğum hayallere bile hükmetmişti. Cahillik işte, senin de söylediğin gibi vicdan tutulması yaşadım. Sen bir de bana sor çektiğim azapları.

– O azaplara bana el sallayan kardeşimi ortakçı etmemek için mi tanıştırmadın benimle? Bari bir kardeşinin ve başka bir eşinin daha olduğundan haberdar mı baba?

– Bunları daha sonra konuşuruz oğlum. Şimdi söyle bakalım, annen evlendi mi?

Azar vardı Hamza'nın şimşeklenen bakışlarında:

– Üzerinde nikâh olan bir kadın, erkeği kayıp olsa bile, onun ölüm haberini almadıkça ya da bütün akranları ölmedikçe evlenebiliyor mu? İnancımızda bu yok mu baba?

– Var!

Aklım erdiğinden bu yana şuna şahit oldum. Annem her gün taze bir ümitle senin dönüşünü bekledi. Umudunu yitirmediğini söylerdi hep...

O mektubu korkmadan aç ve oku. Mektup annemden. Bunca vefâsızlığına karşı, haberini alınca sana mektup yazdı. Beni o gönderdi buraya.

Korkarak açıyordu elinde duran zarfı. Parmakları titreşiyordu heyecandan. Zarfı açmış, içindeki mektubu çıkarmıştı. Satırların üzerine dökülen bakışlar, elemle doluydu.

Bir şairin içli dizeleriyle başlıyordu mektup. Mısralar, duygularına tercüman olduğu için tercih etmişti anlaşılan...

O artık, Hamza'yı unutup kendini mısralara vermişti...

Çeşm-i siyahını ne çabuk unuttun... Oku, şair benim duygularımı dökmüş mısralara. İşte ben bu şiiri yaşadım ömrümce...

'Dağ başından duman çekildiğinde,
Yollarına bakıyorum gelmedin...
Tarlalara tohum ekildiğinde,
Yollarına bakıyorum gelmedin.
Kaç mevsim yağmurlar indi yurduna,
Bütün göçmen kuşlar döndü yurduna,
Özlemin yok mudur kendi yurduna?
Yollarına bakıyorum gelmedin...
Bir sabah gülmüştün, bir akşam erken,
Selamına mukabele ederken...
Ne demiştin gurbet ele giderken?
Yolarına bakıyorum gelmedin...
Takvimleri şahit tuttum yetmedi
Yalvarışlarım da fayda etmedi
Kimse senin kadar uzun gitmedi
Yollarına bakıyorum gelmedin...'

Hani askerlik öncesi aldığın oyalı yazma var ya, hâlâ sandığımda saklı durmakta. Ne kadar yol gözlemiştim, onu örtünerek seni karşılayabilmek için. Madem dönmeyecektin, neden aldın ki o yazmayı?

Elindeki kâğıdı zarfın içine koymuştu. Buruk hüzne kapılmış bir haldeydi. Sessiz bir sağanağın inişi vardı kirpiklerinden. Mektubu cebine koyup, mendilini çıkarmıştı gözlerini silmek için. Daha sonra, duvar saatine ilişmişti nemli bakışlar:

– Neyse oğlum, benimle dışarıda yemek yemeye gelir misin?

– Bunu sen de istiyorsan…

– O halde kalkıyoruz.

Baba oğul, peş peşe tıpkı iki yabancı gibi çıkmışlardı binadan. Bulundukları mekâna en yakın lokantaya girmişlerdi.

Lokanta sahibi, garsonlar Muhsin'i tanıyıp seferber olmuşlardı. Muhsin, patrona bir şeyler söylemişti ve hemen girişe yakın, boş bir masanın hazırlanması için emir vermişti patron, garsona.

Hamza'yı kendi elleriyle işaret ettiği masaya getirip oturtmuştu... Elini usulca Hamza'nın omzuna bırakıp:

– Sen otur ve keyfine bak, benim az bir işim var, yemeğini yiyedur, ben de hemen geliyorum.

Hamza:

– Olur, demişti sadece.

Muhsin, lokantanın üst katındaki merdivenlere doğru yürümeye başlamıştı… Yemeklerle donatılmıştı Hamza'nın oturduğu masa.

Hamza'nın yemeğe başlamayışı garsonun dikkatini çekiyordu:

– Siz soğutmayın yemeklerinizi, Muhsin Bey için yukarıda ayrı bir masa hazırlandı.

Şaşırmıştı Hamza duyduklarına. Hazin, içli bir nefes alıyordu garsona bakarken:

– Bana az sonra geliyorum demişti.

– Müdür Bey, misafirlerine ayrı sofra hazırlatır, kendi sofrası yukarıda açılır onun.

Bir dağ ağırlığı çökmüştü omuzlarına Hamza'nın. Garson, söyleyeceklerini söylemiş, uzaklaşmıştı masadan. Beynine ucu sivri, zehirli hançer gibi saplanıp kalmıştı garsondan işittikleri. Yorgun kalkmıştı kendisi için donatılan masadan ve fersiz bacaklarını yokluyordu ayakta durup duramayacağını anlayabilmek için...

O gücü kendisinde hissettiğinde, hiçbir yere bakmadan, etrafını umursamadan, masaya yakın bir mesafede olan kapıdan dışarıya bir gölge gibi süzülüp gitmişti...

Masayı donatan garson, patronla göz göze geldiğinde, ikisi birden garip bir seyir tutturmuşlardı elini yemeklere sürmeden çekilip giden misafirin arkasından.

Patron, garsona soruyordu:

– Neden yemeğini yemeden gitti, bir şey mi oldu?

– Bilmiyorum patron. "Müdür Bey'i bekleme, yemekler soğumasın, ona üst katta ayrı masa açıldı" dedim. Sustu, ben yanından ayrılınca da kalkıp gitti.

Patron yorum yapmamıştı. Muhsin, yemeğini bitirip alt kata indiğinde, aradığını bulamamışlığın şaşkınlığı vardı gözlerinde.

Masa boştu ve servis yapılan yemekler olduğu gibi duruyordu. Patron ve masaya bakan garson belirmişlerdi Muhsin'in yanında... Onlara soruyordu:

– Misafirim nerede?

Patron cevaplıyordu:

– Getirilen yemeklere elini bile sürmeden kalkıp gitti müdürüm.

– Bir şey söylemeden mi?

Garson konuşuyordu bu defa:

– Sizi bekliyordu müdürüm. Size ayrı bir masa açıldığını söyleyince, durup kaldı. Yemeğe dokunmadı, ben masasının yanından ayrılınca da hiçbir şey söylemeden kalkıp gitti.

Muhsin bozulmuştu. Nihayetsiz bir pişmanlık örtüsü, müzmin keder bulutlarıyla kaplamıştı yüzünü. Sadece:

– Tamam, diyebilmişti.

Hatasını anlamıştı. Hatta oğlu doğmazdan önce kaçışından daha büyük bir hataya düştüğünün bile farkındaydı...

***

Deniz, koyu iniltiler içindeydi... Akşam, gamlı bir çekiliş stiliyle tülleniyordu İstanbul semâlarında. Yer, gök, bakışlarının düştüğü her nokta, yüreğindeki hüznün rengine boyanmıştı.

Anahtarını çıkarıp kapısını kedere tutsak bir gönülle açmıştı. Meri, Büyük Ada'da, kardeşinde kalacaktı bu gece...

Üzerindekileri çıkartıp pijamasını giyinmiş, salona geçmişti. Efkâr bulutları kafasında dumanlanıyordu... Derin düşünceler içerisinde kendisini koltuğun üzerine bırakmıştı... Zil sesi bölmüştü düşüncesini. Yorgun, isteksiz bir yürüyüş tutturmuştu kapıya doğru. Gözleri ıslak, yüzü uçuk ve bitkin bir vaziyetteydi kapıyı açtığında.

Hakan'la göz göze gelmişlerdi. Hakan, babasını perişan bir halde görünc,e onun da morali bozulmuştu, anlamlı bakmıştı gözlerine:

– Baba! Ne bu hal, hasta mısın?

– Aldırma, yok bir şeyim. Konuşursak rahatlarım belki biraz.

Kapı kapatılmış, salona geçmişlerdi birlikte:

– Baba, nasıl bir rahatsızlık bu, söyler misin?

Karşılıklı koltuklara oturmuşlardı:

– Bir kırgınlık işte. Duygulandım sessiz evi bulunca, geçer şimdi.

Hakan, şaşkın bir seyirdeydi babasını. Etrafına göz gezdirmiş, kül tablasında tepeleşen izmaritlere ilişmişti bakışları.

– Baba, söyler misin, neyin var senin?

Efkârını, kederlerin renginde demleyen pişmanlıkları işlenmişti suratına. Geçmişinden kaçışının uyanışlarına tutsaktı gönlü. Dalıp gittikçe onu vehimlerin pençesinde inleten duygular, her saniye hayatın gerçekleriyle yüzleştirmeye çalışıyordu sanki...

Hakan kaygılıydı:

– Baba, dertleşelim ister misin biraz?

Duyarsız ve bitkindi Muhsin:

– Dertleşiyoruz işte.

– Benim istediğim öylesi değil. Birbirimizden sakladıklarımızdan söz edelim istiyorum...

– Bildiğin bir şey mi var?

– Evet baba, annemden ve benden sakladıkların var senin.

– Nelermiş onlar? Bari söyle de seni de üzmesinler.

– İstersen en basit olanından başlayalım...

– Başla bakalım.

– Mesela kasana kilitlediğin, hani şu ben gelir gelmez göz önünden kaybetmeye çalıştığın bir defterin var ya, neler yazmaktasın ona?

– O kasa bir gün sana kaldığında sırlar dökülür. Açıp okursun. Ben de bunları düşünerek yazıyorum bazı özel duygularımı ona...

– Kimin daha önce dünyadan göçüp gideceği belli olsa, belki işte o zaman bir şeyler ifade ederdi yazdıkların.

Çok efkârlıydı Muhsin. Belki de efkâr sarhoş etmişti onu:

– Deli çocuk, o defteri şu an açıp okusan, felaketin olurdu.

– Anlaşıldı baba. Bu gece kaçamak cevaplar istemiyorum. Öğrenmeye hakkım olduğuna inandığım bilgileri istiyorum senden. Babamsın ve bunları bana anlatmaya mecbursun. Bunu bir görev olarak kabul etmelisin baba.

Senin de bir köyün, bir kentin, oralarda baban, annen, akrabaların yok muydu?

– Vardı!

– Kimliğimizde sadece o kentin, ilçenin ve köyün adı var. Kurcalamadım sen sustuğun için. Bana oralardan söz eder misin biraz?

– Dedim ya, senden sakladığımı söylediğin o defter, gün olur bütün sırlarımı ortaya döker. Sabret, okur öğrenirsin elbet.

– Ben şimdi öğrenmek istiyorum baba.

Tıpkı küçük, çaresiz bir çocuk gibi dudakları büzüşmüş, gözleri ıslanmıştı, sesi ağlamaklıydı.

– Hakan, üstelemesen?

– Baba, şuna inanıyorum ki anlatsan rahatlayacaksın. Askerde dayıma kimsem yok demişsin. Annem sıkıştırdığında, "Senin de bir yerin yurdun vardı önceleri, ben doğup büyüdüğün yerleri görmek istiyorum." diye ısrar ettiğinde, çok farklı bir iddiada bulunmuş, "Babamla kırgın ayrıldık, bir daha oralara gidemem." demişsin.

Bunların aslı neydi baba? Beni hep merakta koyan ve sana sormaya çekindiğim bir şey vardı, dedemle aranızdaki kırgınlık nasıl bir kırgınlıktı ki bir daha dönüp bakmadın oralara?

Sıkışmıştı Muhsin, kısa cümlelere sığdırıyordu cevaplarını:

– Daha fazlasını istemişti benden babam... Tıpkı bir zamanlar annenin senden istediği gibi. Sen iki kültür ve farklı inançlar arasında kaybolmuş bir adamsın bu yüzden. Kim bilir, belki de bu susuşların yüzünden, yarın çocukların da seninle aynı kaderi paylaşacaklar.

Bu annenle ikimizin aynı yerlerde buluşamayışımızın sonuçları. Seninle eşinin de aynı noktada buluşamayışınızın sonuçları üzecek çocuklarınızı.

"Doğrularımızı bulduk" derken hayatlarının belki de en onarılması zor yanılgılarına düşecek çocuklarınız. Belki de hiçbir zaman düzgün bir yol haritaları olmayacak onların. Üzülmesi gereken hadise arıyorsan, ben bunların başlangıcıyım Hakan. Ben kaybolmuş bir adamım, konuşmak daha da acı veriyor bana

Babam, hayallerimi bile bana bırakmadığı için ben kayıp bir adamım. Keşke bu kadarla kalsaydı her şey... Kendim gibi kayıp insanlar bıraktım arkamda, sırf ona kızdığım için. Babam daha fazlasını istemişti benden, demiştim ya? Ben de ardımda bıraktığım bir çocuktan, babasını tanımamasını istedim ve ardımda en az benim kadar kayıp bir çocuk ve bir de kadın bıraktım.

Nasıl da çağlamıştı gözyaşları... Hıçkıra hıçkıra ağlıyordu o koskoca adam:

– Ben o çocuğa sahip çıkamadım Hakan!!! İnancımın gereğini bile unuttum. Yaptığım haksızlıklar yetmezmiş gibi bir de mağrurlanan nefsim girdi bugün araya...

– Sen bugünkü ziyaretçiden söz ediyor olmalısın baba. Benimle tanıştırmak istemediğin adamdan. Sana çok benzettim ve el salladım farkında olmadan. O da bana el salladı giderken... Biliyorum, ama bir de senin ağzından duymak istiyorum gerçekleri, kimdi o baba? Ben asıl onu sormak için buradayım.

– Seni ve sevgini kaybetmekten korkup tanıştırmadım sizi... Nasıl bir çıkmazda olduğumu bilemezsin Hakan...

– O kimdi baba? Çekinme ne olur, acılar da bölüşmek içindir birbirlerini gerçekten sevenler için. Annemin babası, annesi, kardeşi ve akrabaları var. Ya senin baba? Senin hiç kimsen yok mu?

– Şair ne demiş biliyor musun?

– ...

– Bak dinle o zaman, ne demiş şair:

Her adım menzile yaklaştırırken,
Her gün saçlarını aklaştırırken,
Ölüm haberini sıklaştırırken,
Sır olur mu yürek duyduktan sonra?

– Baba, o kadar korkunç mu hakkında bilmediklerimiz?

– Bilemiyorum, karşıdakinin düşüncesinin ölçeğine bağlı biraz da...

– Baba, ben seni dürüst, sözünde duran, korkusuz, kirletilmemiş bir vicdanın sahibi olarak tanıyorum. Şimdi ben babamı, bilinmeyen yanlarıyla da tanımak istiyorum...

– Kolay inanma öyle her şeye. Her insanın hayatında vicdan tutulmaları olmuştur. Bazen istemediği halde de yaşıyor bunu insan. Tıpkı bu gün benim yaşadığım gibi.

– Baba, anlatsana şunları.

– Vereceğim sırları yüreğin çekemeyebilir. Paylaşalım derken, bir de bakmışsın yuvamızın temelleri sarsılmış.

– Baba, her ne pahasına olursa olsun, konuştuklarımız aramızda kalacak... Yemin ederim...

– Sen de şaşırtıyorsun beni Hakan. Sorduğumda, inancının olmadığı kanısında bırakıyorsun insanı. Şimdi de yeminden bahsediyorsun. Yemini neyin adına yapacaksın?

– Sırlarımızı paylaşacağız dedik ya baba. Yeminimi Allah adına yapacağım.

Gözlerinde gülücükler belirmişti:

– ???

– Baba, seninleyim desem, annem kırılıyordu; annemleyim desem, sen. Ben bizleri Yaratan'ı darıltmamak adına yaşıyorum gücümün yettiği kadar.

– Dinini gizli mi yaşıyordun?

– Gizli değil de sadece sizden habersiz diyelim istersen.

– Nasıl bir inanç, bari onu da söyle.

– Yorum yok...

– Sen benden sırlarımı istiyorsun?

– Evet, baba... Çalışmalarım var, bu bende bir tutku halini aldı. Annemi ve ulaştığım yere kadar şeceresini yazdım. Sıra sana gelince tıkanıp kaldım.

– Ne yapmaya çalışıyorsun yazdıklarınla? Bari onu söyle.

– Sen kasanda sakladığın o defterin içine yazdıklarınla ne yapmayı istiyorsan... Hem ben senin gibi geçmişimden kaçmak için yazmıyorum baba.

– Tekrar söylüyorum, ağır gelebilir öğrendikten sonra. Hatta nefret bile edebilirsin babandan. Aramızdaki sevgi dokusunu zedeleyebilir anlatacaklarım. Korkum o.

– Korktuğun olmayacak baba, bana güvenmeni istiyorum. Duyduklarımı başka kimseyle paylaşmam.

– Ta baştan alarak mı?

– En baştan...

– Ben o sırları ahrete götürecektim.

– Baba, vicdan tutulmasıyla ahrete gidenlerin işi daha da zor olmalı. Sağken halledebileceklerimiz varsa, kolayına bakarız birlikte.

– Hazır mısın?

– Hazırım baba.

– Dinle o zaman...

Efkâr tümen tümendi gözlerinde:

– Çok merakta kalmaman için dünden başlayıp geçmişime dönmek istiyorum... O gördüğün ziyaretçi senin ağabeyindi Hakan. Babam ve annemin ölüm haberlerini aldım ondan... Huzur bozumundaydı mevsim. Gönül bağına hoyrat eli uzanmıştı. Potasında eridiğim bir sevda düşmüştü kalbime.

Her bağ bozumunun ardından, başka bir mevsime teslim olur yeryüzü. Benim gönül bağımı babam bozuyordu ve kendi istediği bir mevsimi getiriyordu gönül dünyama. Bana sorma ihtiyacını bile duymadan.

Gönül iklimlerimde gazabı çağıran fırtınalar kopmuştu. "Merhaba öfke!" demek düşüyordu bana. Gönül dünyamda kopan kasırgaların, nice masum yüreklere kezzap yağmurları olarak yağacağını düşünememiştim o zamanlar. Ömür boyu o öfkenin vicdan tutulmasına uğrayarak yaşayacak bir kalbin sahibi olacağımı kestiremeden, uzakları da saracaktım sırtıma.

Günahsız bir kadın, henüz dünyaya "merhaba" dememiş bir çocuğun vebalini de bitip tükenmeyen bir azap olarak taşıyacaktım ömrümce. Sonra yollar dönülmez olduğunda, anladım yaptığım işin affedilemez olduğunu. Şaşılacak bir şey söyleyeyim mi sana… Benim gönül verdiğim kızı babam bana istemedi diye kahredip, o öfkeye teslim olduğum için dönmüyordum doğup büyüdüğüm yerlere.

Gel gör ki uğruna yurdumu terk ettiğim kızdan ziyade, evimize teli duvağı ile gelen kadın var ya, işte ben onu unutamadığımı ve eşi menendi bulunmaz bir hayat arkadaşı olduğunu, yollar geriye dönülmez olduğunda anladım… Bildim ki beni ben yapan asıl oymuş, babamın bana istemediği, gönül verdiğim kız değil…

İnsanı sevgiye ve inceliğe çağıran, zarif bir yüreğin sahibiydi o. Beynimden ne yapsam silemediğim, zeytin karası gözlerindeki dünyayı kuşatan anlamların sevdalısı olarak tükendi seneler…

Kedere daha yatkın bir ahenkte düşerdi hedefine kara gözleri, insanı onurluca seyrederken. Bakışlarındaki şefkatin büyüsünü anlatamam. Bütün kötülükler can verirdi onun bakışlarının düştüğü her yerde. İşte sevgiden, duruluktan, barıştan, iyi niyetten yana bir tek, o günahına girdiğim kadın iz bırakmış yüreğimde.

Geçmişimi hatırladıkça ilk o düşüyor gözlerimin önüne ve kahroluyorum ona reva gördüğüm vefâsızlığı hatırladıkça... Aklına değişik şeyler gelmesin diye söylüyorum. Anneni de sevdim. Bazen bütün hissiliklerim bana an be an ölümcül yanılgılarım gibi gelse de, pirinçlerin içinden taşları ayıkladığım zamanlar da oluyor.

Değişmeyen gerçek şu; ben bir öfkenin verdiği vicdan tutulmasıyla, irade dışı gibi saydığım o kaçışı başlatırken, yüreğimi oralarda bırakmışım…

Bunlar aklıma geldikçe, kendimi aldatışımın ateşi düşer içime ve bağışlayamam hiçbir zaman kendimi… Yine de unutamadığım o kadın süsler hayallerimi, hak etmediği vefâsızlığımın günahını, onun sırtına sardığım halde.

O hiç incitmeyendi, efkârım, öfkem ve babama duyduğum kinle onu incittiğim halde. Kederlerimin ortakçısı olmuştu her şeye rağmen, kanatlarını üzerime sermişti dostça. Onu düşündükçe azabım artar ve yüzüm gülmeyi unutur. Köylü deyip de geçme, o sistemli bir şekilde okuyan ve anlatandı. Kültürlü, dost ve kâmil gönüllüydü...

Derin bir ah vardı dudaklarında... Hakan, kuşkularını yenmişti yenmesine, lakin ısrarla sorup öğrenmek istediği şeyler, düşündürücü olmuştu onun için. Renk vermemeye çalışıyordu hüzünlense de.

– Çok üzücü şeylerdi hepsi. Bir vurgunu anlamakta zorlandım baba. Güneş tutulmasını, ay tutulmasını anlarım da şu vicdan tutulması dediğin nasıl bir şey, anlayamam.

– Anlarsın oğlum. Vicdanlar bazen sağır ve kör olurlar. İnsan duyarsız ve umursamaz olur o anlarda ve düşünce, salim kararlardan uzaklaşır. İşte o zamanlarda vicdan tutulması başlar insanda. Doğruyla yanlışın arasına nefsin gölgesi düşer... Beyin iblisin vesvesesiyle meşgulken, fark edemez doğruyla yanlışı insan... Yanlışlar şirinleşir nefisle bakılan gözlerde.

– Seni daha iyi anlamaya başladım baba. Ağabeyindi dediğin oğlun nerede şu an?

– Kimsenin haberi olmayacak bu anlattıklarımdan Hakan.

– Sır dedim ya baba! Hamza, dediğin ağabeyim nerede şu an? Onu neden getirmedin ki?

Acı acı gülümsemişti Hakan'a bakıp:

Sen olsaydın yerimde, getirebilir miydin?

– O mesuliyet benimse, gereğine katlanırdım baba.

– Hayatımın hatasını yaptım ben.

– Gönderdin mi yani?

– Keşke öyle olsaydı.

– Bundan daha kötü ne olabilir ki baba?

– Sen gittikten sonra yemeğe davet ettim.

– Neresi kötü bunun?

– Tanıyanlar olur diye ona ayrı bir masa hazırlattım, kendime de lokantanın üst katında, ayrı bir masa... Utanarak söylüyorum bunu ama kıyafeti uygun düşmüyor duygusu vardı içimde birlikte yemek yemek için. Kibir denen aşağılık duyguya kapıldım. Benim ayrı bir masada yemek yediğimi öğrenince, hiçbir şeye el sürmeden, kalkıp gitmiş masadan...

Hakan hayrete düşmüştü:

– Baba şimdiye kadar yaptıklarının hepsinden daha kötü bir iş yapmışsın sen. İnsan, evladını küçümser mi hiç? O senin oğlun. Hem de hak etmediği bir hayatı reva gördüğün oğlun!

– Demedim mi sana? İşte senin baban bu... Hâlâ nefret etmediğini yüreklice söyleyebilir misin? İşte ben buyum. Tanı ve yaz! Bitip tükenmeyen hatalarımla ben buyum işte oğlum... Ben eksiksiz noksansız buyum...

Sır yumağı çözülmüştü. Muhsin, tarifsiz kederler içindeydi. Hakan da etkilenmişti. Karmaşık bir hayat hikâyesi vardı önünde ve babası...

Gözlerinin içine bakıyordu oğlunun, hakkındaki son düşüncelerini daha anlamlı ve net okuyabilmek için. Soruyordu gözlerini gözlerinden çekmeden:

– Hani, senin de bir müjden vardı?

Hakan beraberinde getirdiği çantasına uzanıp yorgun bir hareketle çantasının fermuarını açmıştı ve içinden bir kitap çıkarmıştı. Babasına uzatıyordu onu:

– Bu kitap, benim hayata duruşumu sana anlatmaya yeter baba.

Kitap el değiştirmiş, puslu gözler, kitabın üzerindeki yazıları okumaya çalışıyordu:

"SEMÂVÎ DİNLER VE SON PEYGAMBER..." Yazarının adına ilişiyordu bakışları ve ismi mırıldanıyordu. "M. Hakan Kocatepe"

– Neyi anlatıyorsun bu kitapta?

– Baba, ne söylemişti Son Nebi insanlara kendisini tanıtırken?

– ...

– Dinle o zaman, ben söyleyeyim sana. Efendimiz şöyle takdim ediyordu sorunun sahibine kendisini. "Ben, annemin rüyası, Ceddim İbrahim Peygamber'in duası ve İsa Peygamber'in müjdesiyim..."

Baba sevinçliydi:

– Sen şunu mu demek istiyorsun şimdi? "Ben semâvî dinlerin hepsine ve onları duyuran elçilere iman ettim!!!"

– Evet baba!

– Neden söylemedin bunu şimdiye kadar?

– İçinde bulunduğumuz durum, onun cevabı olarak yeterlidir sanıyorum baba... Araştırdım. İkinizin inadı da kırılacak gibi görünmeyince çabalamak bana düştü. Sonunda şunu fark ettim. Özümü dokuyan kumaş; İSLAM'dı... Ayrıca İlahi kitapların hiçbiri diğerini reddetmiyordu ve hepsi aynı İlahi kaynaktan, peygamberler aracılığı ile insanlara duyuruluyordu... Bütün semâvî dinleri ve o dinlerin duyurucusu olan peygamberleri, birbirlerinin kopmayan halkaları olarak gördüm incelemelerimde.

Semâvî kitaplara peygamberlerinden sonra insan eli dokunduğu için inançlarda ayrılıklar başlamış, daha sonraları da halkalar birbirinden kopartılmaya çalışılmış. Onun için de barışsız, huzursuz, ayırımcı bir dünya bulmuşuz karşımızda. Kitaplar değil, peygamberler de değil, asıl onlara mensup olduklarını söyleyenler, İlahi emirleri ve nebileri reddediyorlar. Sadece İslam dini mensupları hiçbir peygambere ve Semâvî dine reddiye sunmuyor, hepsine aynı saygıyı gösteriyor.

Muhsin, çehresi gülmeyi unutan adam, buruk bir tebessüm eşliğinde ağlıyordu oğlunu dinlerken:

– Bunları bir de annene anlatsan...

– O da bir nasip meselesi baba, zamanı var. Söz, doğru yerde ve doğru zamanda söylenir.

Yeşil Höyük

Bahar, bütün ihtişamıyla göz kırpıyordu. Köyün yamaçlarından gelen kuzuların meleşmesi, koyun sürülerinin çıngırak sesleri, çocukların sokaklarda kurdukları coşku dolu oyunlar, kümeslerinden salıverilen tavukların çöplüklerde eşinişleri, köyün eteklerindeki ekinlerin yeşilin en cömert renkleriyle boy vermeye başlayışı, insanı hayata bağlayan, kederlerini unutturan manzaralarıyla görülmeye değerdi... Masallar ülkesini andırıyordu Yeşil Höyük bu mevsimde...

Aslıhan, bitmeyen heyecanıyla yıllardır bekliyordu yolcusunun dönüşünü... Şimdi elli beş yaşlarındaydı. Yıllar yıllar... Umut ve hayal kırıklığı içinde geçen yıllar... Tevekkülle beslediği sabrı, bitirmediği umudu, uzun yılların gönül yorgunluğu üst üste binmişti de yüzünü soldurmamıştı Aslıhan'ın.

Küskün bir yüreğin sahibiydi, ama küsmemiş gibiydi. Yılların arkasından aldığı bir haber, umutlarını yeşertmişti gönlünde. Her şeye rağmen oğlunu hazırlayıp yola çıkarmıştı... Herkesten habersiz, babasını arayıp bulması için... Kalbinde bitirmediği adam, hiç görmediği oğluyla buluşacaktı ve onu tanıyınca vefâsızlığını hatırlayıp kim bilir, belki de birlikte döneceklerdi...

Gecenin hüznünü artıran kaval sesleri geliyordu evin penceresinden. Yatağına uzanmış, hülyalara dalmıştı, gam yükünü ömrünce omuzlarında taşıyan kadın. Gönülden dualar ediyordu, oğluyla birlikte dönsünler diye... Daha fazla dayanamazdı, öfkesinin muhatabı olarak bildiği babası yoktu artık. O gençlik esintilerine kapılıp öfkesine yenik düşen adam, bu defa gelecekti. Sabırla beslediği umudunu bir an dahi kırmamıştı Aslıhan...

Hiç yeise düşürmediği yüreği umutla bekliyordu baba ile oğlunun birlikte dönüşlerini... Sabah erkenden kalkmıştı. Gelini Asiye, günün hazırlıklarını yapmaya çoktan başlamıştı.

Aslıhan, gelinine yardım edebilmek için ona yaklaşırken bir kıpırtı olmuştu sokak kapısının önünde. Yön değiştirmiş, kapıdan yana dönmüştü. Şaşırıp kalmıştı. Bu kadar erkenden, beklemiyordu onu. Çok erken bir dönüştü bu ve yüzündeki ifade umut kırıcıydı.

Göz göze gelmişlerdi ana oğul... Yaslı bakışlarını bırakmıştı ananın gözlerinde Hamza ve ruhsuz bir robot gibi hareketsiz bekliyordu onu seyrederken.

Aslıhan, boş bakışlardaydı. Anladığı tek şey, oğlunun yüreği aşırı hırpalanmıştı. Yüzünde oluşan çizgiler, acı bir haber öncesinin hazırlıklarını vurguluyordu.

Aslıhan, hazin bir sesle ulaşmaya çalışıyordu oğluna:

– Hamza! Babanı bulamadan mı geldin?

Beden yorgunluğundan daha baskındı moral tükenişinin verdiği yorgunluk. Yüreği ağzında, içli bir seslenişteydi Hamza:

– Buldum ana.

Hamza'nın eşi belirmişti yanlarında. Çekincesi olan bir sesi vardı kadının:

– Hoş geldin!

Kaçamak bakmıştı eşinin gözlerine, sadece cevabı olsun diye mırıldanıyordu:

– Hoş bulduk Asiye, diyebilmişti ancak.

Anasıyla ilgileniyordu bakışları. Ana, güçlükle duruyordu ayakta:

– Buldun demek?

– Buldum ana.

Sesi ezgindi oğlunun dudaklarından çıkacak sözü beklerken:

– Gelmedi mi?

– Gelmedi!

Aslıhan, yürek yağlarını eriten, alevli bir soluk indiriyordu ciğerlerine:

– Gelmem dedi, öyle mi?

Hamza, şaşkınlık içindeydi annesinin karşısında beklerken:

– Ana, o hiçbir şey söylemedi.

Ağlamaklıydı sesi:

– Neden yalnız döndün öyle ise... İyi mi bari baban?

– Ana, çok saf kadınsın sen. Evli... Oğlu, gelini, torunları var adamın.

– Buradakiler onun oğlu, torunu değiller mi?

– Değil ki hayatı boyunca bizi hesaba katmamış.

– Belli ki kızmışsın ona. Bu yüzden ne söylediğini kulakların duymaz olmuş senin.

– Ana, hakir gördü beni, aynı sofrada yemek yemeye bile tenezzül etmedi. Ne sordu kendimi tanıtınca bir bilsen...

– Ne sordu?

– Yoksa sekretere oğlum olduğunu söyledin mi, dedi bana.

– Demek gördün, konuştun onunla. Oğlu olduğunu duydu kulaklarıyla?

– Duydu ana duymasına ama istemezmiş gibi bir hali vardı. Sen de nereden çıktın karşıma, der gibiydi hali.

– Sonra?

– Sonra yemeğe davet etti beni.

– Demek bir baba oğul gibi?

– Hiç de öyle değildi ana. Peşinden uşağı gibi yürüdüm. Kabullenmedi beni.

– Davet etmiş işte!

– Ana, ayrı masalar hazırlattı. Kaçtı benimle aynı masada yemek yemekten.

Aslıhan ölümcül bir merakla bakıyordu oğlunun gözlerine:

– Sonra?

– Hayatımın en çekilmez hakaretiydi bana ayrılan o masa... Zehir bile, önüme gelen yemeklerden daha şirindi o an için. O yanımdan uzaklaşıp lokantanın üst katında kendisi için hazırlattığı masaya gittiğinde, önümdeki yemeklere el sürmeden yerimden kalktım, yıllardır hayalini kurduğum o adamdan adeta nefret ederek uzaklaştım lokantadan... Kaçtım senin anlayacağın ana. Belli ki yüzüne bir daha bakmaya tahammül edemediğim için kaçtım ondan.

Aslıhan eriyip kalmıştı:

– Yanlış etmişsin oğul. Keşke bekleseydin babanı. Kim bilir, onun da kendine göre bir mazereti vardır.

– Ben mi yanlış etmişim ana?

– Sen ya! Manası yok yaptığın işin.

– Ana, evine bile davet edemedi, korktu. Yuvasının bozulacağını ima etti durup dinlenip.

– Bak, zor durumdaymış işte. Halden anlasaydın evlat olarak. Ne kaybederdin?

– Ana, o bizim halimizden anladı mı şimdiye kadar? Benim gidişim o vefâsızlığı yaşayan adamı dünya gözü ile görmekti sadece…

– Sen de haklısın elbet... Ne denir ki oğul… İçeri geç, dinlen, toparlamaya çalış kendini, konuşuruz bunları elbet.

Mazide Eksik Kalmış Bir Kulübe

Sabaha kadar uyuyamamıştı. İki yıldır amansız, fırtınalı bir hayat yaşamaktaydı Hamza... Görenlerin, heybetinden ürperti duyduğu o genç adam, kanadı kırık kuşlar gibi dolaşıyordu iki yıldan beri Yeşil Höyük'te...

Gönlüne yara düşüren sebepleri vardı kederlerinin... Yüreği, kendini bildi bileli insanlara karşı acımazsızdı... Tam on beşinde evlendirmişti onu dedesi. Yetişkin, gelinlik çağında bir kızı vardı... Dünürler kapılarını çalmaya başlamıştı. İçlerinde bir delikanlı vardı, ona söz dinletmesi zordu Hamza'nın... Kızına talip olan genç, köyün geçimini zar zor sağlayan ailelerinden birine munsuptu. Babası ölmüş, sadece anası ve kendisi vardı hayatta. Ona çift yürekli delikanlı derdi tanıyıp bilenler. Yörede dağa taşa ve insanlara ezber ettirmişti adını.

Onun bilekleri çeliktendi, bakışları şimşekti. Sesi, bakışları kadar azametliydi ve varlığından güven duyulurdu o delikanlının. Uzun boylu, yağız bir delikanlıydı... Kimse boy ölçüşmeye cesaret edemezdi onunla. Nam salmıştı kısa zamanda...Adı Mustafa'ydı... Hamza'nın kızı Hasret'e gönlünü kaptırmıştı...

Anasını dünür göndermişti. Yüzü alev alev tutuşmuştu kadın onun sözünü ederken. Aslıhan'a bakıyordu geliş sebebini söylemezden önce:

– Söz dinletemedim Mustafa'ya. Gidecek, isteyeceksin dedi Aslıhan Hala. Ben Hasret'i isterim der de başka bir şey demez. Bilirim, asalet önce gelir bu gibi alış verişlerde. Dul, zor geçinen bir kadınım. Mustafa, yiğit, onurlu bir delikanlıdır. Yuva kurmak ister. Aslıhan olumlu karşılamıştı. Kadını rahatlatmıştı da bir bakıma, ama söz verememişti oğluna sormadan:

– İyi söylersin de Fatma, Hamza'da biter iş. O ne düşünür, ne söyler bilemem ki sormadan.

– Aslıhan Hala, Hasret de Mustafa'yı istermiş, öyle duydum.

Aslıhan bozulmuştu. Azar vardı sesinde:

– Nelerden söz edersin sen Fatma? Bunu ne sen söyledin ne de ben duydum.

– Aslıhan Hala, ben elçiyim. "Babam vermem derse kaçarız" dediğini duydum Hasret'in.

– Tövbe tövbe! Fatma, bunları Hamza duyarsa, neler olacağını düşündün mü bu sözleri ederken?

– Ben duyduklarımı söylerim sadece Aslıhan Hala!

***

Yeşil Höyük, bu söylentilerin konuşulduğu mekân olmuştu. Mustafa, köyün eşrafından sayılan, aklı başında birini göndermişti sonunda. Hamza'ya dünür giden adam, kovulduğunun sözünü bile etmeden, umut yok, demişti Mustafa'ya. Bir öfke, bulut bulut ağmıştı tepesinden Mustafa'nın. Sen yiğit adamsın, demişti herkes yüzüne karşı. Sindirememişti bu yüzden duyduklarını. Yüreğinin sözünü dinlemişti delikanlı sonunda ve bir fırsatını bulup kaçırmıştı Hasret'i...

İşte o gece, sabaha bir başka varmıştı Yeşil Höyük'te.

"Mustafa Hasret'i kaçırmış!!!" söylentilerini duyduğunda beyninden vurulmuş gibi sarsılmıştı Hamza. O anını görenler, değişken anlatırlar hadiseyi dillerinin döndüğünce...

Hamza, beklenmedik bir karar almıştı fazla düşünmeden ve herkesi şaşırtan bir kabuldü bu Hamza'yı tanıyanlar için.

– Onları mutlaka bulup getirin. Evlerine dönüp nikâhlarını kıydırsınlar önce. Yakışmaz böylesi ne bize ne de köyümüze.

Duyup gelmişlerdi ikisi de. Nikâhları kıyılmış, dualar edilmiş ve herkesi, verdiği bu kararla şaşırtan babanın ellerini öpmüşlerdi. Ya Hamza değişmişti ya da zaman... Böyle söylenip dudak bükmüştü herkes... Yıl geçmeden bir erkek çocukları olmuştu Mustafa ile Hasret'in. İşte o günden sonra yüzü hiç gülmemişti Hamza'nın... Bu hadise hiç unutulmayan, hazin bir hikâye olarak kalacaktı hafızalarda...

Mustafa, Yeşil Höyük'ten bölünen, aralarında kısa mesafe olan küçük bir köyde yaşıyordu. Adını Dumanlı Tepe koymuşlardı bölünüp arada mesafe olan, birkaç hanelik yerleşim bölgesinin... Bu iki köy, ezeli düşman gibiydi bölündükleri günden beri... Kavgalar, amansız çatışmalar olurdu aralarında sıkça... Dumanlı Tepe mezrası ile Yeşil Höyüklü'ler arasında kavga bitip tükenmezdi bölünüp gittikten bu yana... Yol hikâyesi, su anlaşmazlıkları, müşterek yaylanın tartışması ve sınır kavgaları bitmez olmuştu o günden beri.

Bu yaz, erken olgunlaştırmıştı ekinlerin başaklarını. Çayırlar biçilip, ekinler kehribar sarısına döndüğünde, Dumanlı Tepe sakinleri, alınan karardan daha önce göçmüşlerdi yayladan köylerine. Geleneğin değişmeyen bir kuralı vardı ve o kural değişiyordu Dumanlı Tepeli'lerin alınan kararı umursamayışıyla. Kendi aldıkları bir kararla inmişlerdi yayladan ve olanlar olmuştu...

Bu hikâye, kendisini bu sebeple yazdırmaya başlıyordu herkesin belleğine...

Sebebin sonucu, geleceğe çözümü kanla yazılan bir notu da beraberinde düşürüyordu... İlk önce Yeşil Höyük ihtiyar heyeti azaları geniş bir toplantı kararı almışlardı. Varılan karar korkunçtu. Tellal çağrılmıştı az sonra.

– Bütün köylü, eli sopa tutan herkes, köy meydanında toplansın haaa!!! Dumanlı Tepeli'ler, köy kararını dinlemeden yayladan göçtü... Hayvan sürüleri, biçilmeyen ekinleri ziyan etmekte... Duyduk duymadık demeyin haaa!!!

Şıkça olurdu bu gibi şeyler ve kararlar alınırdı sorunları birlikte çözmek adına. Sonunda korkunç kavgalara taşırdı kendini bu gibi davranışlar... Herkes uymuştu alınan kararın çağrısına. Sürüdeki çoban köpekleri, yaman havlamaya başlamışlardı kalabalığı görünce...

Çobanlardan bir tanesi, kalabalığı uzaktan görür görmez koşmuştu Dumanlı Tepe'ye. Köy yakındı sürüye. Yeşil Höyük köylüsünün öfkesini kabartan da buydu zaten. Önce köyden birer birer ayrılıp ev yapmışlardı köyün çayır ve tarlalarına yakın yerlerde... Arazilerinin kıyısında küçük bir mahalle kurulmuştu... Aynı soyadını taşıyan, arazileri birbirine sınır olan sülaleydi Dumanlı Tepe'nin eteklerini mesken tutanlar. Çok geçmeden Dumanlı Tepeli'ler de yetişmişlerdi hadise yerine. Onların ellerinde de baltalar, odunlar, hatta silahlar vardı.

Anlaşamamışlardı. Aralarındaki münakaşa büyümüş, önce sopalarla saldırmışlardı birbirlerine. Yürek hoplatan, kulaklara ürperti veren sesler çekiliyordu semâlara. Daha korkunç olanı, silah sesi karışıyordu gürültülerin arasına. Görenler, avazının çıktığınca haykırıyordu:

– Vuruldu, Mustafa vuruldu!!!

– Öldürdüler, öldürdüler onuuu!!!

Acı çığlıkların arasına hoyrat küfürler karışıyordu. Dumanlı Tepeli'ler korkuya kaptırmışlardı kendilerini. Ellerinden sopaları atanlar, tabancalarını tedirgin soluyuşlarla saklamaya çalışanlar, fırsatını bulan herkes kaçışıyordu.

Yeşil Höyüklü'ler kavgayı bırakıp Mustafa'nın başına üşüşmüşlerdi. Kurşunlara hedef olan genç adamın cansız bedeni kanlar içindeydi ve hayata gözlerini çoktan kapamıştı... Gözleri açık gitmişti dünyasına. Hüzün vardı vedâdan önce hasrete dem tutan gözlerinde...

Tamı tamına iki yıl olmuştu dünya evine gireli. Mahkeme göz altıları çoğaltmış, soruşturmalar nefes kesici olmasına rağmen, fail bulunamamıştı. Mustafa, işte böyle bir karmaşanın içinde kimvurduya giderek ayrılmıştı fani dünyadan...

Çok şeyler söylenmişti talihsiz akşamın ardı sıra:

– Su testisi su yolunda kırılır.

– Bu kadar havalanışın bir sonu olacaktı elbet.

– Yazık oldu, yiğit delikanlıydı.

Bir yetim çocuk bırakmıştı arkasında. Genç, güzel bir eş... Hasret, içine ağlamıştı. Oğlunu ve kayınvalidesini bırakıp dönmemişti baba evine. Babasının bütün davetlerine olumsuz cevap vermişti o talihsiz hadiseden sonra... Aslıhan'ın bitmeyen çilesine bir yenisi daha eklenmişti böylece... İçlerinde acıları vardı onların. Ailece bitip tükenmeyen kederlerin yeriydi onların gönülleri...

Mustafa, unutulmamıştı henüz... Hamza, eli boş dönmüştü Aslıhan'ın hayatının müjdesini gerçekleştiremeden... Rüyaları, hülyaları bile çekilmez olmuştu son zamanlarda.

Gecenin sessizliği çökmüştü yine köyün üzerine. Aslıhan çekilip uzandığı yatağında, gamlı bir gönlü vardı talihiyle barışık yaşayamamış kadının. Hülyalarını böyle başlatıp derinleştirmişti. Evlendiği günden bu yana akıp giden zamanı düşlüyordu uykusunu çalan gecede...

Muhsin'in dere kenarındaki tarlada söylediği sözler, kulaklarında yankılanıyordu:

– *Hayattaki en büyük hayalim neydi biliyor musun?*

– *Bilmem.*

– *Derenin şırıltısına kulak ver biraz.*

– *Dinliyorum.*

Şu an toprağının üstünde oturduğumuz yürek gibi kabaran bu tepenin üzerine küçük, beyaz badanalı, şirin bir ev kurmaktı. Güzel, herkesin gözünden kıskandığı küçük ve muhteşem bir bahçesi olacaktı. O bahçede güller, çiçekler ve gölgesinde oturacak bir ağaç olacaktı... Çocuklar ses verecekti, derenin şırıltısına ve bülbüller tüneyecekti gül ağaçlarının dallarına.

Olmadı. Gerçekleştiremedim hayallerimi. Daha şimdiden hasreti düştü içime buraların... Buralara âşık bir gönlüm var benim çeşm-i siyah. Büyülemiş buralar beni farkında olmadan.

Aslıhan, yorgun kalkmıştı uykusuz gecenin sabahında. İştahsız bir kahvaltı sofrasında, oğlunun keder dolu gözlerine dikmişti bakışlarını:

– Bir arzum, gönlümün vazgeçilmez bir emeli kaldı dünyamda bilir misin?

– Söylemedin ki ana nereden bileyim?

– Dere kenarındaki tarlamız var ya?

Asiye de ilgilenmişti konuyla. Onları dinliyordu merakla.

Hamza:

– Var, demişti anasına.

– Oraya küçük, beyaz badanalı bir ev kurup bahçesine gül ağaçları dikmeden ölürsem, gözlerim açık gider bu dünyadan.

Hamza, hayretler içindeydi:

– Nereden çıktı şimdi bu ana?

– Hep dururdu içimde oğul. Yeni değil bu istek. Günleri, yılları eskittim sana bunu söylemek için. Şimdi farz oldu galiba.

– Neye yarar ki orada arzuladığın o küçük ev?

– Arada bir bile olsa gidip orada kalmak ister gönlüm.

– Bir sebebi de var mı bu arzunun ana?

Çocuksu bir seyir tutturmuştu oğlunun gözlerinde. Şiirsi bir yüzü vardı Hamza'ya vereceği cevabı hazırlarken:

– Bakarsın baban da gelir!!!

Alaylı bir ifadenin kuşatmasındaydı Hamza'nın çehresi:

– Ana, akıllı kadın bilirdim seni. Hâlâ o vefâsız adamın dönüşünü mü beklemektesin?

Koyu bir keder tabakası örtmüştü Aslıhan'ın yüzünü:

– Yürek işte oğul! Ömür boyu bir ümitle bekledi yolcusunu bu kadın... Bekleyişler, hasreti nasıl artırır, aklın erer mi buna?

– O bekleyişi iyi tanır benim yüreğim ana. Yıllardır, tanımadığı bir babanın yolunu beklemedi mi herkesin taş yürekli bildiği bu adam? Hatta gururunu kırıp ayağına kadar gitmemdi mi o dönmeyince? Vefâsızlığın da ötesinde bir davranışla karşılamadı mı o baba oğlunu? O bizi çoktan silmiş dünyasından ana. Biz hâlâ ne diye taşıyalım ki onu gönüllerimizde?

– Bir umut işte oğlum... Hâlâ bir gün ansızın çıkıp gelir diye hayaller kurmaktayım. Onu da düşlemezsem, neyle avuturum ki yalnızlığımı?

– En büyük vefâsızlığı kendisine reva gördüğü oğlu, babasını bulduğunda, o baba, oğluyla aynı sofrada yemek yemeye bile tenezzül etmedi ana... O vicdana sahip birini yine de beklemeye değer mi bilmem?

– Hamza, kurbanın olayım oğul, yıkma hayallerimi. Bir gün ansızın gelecek diye beklemek güç verir bana bu dünyada... Zayıf düşürmeye kalkışma ananı... Bekleyişlerin hüznü kadar hazzı da vardır. Bilmezsin... Sen yine de her şeye rağmen, o dere kenarındaki tümseğin üzerine küçük, şirin bir ev kurmalısın...

Hamza dayanamamıştı anasının yakarışına.

– İsteğin başım üstüne ana. Sadece şunu bil yeter. O adam için hayal kurmaya bile değmez...

Yıllar

Yıllar yine akıp gitmişti... Ne beklenen yolcu dönmüştü yurduna ne de ümitleri tükenmişti Aslıhan'ın...

Hamza, annesini kıramamış, dere kenarına istediği evi ve bahçeyi kondurmuş, gül ağaçları ve meyve ağaçları dikmiş, çevresini duvarlarla süslemişti...

Gamın, gönüllerini hiçbir vakit terk etmediği ana oğul, derenin içli ninnilerini dinleyerek bazı geceler o evde kalmaya bile başlamışlardı...

Hamza neler hissediyordu bilinmez, ama Aslıhan'ın yorgun ve usançlı yüzünü istila eden çizgileri okumasını bilenler, anlıyorlardı az çok gönlünden geçenleri.

Güzelliği, artık mazinin fotoğraflarında saklı kalan kadın, umutlarını yitirmeye başladıkça yorgun düşmüştü son günlerde...

O, hayatı en ince ayrıntılarıyla görmeye çalışan, hadiseleri bütün derinlikleriyle seyredebilen engin gönüllü kadın, kendisini tekmil beden diliyle yazmayı başaran, hazin bir hikâyeyi andırıyordu...

Artık bekleyişleri, hayalleri bile yorgundu. Ona kendisini beklediğini anlatan bir şiir göndermişti oğluyla. Alıp okumuştu... Son davetine cevap bile vermemişti... Yine de günden güne sönmeye başlayan hülyalarına rağmen, umutsuz bekleyişini sabırla sürdürüyordu...

Gizli Dünyalar

Hakan profesördü artık... Bir aile görüntüsü veren yuvalarında o da babası gibi zaman zaman yalnızlık duygusuna kaptırıyordu kendisini. Yıllar onun da dünyasında çok şeyi değiştirmişti. Gün akşam olmuş, iş işten geçmiş ve şimdi gerçekler, acımasızca savrulan kamçılar gibi şaklıyordu beyninde.

Tasula galip gelmişti sonunda. Önemsemediği hadiselerin karşısında yenik düşmüşlüğün acılarıyla kıvranmaya başladığında artık vakit çok geçti. Tasula çocuklarla daha yakından ilgilenmiş, Meri ile dayanışma içinde geçen yıllar, onlara istedikleri sonucu vermişti.

Yine odasına kapanmıştı. Başını avuçlarının arasına gömüp kalbî çırpınışlara bırakmıştı kendisini... M. Hakan imzasıyla üçüncü kitabı da yayınlanmıştı. İnancını ve yazdığı kitapları, ailesinden saklıyordu hâlâ... Babası... Sadece o biliyordu oğlunun yüreğini. En büyük yanlışının, eşinden ve çocuklarından saklı bir dünyasının olduğunu, daha yeni yeni fark ediyordu.

Tasula, hatta çocukları ve kendi annesi bile inançsız biri olarak tanıyorlardı onu... Hatasını geç anlamıştı ve şimdi kozasından yeni yeni çıkış hazırlıkları yapmaya çalışan ipek böceğini andırıyordu...

Evin dört odasından biri, ailede kendisinden başka kimsenin girişine izin verilmeyen bir odaydı... Odasının anahtarını üzerinde asla bırakmaz, temizlik işlerini bile kendisi yapardı.

Çalışırken kapısı çalınır, çay ya da kahvesi müsaade alınarak getirilirdi odasına. Burası benim çilehanem, düşüncelerimden ve benden başka kimse girmemeli bu odaya, derdi sorulduğunda.

Eşi şiddetle itiraz etmişti bir gün:

– Hakan, ne demek oluyor bu, anlam veremedim doğrusu. Sen bizlerden neyi saklıyorsun bu odada?

Esprili bir cevap vermişti Tasula'ya:

– Kendimi!!!

– Hakan!

– Ben bir bilim adamıyım Tasula. Masamın üzerinde bir karışıklık olsa, yer değişse çalışmalarım... Öyle oluyor ki saatimi alıyor. Bir sayfa kaybetsem, hazinesini yitirmiş adam gibi perişan oluyorum. Öyle alışmışım, bırak öyle de devam etsin. Ne mahsuru var ki bunun?

Tasula, fazla ısrar etmemişti o günden sonra. Ancak çocuklar büyümüşler, akılları her şeye ermişti ve o odanın kendilerine yasaklanışını bir türlü hazmedememişlerdi... Oğlu Soner, yirmi iki yaşına basmıştı, kızı Kayra ise yirmisindeydi...

Tasula, çay getirmişti odasına:

– Ara ver çalışmalarına da biraz konuşalım, demişti.

Hakan'ı karşısına alarak oturmuştu Tasula. Karşılıklı içiyorlardı çaylarını. Tasula biraz da dertleşmek istemişti işin gerçeği.

– Hakan, bırak şu inziva işini artık. Usanç vermeye başladı aynı çatının altındaki ayrılıklar.

Kederli bir hali vardı:

– Tasula, biliyor musun, aynı çatı altındaki ayrılıklardan daha acı şeyler var hayatımızda.

Hayretle bakıyordu eşinin gözlerine:

– Nasıl bir ayrılık ki bu?

– Ben, babam ve annemde yaşadım o ayrılığın ölümcülünü.

İçli bir nefes alışı vardı Tasula'nın. Çayına bile uzanamamıştı:

– Anlatır mısın biraz?

– Biliyor musun, ben sevgi denilen o belirsizliğe, daha keskin bir ifadeyle iki yüzlülüklere inanmıyorum artık. Babam, annemi; annem de babamı sevdiğini söyledi daima.

– Bir şüphen mi var onların sevgisinden?

– Sen sevgi nasıl şeydir, bilir misin Tasula?

– Bilirim!

Sorsalar beni sevip sevmediğini, yürekten gelen bir ifadeyle nasıl bir cevap verirdin?

– Sana bir şeyler olmuş bu gün Hakan. Seni sevdiğimden şüphen mi var yoksa?

– Annemin babama ve senin de bana olan sevginde eksiklikler var Tasula...

– Sen beni şoke etmeye başladın bu akşam. Açıkça söyler misin şunu?

– Sevenler, adresleri ateş bile olsa, tam ortasında buluşurlar Tasula... Gerçek sevgi budur. Bu akşam bu kadar yeter sanırım.

– Hakan, bu ne sitem, ne gizemli bir dünya, söyler misin bana? Çok içine kapalı bir dunyan var son yıllarda. Çocuklarla bile ilgilenmiyorsun yeterince.

– Bak, bu noktada haklısın işte. Bir şikâyetin mi var onlardan?

– Soner'den bir şikâyetim yok. Ancak son aylarda Kayra için aynı şeyleri söyleyemem.

Derin bir bakış bırakmıştı eşinin gözlerinde:

– Kayra dedin yanılmıyorsam, nasıl bir şikâyetin var ondan?

– Kayra kaç aydır kiliseye gitmiyor.

Acı acı gülümsemişti Tasula'nın gözlerine bakıp:

– Bu muydu şikâyetin?

– Daha ne olsun. O da sana benzedi sonunda.

Sözleri daha da şaşırtıcıydı Hakan'ın:

– Nerede bende o şans?

– Bu tepkine şaşmadım Hakan... O da tıpkı senin gibi Cennet'i özlemiyor çünkü.

– Bak Tasula, inanç öyle zorla benimsetilebilecek şey değil. O öyle hassas bir çizgi ki insan bir şeye kendisini inandırdı mı vazgeçemez ondan. Kalbi bir eğilimdir inanç, insanların dillerine dolayıp durdukları aşk gibidir o...

Az önce konuştuk ya. Sen beni ölümüne sevdiğini söyledin.

– Öyle de sevdim Hakan.

– Sana desem ki sevdiğin bu adamın araştırmaları senin bir basamak daha yükselmeni istiyor, kabul eder miydin? Bunun ilmen, bütün detaylarıyla sana izahını yapsam.

– İspatı olan bir hususta direnmezdim.

– Babam, anneme yıllarca yaptı ispatını. Ona dedi ki inandıklarına reddiye değil, seni davet ettiğim buluşma yeri. Bir adım atmazsan, ahrette bile buluşmamız imkânsız... Annem, babama ne dedi biliyor musun?

– Hakan, bugün beni şaşırtıyorsun konuştuklarınla. Biz bize sorunlarımızı konuşalım derken, neden annenle baban giriyor ki konuşmalarımızın arasına?

– Aslında aynı şeyleri konuşuyoruz, fakat sana yabancı geliyor sorunlarımız.

– Ben Kayra'dan söz ediyorum. İnancını yitirdi, kiliseye gelmiyor aylardır diyorum, senin verdiğin örneklere bak!

– Kayra inancını yitirmiş olamaz Tasula. Olsa olsa farklı şeyler yakalamıştır ya da gönül işleri onu alıp bir yerlere götürmüş olabilir. Kalp Allah'ın nazargahıdır Tasula. O kendisini oraya yazdırmışsa, kolay silemez insan bir daha.

Hayret etmişti Tasula:

– Bu sözler, bir ateistin dudaklarından mı çıkıyor?

– Tasula, ben bir bilim adamıyım ve araştırmacıyım her şeyden önce. Müsaade edersen bunları bileyim.

– Bilen insan, inançsız olamaz Hakan.

– Her neyse, parayla imanın kimde olduğu bilinmez derler. Endişen ne, sen onu söyle önce bana.

– Baban!

– Ne yapıyormuş babam?

– Emekli olduğu günden beri çocuklara el attı. Soner, etkilenmedi belki, ama Kayra'dan edişlerim var.

– Ne kadar bencil olduğunun farkında mısın Tasula?

– Neden?

– Annem için de aynı kaygılanışı gösterseydin ya! Babam olunca neden bu kadar rahatsız oluyorsun ki. Onun da torunları değil mi çocuklarımız?

– Baban bir Müslüman ve Kayra dizinin dibinden ayrılmaz oldu. Bak yine orada.

– Annem de orada.

– Kayra anneme fazla sokulmuyor, anlasana beni.

– Babam çocuklarla oyalanıyor, başka işi kalmadı. Bunu sorun haline getirmemelisin. Hem babam daha demokrattır. Annem gibi değildir.

– Bak sen de annenden sakınıyorsun çocukları. Dinsiz olduğun aşikârken.

– Tasula, aslında dinsizlik de bir dindir. Ben yıllar var ki anneme karşı olan öfkem dışında, o kelimeyi telaffuz bile etmedim... Annem, seninle evlilik hikâyemizi neredeyse düğün haftasına kadar babamdan saklamıştı. Sence babamın da hakkı yok muydu bu evliliğin istişaresine?

Bozulmuştu Tasula:

– Pişman mısın benimle evlendiğine?

– Konu o değil Tasula. Ateşin adresinde buluşacak sevgilerimiz olmasa bile, sevdim ben seni. Ama annemin derdi başkaydı seninle evlenmemi isterken. Annem beni babamdan uzaklaştırıp kendi inancına bir adım daha yaklaştırmak adına istiyordu seninle yuva kurmamı.

Tasula, tepkisini farklı bir şekilde koyuyordu ortaya. Tereddüt çizgileri oluşmuştu yüzünde, kuşkularının boğuntularını yansıtıyordu bakışları:

– Yani, şimdi ben de gönlümün istediği bir kızı Soner'e uygun görüp evlilik hazırlıkları için yardımcı olduğumda, aynı şekilde mi suçlayacaksın beni de?

Hakan şoke olmuştu Tasula'nın söyledikleri karşısında:

– Ne! Soner evleniyor, sen yardımcı oluyorsun ve benim bu işten haberim yok, bunu mu demek istiyorsun şimdi? Öyle bir kız mı var Tasula?

Fazla yormamıştı eşini:

– Despina!

– Korkarım annemin de katkısı vardır bunda?

– Var elbette, birlikte karar verdik.

– Aynı düşünce. Hiç değişmemiş annem. Sonunda seni de kendisine benzetti desene...

– Ya babana ne demeli Hakan?

– Babamı neden katıyorsun bu işlere orasını hâlâ anlayamadım.

– O Kayra'yı etkiledi.

– Bunun aslını bilmiyorum, ama madem aranızda kıyasıya bir yarış var, sonuçlar neden zorunuza gidiyor ki? Yoksa Kayra kendisi için bulduğunuz eş adayını beğenmedi mi?

– Sen bunları nereden biliyorsun?

– Demek o da vardı işin içinde. Bilmiyordum Tasula, sadece tahmin ediyorum... Ben ne gayesiz adammışım Tasula? Nefret ediyorum kendimden, nefreeeet!!!

***

Kayra sıkıntılı günler yaşıyordu. Üniversite arkadaş grubunun arasında yeni duyuşlara vermişti kendisini... Araştırıyor, okuduğu kitaplar üzerinde yorumlar yaparak ufkunu genişletebilmek için çırpınıyordu.

Çok sevdiği bir kız arkadaşıyla, farklılık arz eden inanç yapılarını uygarca tartışıyorlardı. Bu onları tiryakileştirmişti adeta. Kayra'nın beynindeki yapı sallanmaya ve dengesini yitirmeye başlamıştı sonunda.

Üniversite çıkışında arkadaşıyla birlikte yürüyorlardı yine:

– Biliyor musun Hilâl, benim adım bile sizin kitabınızdan konulmuş.

Hilâl, Kayra'yı anlam dolu bakışlarla süzüyordu:

– Neden öyle olmuş, bir nedeni var mı bunun?

– Benim anneannem ve annem Hıristiyan. Dedem Müslüman. Yani ben biraz melezim.

– Ya baban? O bir profesör, inançsız olamaz bana göre.

– Bilmiyorum, babam bu tür sohbetlere katılmaz.

– Biliyor musun Kayra, ben bu günlerde bir kitap okudum. Herkesin elinde. Çok beğenilen ve insanda ufuk açan bir kitap. İstersen vereyim, bir de sen oku.

– Bilmem, sen okuyup beğendiysen okurum.

– Adı, "Semâvî Dinler ve Son Peygamber..." İnançları, semâvî dinlerin kitaplarını ve peygamberleri, ibadetleri en ince detaylarıyla, tarafsız bir bakışla incelemiş.

İlahi kitaplar ve onların duyurucusu olan peygamberleri anlatıyor. Bütün kitapların aynı kaynaktan geldiğini ve birbirlerinin kopmaz halkaları olduğunu ispata çalışıyor.

Tek kaynak, tek dinden bahsediyor semâvî kitaplar için. Bütün peygamberlerin insanları Tevhide çağırdığının yorumunu yaparken şöyle bir bağ kuruyor peygamberler halkasında.

Son Peygamber kendisini tanıtırken şu cevabı vermiş. "Ben İbrahim'in duası, annemin rüyası ve İsa'nın müjdesiyim..." Ben Müslüman'ım Kayra. Tevrat'a ve Musa Peygamber'e, Zebur'a ve Davut Peygamber'e' İncil'e ve İsa Peygamber'e; kendi kitabım Kur'an ve Son Peygamber Hazreti Muhammed kadar inanıyor ve iman ediyorum.

Tabii ki peygamberlerin dudaklarından duyulan ve değişmeyen halleriyle bizlere ulaşan İlahi buyruklara gönülden bağlıyım... Görüyorsun ki bizim inancımızda, diğer kitaplara ve onların duyurucusu olan peygamberlere reddiye yok. Aksi halde iman etmiş olmayız.

Sana oku dediğim kitapta aynen şöyle yazıyor Kayra; *Su akar bendini bulur. Dereler, bir çay bulur kendisine, çaylar, ırmak, ırmaklar karışacakları nehirleri ve nehirler bir deniz ya da okyanus bulurlar dökülmek için. Denizler de okyanusunu ararlar!* Daha çok şey konuşmuşlardı kitaptan ve Hilâl, Kayra'ya vermişti övgüler sıraladığı kitabı...

Aradan günler geçmişti. Kayra, arkadaşının kendisine verdiği kitabı okumuş, yorumlar çıkarmıştı içinden... Geceleri az uyuyor, kitaplar okuyordu odasına kapanıp. Arkadaşıyla daha sağlamlaşmıştı bağları. Eve yorgun gelmişti. Kafasında karmaşık düşünceler vardı. Biraz oturup bir şeyler atıştırdıktan sonra annesine, ben babaannemlere gidiyorum, diyerek çıkmıştı evden.

Aslında dedesini çekmişti Kayra'nın gönlü. Babaannesinin misafirleri vardı salonda. Dedesini aramıştı ve odasında bulmuştu onu... Daha kapıyı aralayıp Kayra ile göz göze geldiklerinde, yüzünde gülücükler oluşmuş, derin, rahatlatan bir soluk indirmişti ciğerlerine...

– Merhaba dede!

– Gel gel, hangi rüzgâr attı seni buraya?

– Dede, sıkılmışsın sitemlerine bakılırsa...

– Sıkılmıştım, iyi ki geldin.

Yanaklarından öpüp yanına oturmuştu dedesinin. Daha soluklanmadan çantasını açıp bir kitap göstermişti dedesine:

– Dede, ben bu kitabı okuyorum.

Dikkatle bakmıştı Muhsin, torununun uzattığı kitaba:

Nereden aldın bunu?

– Bir arkadaşım okumuş ve çok beğenmiş, bana verdi okuyayım diye.

– Ha, neyse. Oku oku, güzel bir kitap.

– Sen de okudun demek?

– Okudum, beğendiğim bir kitap.

– Biraz hayret eder gibi baktın gözlerinin önüne tutunca da, merak ettim.

Kayra ile babasının arasında duran sır küpünün kırıldığı kanısına varmıştı önce, aksi olduğu kanaatine vardığında, aniden toparlamıştı şaşkınlığını yenip:

– Annen ya da babaannen o kitabı elinde görürlerse sana kızarlar diyedir.

– Dede, bilirsin ki benim kiralık fikirlerle işim olmaz. Araştırmadan, kolay kabullenmem her şeyi. Sen onlar gibi değilsin bildiğim kadarıyla da bilmiyorum dedecim, seninle bazı hususları özgürce tartışabilir miyiz?

– Kayra!!! Her zaman tartışmıyor muyuz?

– Tartışıyoruz da dedecim, hani müsaitsen dedim.

– Sıkıntıdan patlıyorum be kızım. Herkesin, selam verdiğini değiştirmek istediği bir dünyada, senin arayış içinde oluşun sevindirdi beni doğrusu. Neyin peşindesin, söyler misin bana da, keşfettiğin bir şeyler var mı bari? Mesela öze yaklaştığını hissediyor musun?

– Dedecim, ben bu kitabı ve daha birkaç tanesini okudum.

– Korkarım, değişmişsindir ya da ne bileyim, sadık bir arkadaş bile bulmuşsundur kendine…

– Dedecim, kabuller kalbi bağlanışlardır bana göre. Araştıranlar, başkalarının fikir kölesi olmamaları için meseleleri kabullenmeden önce özümleyip sindirebileceklerini çok iyi yorumladıklarına kendilerini inandırmaları lazım. Kolay iş değil bu.

– Hayat, dağınık tutkulardan ibarettir Kayra... Sen onları toplamak için uğraşırken, an olur, biraz daha dağıttığını hissedersin. Elbette bulmak istediklerin ayağına gelmez, sen ona sahip olmak istiyorsan mutlaka emek vereceksin. Tutkuları vardır insanın, hepsini yaşamaya ömür yetmez. Onun için de akıllı olan insan, pişman olmayacakları hayat tarzını arayıp bulurlar yaşamak için... Bırak, ulaşmaya güç yetiremediklerin yerinde kalsınlar. Onları da yitik sevdalarının arasında bırak.

– Dede, babam bunca araştırmalarına rağmen neden dinsiz?

– Aldırma, su akar mecrasını bulur. Dış görünüşlere fazla itibar etme.

– Yani?

– O tarafını fazla kurcalama şimdilik, bakarsın baban hepimizi şaşırtabilir.

– Dede, ne demek şimdi bu?

– Bilmem, kendin eşele biraz da. O senin baban kızım, onu yakinen tanımaya çalış ve sorunun cevabını kendisinden al bana göre... Bakarsın, onun da ihtiyacı vardır seninle bunları konuşup irdelemeye.

Kayra

O şimdi ummanını arayan bir katre, fıtratındaki mücevheri ayrıştırıp en sanatsal figürlerle işleyerek, yitik değerlerini zihnine ve hayatına kazıyan, taze bir gönülle yaşıyordu. Manevi bir eğilime yönelmişti duyguları... Artık izafiliğe göre değildi onun düşünceleri. Etrafındaki gerçeklere daha duyarlı bir yaklaşım içindeydi...

Yüreğinde, daha titiz ve daha ince, hassas bir ayar yapabilmenin çırpınışları vardı... Üniversiteden döndüğünde, evde sadece annesi vardı. Kayra, dalgın ve içine kapalıydı son günlerde. İştahsız bir yemeğin ardından odasına geçmişti. Etkisinden kurtulamadığı kitabın yazarının başka bir kitabı vardı elinde.

Sayfaların arasına gömüldüğü bir anda annesi girmişti odasına. Kayra göz ucuyla annesine bakıp yeniden satırlara indirmişti gözlerini.

– Kayra, ders mi çalışıyordun?

– Bu başka bir ders anne.

Anne kaygılıydı kızından. Yanına kadar sokulmuştu:

– Dersin başkası da mı var Kayra?

Onu başından savmak için cevap veriyordu:

– Sen anlamazsın bu dersten anne.

Kızmıştı:

– Neden anlamıyor muşum?

Ona biraz daha sokulup, elindeki kitabın kapağını parmaklarıyla makaslayıp, üzerindeki yazıyı okunacak duruma getirmiş ve merakla mırıldanmıştı... "Kur'an'ın İkliminde Hayat"

Bu kelimeler bir bomba gibi patlıyordu Tasula'nın beyninde. Odanın avizesi sallanıyordu annenin feryadından:

– Kayra!!!

Zamansız bir infilâkin sonucuydu bu. Kayra, gözlerini kitabın üzerinden çekmiş, anlamlı ve suskun bir bakışla bekliyordu annesinin keskin bakan gözlerinin derinliklerinde... Saygılı bir tepkisi vardı:

– Efendim anne?

– Yoksa kuşkularım doğru muydu?

– Kuşkuların nasıl bir şeydi anne?

– Yoksa sen Müslüman mı oldun?

Kayra, sakin ve rahattı:

– Her çocuk Müslüman olarak doğarmış anne. Çocuklar büyüdükçe baba ve anneleri, onları kendilerine benzetmeye çalışırlarmış.

– Kayra, sen beni deli etmeye mi çalışıyorsun?

– Anneciğim bak, okuduğum sayfada nasıl bir yorum var, kulak ver, dikkat kesil ve dinle istersen.

Kayra, kitapta okuduğu sayfayı aralamıştı ve bulup öfkeli anneye okumaya başlamıştı:

Bütün semâvî dinleri okudum ve inceledim... Hiçbir semâvî kitap, diğeriyle çelişkili değildi, insan eli mevcudiyetine dokunmadıysa. Semâvî kitapları duyurmak için gönderilen elçilerin hepsi kendinden öncekilerin çizgisinde ve onlar da birbirleriyle çelişmiyorlardı.

Bütün Semâvî kitapların kaynağı aynı ve gönderilen elçiler aynı kaynaktan besleniyordu. Onlar birbirleriyle ne çelişiyorlar ne de ayrılık içeriyorlardı.

Sadece bazı insanlar, benimsediklerinin katı kalıpları içinde kalmayı tercih ettikleri için üzerlerine örülen duvarlara pencere açmayı düşünmüyorlardı.

Oysa manevi çizgi, keyfi değişiklikleri bünyesinde barındıramazdı... Sadece insanlar o çizginin üzerinden sapış çizgilerini kendilerinin benimseyebilecekleri anlayışlara göre değiştirip kafalarındaki dini oluşturmaya çalışma haklarını kendilerinde bulurlar...

Allah'ın gönderdiği elçileri ve Semâvî kitapları birbirleriyle yarıştırmak, sadece inançtaki eksen ayrılıklarını doğurur... Yaratılıştaki maksat ve İlahi kitapların insanlara ulaşmasındaki gaye, Yaratıcısı'nı bulup O'nun yaşanmasını istediğini yaşamak.

Orijinalinden uzaklaşan dinlere ve ibadet şekillerine baktım, gördüm ki kulun inanç haline en yakışan an, secde anı...

Tasula, sabırla dinliyordu kızının okuduklarını ve Kayra devam ediyordu sayfadaki yazıyı okumaya:

Günde beş vakit O'nun, yani Yaratıcısı'nın huzuruna çağrılmakta kul... Davete icabet eden kulun gönlü sürur içindedir o anlarda. Tek büyük Sensin, deyip el bağlıyor kul, O'nun ayetlerini okuyor, önünde eğilip, eşinin ve benzerinin olmadığını tasdik ediyor, sonra "İbadet, Âlemlerin sahibi olan Allah'a yakışır" diyerek alnını O'nun için secdeye koyuyor ve yine eşi benzeri olmadığı, eksik sıfatları bulunmadığı için, kul Allah'ını tenzih ve tasdik edip, "Tek büyük ve Tek Yüce olan Sensin" diyen teslimiyetini gösteriyor O'na...

Bu, insanın hayatta tadabileceği en ulvi lezzettir ve o lezzeti tadan, tiryakisi olur.

Tasula daha fazla sabredememişti:

– Kayra, söyler misin bana, seni kim zehirledi acımadan?

– Anne, sana kurtulman için o panzehiri kim verdi deseydin ya?

– Kayra, sapışları hoş görmemi nasıl istersin benden?

– Neyse anne, bildiklerin senin doğrularındı, dersek birbirimizi üzmemiş oluruz en azından. Ben kendim olmak istiyorum anne. Beni araştırmaya mecbur eden senin ve babaannemin dayatmacı davranışlarıydı anne.

– Biliyordum bunu Kayra, son zamanlarda çok değişmiştin sen.

– Anneciğim, lütfen size karşı saygılıyım. Siz de aynı hassasiyeti göstermelisiniz bana.

– Asla Kayra. Bu, dedenin marifeti, başardı nihayet.

Esefle doluydu Kayra'nın bakışları:

– Anne, dedem sizlere bu tepkiyi göstermedi hiç.

Kapıları açılmıştı ve ayak sesleri geliyordu antreden. Seslerin geldiği odaya girmişti Hakan. Anne kız, onu görünce kesmişlerdi konuşmalarını.

– Duymadınız zil sesini. Defalarca çaldım. Duyuramayınca da açıp girdim içeriye.

Tasula bozuk bir moraldeydi:

– Kayra ile tartışıyorduk, duymamışız demek ki.

– Her neyse. Acele yetişmem gereken bir toplantım var. Üzerimi değişip çıkmam gerekiyor, siz tartışmanıza devam edin.

Başka bir şey konuşmamıştı Hakan... Odasına çekilip hazırlıklarını bitirdikten hemen sonra, gecikebilirim demişti çıkarken, "Merakta kalmayın..."

Hakan evden ayrıldığında saat akşam yedi idi. Dubleks evin üst kattaki mevkiindeydi Hakan'ın çalışma odası. Kayra'nın küçük çalışma odasıyla bitişikteydi, herkesin merak ettiği ve elini kolunu sallaya sallaya giremediği bu oda.

Tasula, koyu kederler içinde bir hazırlık yapıp o da evden çıkışta aramıştı rahat bir nefes almayı. Kırgın bakmıştı Kayra'ya:

– Ben babaannene gidiyorum.

Kayra anlamıştı. Şikayeti vardı ve bunu içine sığdıramadığı için gidecekti Meri'ye... Kayra, tek başına kalmıştı koca evde. Henüz Soner de gelmemişti.

Annesi kapıyı çekip gittiğinde, o da sıkılıp dolaşmaya başlamıştı evin içinde. Dubleks evin merdivenlerinden yansıyan fersiz bir ışık çekiyordu dikkatini. Giderken yukarının lambasını açık bırakmıştı babası anlaşılan. Yorgun adımları taşıyordu onu merdivenlerden yukarıya.

Babasının çalışma odasının kapısı üzerinde unuttuğu anahtara çekmişti dikkatini. İrade dışı bir merakla yaklaşmıştı kapıya ve anahtarı çevirip heyecanla açmıştı odanın kapısını...

Antrenin açık bırakılmış lambası ona meraklarının kapısını aralıyordu... Masanın üzerindekileri, hatta çekmecelerde ne varsa karıştırmıştı.

Bulguları dedesinin sözlerini getirmişti aklına... "Hakkında bilmediğin şeyler olabilir, onu eşele ve yakından tanımaya çalış..."

Gördükleri ve elini sürdükleri... Masanın üzerinde bitmemiş bir yazının üzerinde bekliyordu gözleri... "Hakkım olmayan bir şeylere mi uzatıyorum ellerimi?" diye sormuştu kendisine. Öyle düşünmüştü önce... Sonra, "Onları benim babam yazmışsa ben de okurum!" Okuduğu yazıların her biri ayrı ayrı denemelerdi.

Babasının koltuğuna oturmuştu. Rahat bir gönülle karıştırıyordu denemeleri. Sonra merakla indirmişti gözlerini dosyanın arasında duran yazılara... "Zaman ve Ben" isimli bir sayfanın üzerinde ısrardaydı bakışları.

Ömrü, bir örümcek ağı titizliğinde örüyor zaman. Her boşluğun serüveninde onlarca kitabın anlatısı var... Erdemleri, isyanları hiç ama hiç ıskalamadan, yansız düşüncelerin emekleri olarak harf harf işlenip duygusallıklara kapılmadan yazılıp, hayatı bize okutan... Umursamayıp sayfalarını açmadığımız kitaplar.

İçinizde daha ne kadar dargın bekleyecek okunmasını istediğiniz fikirleriniz?

Bize önce kendimizi sorgulatan, etkisinden kurtulunca yeniden unutup üzerlerini küllendirdiğimiz gerçekler, sizler de kanayan yüreğim kadar efkârlısınız...

İklimler değişti gönlümde dostlar. Kim bilir nice mevsimler geçti sürgün edilen gerçeklerimizden...

Öyle değişmiş ki zaman, ona anlam kazandıran gönüllere hazan düştü... İblis, görevini bıraktı sanki aynileşince onunla insan.

Neden Nakkaş'ın nakşına sahip çıkışını fark etmedi yürekler? Kalbe cemrenin düştüğü anı, aynı dirilikte neden tutamaz ki yürek?

Bir duygusallık iklimine tutsak yaşayanların acılarını yaşıyor ömrüm. Uyanışımı bana tattıranın bülbül-ü şeydasıyım... Hayatıma dökülen günahlarımın paniğinden çıkamayan gönlüm, tükenmeyen zara mahkum, medet ey Nakkaş!!! diye haykırıp duaya açtırıyor avuçlarımı...

Zihnimde olanların kelimelerle ifade edilebilecek karşılıkları olsaydı, lügatler, hülyalarımdaki dünyayı, zihnin nihayetsiz mesafelerini kurcalayan doğuşlarındaki argümanları, kendisini ifade edebilen anlamlara yönlendirebilseydi, kelimeler aracılığı ile cümlelere dökülebilseydi duygularım, yeryüzünde Yaratıcısı'na isyanda kul kalmayabilirdi...

Ben işte o zaman, yalnızlığımı, tutunduğum gerçekleri insanlara duyurmaya çalışırken rahatlardım...

Kayra, kendisini alamıyordu babasının yazdıklarından. Fırsat bulmuşken, onu biraz daha net tanıyabilme çabasıyla okuyordu dosyayı.

Kirlenmişliklerin hayatımızı istila edişinin mateminde ufuklar. Arzularımızın duyarsızlık ikliminde günahları şirinleştirerek bizlere sunmaya çalıştığı günümüzde, gerçek güzelliklerin üzerlerine koyu gölgeler düşmekte...

Gerçekler sürgün, güzelliklerin benzi uçuk ve duygular buruk, bilmeden yaşamaya çalıştığımız şu hayatta...

Kaos anaforunda çırpınan mantık, neyin isyan, neyin itaat olduğunu fark edemeden nemalanmakta...

Kâinat dilini oluşturabilecek bütün kelimeleri toplamak istiyorum, yine de onların her şeyi ifade edebileceklerinden şüpheye kapılan gönlüm, araştırmalarımı kelimelerin taşıdıkları anlamlarla cümleleştirmekten vazgeçmemekte...

Duygularım bir umman, lügatlerdeki kelimelerin yüklendikleri anlamları yansıtmaya çalışmaları, gönül dilinin karşısında cılız birer damladan ibaret olsalar da, yazıyorum...

Kayra, sayfaları elinden bırakıp etrafını didik didik etmeye başlamıştı. Arkadaşının kendisine verdiği kitaptan en az on adet vardı babasının kütüphanesinin alt çekmecesinde.

Şaşırıp kalmıştı. Dedesini ve onun sözlerini şimdi daha iyi anlıyordu... Kitaplardan bir tanesini alıp masanın üzerine bıraktığında, kasılıp kalmıştı.

Onu daha da heyecanlandıran ve şaşırtan, merdivenlerden kulaklarına gelen ayak sesleriydi. Acele edip kütüphanenin kenarından çekilmiş, masanın kıyısına kadar gelebilmişti ancak.

Saat henüz erkendi. Babasını karşısında bulunca ürpermiş, derin bir soluk almıştı. Suçluluk ifade eden gözlerle dalıp kalmıştı. Ağlıyordu kapıldığı heyecanın etkisinden.

Hakan, açık duran kapıdan içeriye bir gölge gibi süzülmüştü. Donup kalmıştı babasının karşısında. Sadece gözleri hareketlenmiş, sağanaklar indiriyordu sessizce...

– Kayra, ne işin var senin burada?

Hıçkırıklarını yutkunup birden parlamıştı:

– Baba!

Hakan, elindeki çantasını kenara bıraktığında, hayretin verdiği sarhoşluğun içindeydi. Kayra, hasret dolu bir tepkiyle doluyordu kollarını babasının boynuna...

– Baba seni daha bu gün tanıyabildim. Neden sakladın ki fikirlerini bizden?

Baba da sarılmıştı kızına:

– Kayra, bu odanın kapısı kilitliydi bıraktığımda.

– Affedersin baba. Anahtar üzerindeydi, merak edip girdim. Dedim ki kendime, "Yazılanlar, duyurmak ve başkalarının anlayışına da sunulmak içindir. Yazansa babamdır, özeli olsa da affına sığınarak okumalıyım!"

Kayra'yı ürkütecek nitelikte bir tepkisi yoktu babanın. Ilık bir sesle soruyordu kızına sarılırken:

– Babanın yazdıklarını beğenmedin mi yoksa?

Kulaklarına dökülen çağlayan niteliğindeki coşkuya vermişti kendisini Hakan:

– Bir deniz daha okyanusunu buldu baba!!! Bir deniz daha okyanusunu buldu!!!. Neden sakladın bizden fikirlerini baba, neden?

Kayra, babasına kollarını hasretle dolamış, ağlıyordu.

– O da benim kusurumdu kızım. Ben de cami ile kilise arasında kalan biriydim senin gibi.

Kollarını aralayıp gözlerinin derinliklerine dalmıştı babasının:

– Babalar çocuklarıyla özellerini de paylaşırlar diye biliyordum ben. Kitabındaki o mahlas isimle kendini saklayışının başka bir sebebi var mıydı?

– Muhsin ve Hakan kızım. Saklanan bir şey yok ara yerde. Babamın isminin baş harfi ve kendi adım.

– Senin bir de soyadın yok mu baba?

– Onu da bundan sonraki baskılarda sen eklersin.

– Baba, inanamıyorum, nasıl yaparsın bunu?

Baba derin bir "ah" çekmiş ve şairin bir dörtlüğünü hassas, içli bir sesle mırıldanıyordu cevap olarak:

Bir hayal ikliminde kucağına sığındım,
Otuz iki dişimi çektirdim dizlerinde...
Yitik Cennet'i bulmak umuduyla bunca yıl,
Yittim ümitsizliğin bütün dehlizlerinde...

***

Tasula, eve üzgün dönmüştü. Meri ile dertleşmiş, Kayra'dan yakınmıştı ona... Hakan ve Kayra, ayak seslerini duyup çıkmışlardı bulundukları odadan.

Odasının kapısını açık bırakmıştı Hakan. Sır küpü delinmişti ne de olsa. Kayra annesinin karşısına dikilip haykırmıştı:

– Anne, babam dinsiz değilmiş.

Tasula hayretle bakıyordu kızının gözlerine. Kırgın bir gönlü vardı onları seyrederken:

– Sevincine bakılırsa, aynı safta buluştunuz.

– Evet anne!!!

Hakan'a sitemli bakmıştı:

– Sana inanamıyorum Hakan. Neden saman altından yürüttün ki suları?

– Onun hiçbir katkısı olmadı anne. Babamın odası açıktı... Neşredilen kitaplarından ve yazılarından öğrendim bunu.

– Neden açıktan değil de?

Tasula da ağlıyordu. Hakan anlayışlıydı saçlarını okşarken:

– Tasula, senin iradene nasıl bir baskıda bulunmadıysam, çocuklara da faydam dokunmadı. Bu benim içime yerleşip müzminleşen bir hastalığın tepkisiydi sadece. Babamla anneme vermek istediğim bir tepkinin sonucudur inancımı sizlerden saklı yaşayışım, yanlış anlama.

– Neden dinsizmiş gibi davrandın?

– O hal, eşyanın tabiatına aykırıdır, fark etmeliydin. İnsan suya benzemeli, ama durgun, akıntısı olmayan birikinti sulara değil. Kirlilikleri arındıran akarsular gibi olmalı. Değiştirmek ya da değişmek, hayatta en zor iş. Kayra doğru söylüyor... Seni seviyorum Tasula, adresimiz farklı, benimle Cennet'te buluşmak istemez misin?

Tasula, yönünü yatak odasına çevirip boğucu hıçkırıklarla, yalpalayarak yürümeye çalışıyordu...

Düş Bozumu

O günden sonra aile, hissedilir biçimde ikiye bölünmüştü. Herkes birbirine pamuk ipliğiyle bağlıydı adeta...

Soner'in acil düğün hazırlıkları, az da olsa unutturmuşa benziyordu aradaki kırgınlıkları... Ev, eşyalar her şey tamamdı...

Salon gündüz saatleri için tutulmuş, nikâh masası hazırlanmıştı. Babaannenin ve Tasula'nın düşüncesinde düğünden sonra bir merasim daha vardı. Asıl ayrılık işte orada başlayacaktı.

Dede ve baba buruk katılmışlardı düğün merasimine. Yine de renk vermemeye çalışıyorlardı.

Kayra, babasının ve dedesinin yanından hiç ayrılmıyor görüntüsü vermesine rağmen, gelin ve damadı da yalnız bırakmamaya çalışıyordu.

Kayra çok sevinçliydi... Babaanne olsun Tasula olsun anlam veremiyorlardı Kayra'nın hareketlerine.

Düğün, nikâh memurunun salona girişiyle hareketlilik kazanıyordu... Şahitler ve gelinle damat, masadaki yerlerin, almışlardı... Kayra, gelinle damadın sandalyelerinin arkasında bir yerde duruyordu

Nikâh, coşkulu alkışların ayyuka çıkmasıyla tamamlanmıştı... Düğün bitip misafirler çekildiğinde, sadece akrabalar kalmıştı yanlarında...

Dedeler, babalar ve Cem, yan yanalardı. Babaanneler anneanneler ve anneler çocuklarının yanındaydı.

Konuşmalar sürerken Soner, babasına sokulmuştu:

– Baba benim en mesut günüm bu. Üzgün bir haliniz var dedemle senin.

– Evladım, babalar yüreklerinden sevinirler, asıl sen üzülmemelisin böyle bir günde. Bunların hepsi bir yazgı, ne diyebilirim ki? Şayet bu işin bir suçlusu aranacaksa o da benim. Yanlış başladım hayata. Yanılgılarım sizlere de yansısın istemedim önceleri. Sonra bir de baktım ki iş işten çoktan geçmiş. Ben sizlerin mesut olmanızı istiyorum. İnanç sizin kendi kararınız, daha çok sürprizlerle karşılaşırsınız.

Bu yakınlık babaanne ve annenin gözlerinden kaçmamıştı... Soner, babasının kulağına eğilmişti ve ona şöyle sesleniyordu.

– Sen de üzülme babacığım... Sizin de bildiğiniz gibi hayat boşluk kabul etmiyor işte. Nerede bir boşluk olsa onu birileri bir şekilde dolduruyor.

Bana kalırsa, eşleriniz ve çocuklarınızla aynı adreslerde buluşamayışlarınızın talihsizliğini yaşadınız ve bizlere de yaşattınız...

Üzülme, hani ne demiş Allah dostlarından biri? "Görelim Mevlam neyler, neylerse güzel eyler..."

Meri'nin acelesi vardı. Soner'le Despina'nın yanına sokulurken, Tasula da yanındaydı. Boy boy fotoğraflar çekilmiş, kameraya alınmıştı her şey...

Meri, dikkatleri üzerine çekiyordu her haliyle:

– Vakit tamam. Kilisedeki merasime geç kalıyoruz.

Hakan'ın rengi uçmuş, eski neşesi sönmüştü. "Bu ayrıcalık olmasa" diye düşünürken hayatının en büyük şokunu da yaşıyordu.

Sadece o mu? Elbette hayır...

Soner, Despina'nın kolundan tutmuş, gözlerinin içine sevgi dolu bakışlarını bırakıyor, şeffaf bir gülücüğün peşinden, babaannesine çeviriyordu gözlerini. Anlam dolu salonda, kalanları hayrete düşüren sözlerini kazıyordu zihinlere:

– Babaanne, biz Despina ile düşünüp aramızda bir karar aldık.

Herkes dikkat kesilmişti Soner'in ne söyleyeceğini beklerken:

– Bakın kararımız şu, diyordu Soner... Resmi nikâhımız tamamlandı. Manevi bir nikâh içinde aramızda şu kararı aldık; Semâvî kitaplar ve onların duyurucusu Elçileri biz sevdik. Başlangıçtan en sonuncusuna kadar, aralarındaki bağın kopmadığına ve birbirleriyle çelişmediğine şahit olduk. Gördük ki ayrımcılık, insanların kafalarında oluşturup benimsemeye başladıkları düşüncelerinde.

Biz semâvî dinler ve onların nebilerinden ayrılan gönülleri buluşmaya davet etmek arzusuyla, hiçbir kitaba ve Peygambere reddiye sunmayan bütün semâvî kitapların döküldüğü okyanusun görüşünü savunan İslami inançtaki bir din görevlisini evimize çağırdık. Dahası Despina adını değiştiriyor bu günden sonra ve bundan böyle ona Sümeyye adıyla sesleneceksiniz...

Babaanne, torununu dinlemeye bile tahammül edememişti. Tasula, düşmemesi için tutmuştu onu. Yine de soruyordu:

– Soner, neler söylüyorsun sen?

Anne ağlamaklı bakıyordu annesine. Onun da bir sorusu vardı:

– Sen de mi?

– Anneciğim, bu işte baskı sonuç vermez.

Muhsin'in gözleri parlamıştı. Hakan, şaşırıp kalmıştı. Despina, gayet sakin ve güleç yüzlüydü. Anne ve babası, hatta tüm yakınları tarifsiz şoklarla yutkunurken...

Muhsin ve Hakan, Soner'le Despina'nın yanına sokulmuşlardı.

Hakan, etraftakilere aldırış bile etmeden, kısık, hassas bir sesle soruyordu oğluna:

– Soner, senin bu sürprizin inanılmaz derecede şaşırttı beni. Söyler misin, madem böyle bir fikir taşıyordun da neden paylaşmadın bizimle?

Soner, kendisinden emin ve rahattı:

– Baba, herkesin kendi dünyasını yaşaması ve etrafındakileri yaşadığı bu dünyaya çağırıp kendisine benzetmeye çalışması sevimli gelmedi bana... Bu husus Kayra ile beni araştırmaya mecbur etti... İstedik ki biz de iki kardeş, el ele verip bulduğumuz doğruları birbirimizle paylaşa paylaşa doğruları bulup yaşamaya gayret edelim. Bulgularımızı paylaşmayışımız da senin içine kapalı, esrarlı dünyana verilen bir tepkiydi...

Şunu öğrendik iki kardeş, kişi kendi yaşadığı hayatından sorumlu olarak Allah'ın Huzuru'na çıkıyor. Sen örneğine az rastlanan, kendi Cennet'ini ve Cehennem'ini kendi içinde yaşayan, kapalı bir kutu gibiydin bizlere karşı...

Zaman seni de deşifre ettiğinde şaşkındın. Kayra, her şeyi anlattı bana... Aslında doğru olanı şuydu baba; insanlar fark ettikleri gerçek ve güzellikleri sevdikleriyle paylaşmalı...

***

Düğün sorun yaşatmıştı aileye... Soner ve Despina, önce evlerine gidip dini nikâhları için davet ettikleri şahitleri ve imamı kabul etmişlerdi. Babaanne ve Anne, Muhsin ve Hakan'ın bütün ısrarlarına rağmen katılmamışlardı evdeki merasime. Buruk bir ayrılık başlamıştı nikâh salonu ile gelinin götürüleceği evin arasında...

Meri ve Tasula Büyük Ada'ya gitmişlerdi. Oradan her ikisi de evlerini arayıp en az bir hafta Ada'dan dönmeyecekleri haberini veriyorlardı eşlerine tepki olarak...

Eşlerinin kendilerine verdiği tepkileri, gülerek karşılamıştı baba ve oğul...

Hakan:

– Dilediğiniz kadar kalabilirsiniz, demişti onlara...

İstemeseler de yeni ve zor bir dönem başlıyordu ailede. Baba, oğul ve Kayra aynı evde kalmışlardı o gece. Gelin ve damat, balayı için yurtdışına uçuyorlardı ...

Kayra, yorgunluğa dayanamayıp kendisine bir yatak açıp uyumuştu. Baba ve oğul, baş başa bir sohbet tutturduklarında vakti bile unutmuşlardı...

Muhsin, yorgun ve huzursuzdu. Hakan, annesinin tepkisinden etkilenen babasını rahatlatmak için ayrı dünyaların kapılarını aralamaya başlamıştı gecenin ilerleyen saatlerinde... Hakan, ılık bir sesteydi babasına seslenirken:

– Baba, sen mutlaka bir seyahate çıkmalısın dinlenmek için. Emekliye ayrılalı çok sıkıldın, farkındayım bunun.

– Annen küsüp gitti Hakan, ne seyahatine çıkıyorsun?

– Baba, bu seyahatte anneme ihtiyacın olmayacak.

– Neden?

– Çünkü bu seyahate sabah birlikte çıkıyoruz.

– Nereye?

– Ben de çok merak ediyorum oraları.

– Hakan, oralar dediğin yeri söylemedin ki.

– Yeşil Höyük köyü baba.

Muhsin, duyduklarından ötürü şaşırmıştı:

– Sen ne diyorsun evladım?

– Baba, annem ve Tasula en az bir hafta gelmeyeceklerini söylediler. Yarın Kayra'yı da Büyük Ada'ya, yanlarına gönderdik mi birlikte yola çıkabiliriz demektir.

Parmakları titremeye başlamıştı heyecandan. Gönlündeki titreşimse daha şiddetliydi:

– İyi düşündün mü evladım?

– Baba, geçmişin hatalarla dolu. O adını verdiğin kadın, seni beklemekteydi söylediğine göre. Küskün bir evladın daha var ki ona yaptığın haksızlığı mutlaka onarmalısın. Gönül adamı olmaya çalış baba. Bu yanılgılar senin içinde sadece vicdan tutulması değil, her saniye azap veren, ölümcül çaresizlikler olarak yaşamakta...

– Sence, gideceğimiz yerde aralarına alırlar mı bizi?

– Bilmiyorum baba. En azından gönül almak için gideriz. Sen de bilirsin ki yaşanmadık anların geçerli bir izahı olmaz. Hani hayallerinde yaşattığın küçük bir ev vardı. Dere çağlayacak, gül ağaçlarında bülbüller şakıyacaktı. Hem bakarsın o evin de yapılması için teşebbüs ederiz. Gün olur, ben de dinlenmek için babamın yurdunda misafir olurum.

– Ya annen?

– Duyurmayız, korkma. Baba oğul, şöyle bir gezi yapıp döndük deriz. Boşamamışsın çeşm-i siyahım dediğin kadını. Büyük bir vebal ve günah içinde yaşıyorsun inancımıza göre. Annem kızıp darılsa da o senin helâlin baba, yüreklen biraz...

– Sen anlaşılmaz birisisin Hakan. Nelerden söz ediyorsun evladım? Hem sen hiç tanımıyorsun oraları. Üstelik hakkımda neler düşündüklerini bile bilmiyorsun şu an.

– Ne önemi var. Anlattıkların bana yetti. Ağabeyin dediğin oğlunla el salladık birbirimize konuşmasak bile. Kan çekti bizi birbirimize... Övmekle bitiremediğin çeşm-i siyahını görmek istiyorum baba.

– Yine içimdeki yaranın üzerini açtın oğlum...

Yol

Gözlerindeki hasretin tütsüleri düştüğü noktadaki nesneyi uykusundan uyandırıyordu. Cipin farlarının deldiği karanlıkların çizgisi belirliyordu yolu.

Düğün kırgınlığının gecesini zor tüketmişti baba oğul. Sabah, kahvaltının peşinden, Kayra'yı ikna edip Büyük Ada'ya göndermişler, daha sonra çarşıya çıkıp alış veriş etmişlerdi köye götürecekleri hediyeler için...

Yola çıkacakları saati akşamdan belirlemişlerdi. Sabah namazını yolda kılmayı kararlaştırıp gece yarısı düşmüşlerdi yola.

Baba oğul, koyu bir sohbete başlamışlardı mesafeler gözlerinde çoğaldıkça. Hakan, bir arkadaş yakınlığındaydı babasına:

– Heyecanlı mısın baba?

Gözaltından süzüyordu Hakan'ı:

– Baban çok heyecanlar atlattı evlat, gel gör ki bu çok farklı.

– Biliyor musun baba, beynime öylesine yazmışsın ki oraları, gezip görmüş kadar aşinayım.

– Anlatmak yetmez Hakan, görüp yaşamadıkça eksik kalır. Çok farklıdır oralar... Beynimdeki fotoğraflar yıllardır canlılığını yitirmedi...

Her mevsim ayrı bir güzelliktedir oralar... Doğu ufkunun şafağı sökmeye başladığında, hicapla utanç arasındadır yerle gök arasındaki alış veriş.

Güneş, karanlığın kucağından mahmur tebessümünü kondururdu doğaya... Oralardayken güneş hiç üzerime doğmadı, hep ben karşıladım güneşi.

Sıla hasreti düşer de gönlüme her sabah şafağın söküşünde gamlı bir gönülle seyrederim pencerenin kenarına oturup. Lakin aynı hazzı vermez şafaklar bana...

Hakan, ılık bir sesle, babasının defterinden okuyup ezberlediği mısraları mırıldanmaya başlayınca, Muhsin bütün dikkatini oğluna vermişti:

Yolun düşer bizim ile varırsan,
Allı turnam oralara selam et...
Hasret tüten bir ahuya rastlarsan,
Ona benim için birkaç kelam et...
Yollarım engelli gelemiyorum,
Sabretsin ne olur gönlün üzmesin.
Rüyamda görmesem edemiyorum,
De ki sırlarını yada çözmesin...

Vuslat olur yıllar akıp geçse de,
Bu can ecel şerbetini içse de,
Ruhumuz kavuşur varmak güçse de,
Gönül defterinden beni silmesin...

Baba şaşırmıştı:

– Nereden okudun bunu?

– Emekli olduktan sonra o defteri kilitleyecek bir kasan yoktu sanırım. Bir gün dikkatimi çekti. Kütüphanenin en alt bölümündeydi. Hepsini okudum baba. O defterde şunu öğrendim. Sen o hayallerini kurmaktan usanmadığın diyara ve o diyarda bıraktığın kadına aşıksın. Sen yüreğini orada bırakmışsın baba. Bir evlat olarak seni yüreğinle buluşturmak düştü bana...

– İstiyordum ki ölesiye kadar sır yumağı daha fazla çözülmesin ve özelim olarak saklı kalsın bazıları.

– Baba, ben de öyle düşünüyordum. Kayra ve Soner de bana aynısını yaptılar, görmedin mi? Hem ne dediler biliyor musun? "Babaların, çocuklarına karşı özelleri olmamalı." O defterde bu şiire rastlamasaydım, hem de anneme rağmen, bu yollara gönüllüce çıkar mıydım sanıyorsun? Başka bilmediğim kaldı mı o defteri okuduktan sonra?

Muhsin efkârlanmıştı. Yollar hasret tüten mekâna yaklaştıkça, heyecandan ne yapacağını bile şaşırmış durumdaydı. O da oğluna, şairin dizeleriyle veriyordu cevabını:

Her adım menzile yaklaştırırken,
Her gün saçlarını aklaştırırken,
Ölüm haberini sıklaştırırken,
Sır olur mu, yürek duyduktan sonra?

Biliyor musun, o defterin fotokopisini alıp bıraktım yerine.

– Neden, o kadar çok mu ilgini çekti?

– Evet baba, ilhamım oldu... Yazmaya ısınamadığım zamanlarda, önce o defterden sayfalar okudum... Bak, istersen ezberimde kalan bir pasajı dinle. Oralar büyülemiş sanki seni ve sen inanılmaz bir inatla kendine azap çektirmişsin. Mevsimleri anlatışın aşk, kelimeler hasret ve tek arzun vuslattı o defterde. Bak istersen...

Envai çeşnidedir çiçekler... Bahar yine terütaze desenleriyle donatmıştır doğduğum o yerlerde baharı... Renklerin en coşkulu tonlarını oralar çalar baharlardan. Eflatuni, mavili, sarılı, beyazlı ve kırmızılı, her tonu giyinmiştir çiçekleri.

Yüzlerce çeşnisine rastlarsınız oralarda her türün... Ah, bir de ömürleri kısa olmasa efsane baharların!!!

Solacaklar hepsi de bir müddet sonra, bütün ihtişamlarıyla canhıraş açan çiçeklerin... Yıl bu, dört mevsimini de yaşayacak elbet...

Bir sonbaharla renkleri solacak bütün çiçeklerin. Ölüme çağrı sinyalleri düşecek benizlerine ve yeni bir doğuşun başlangıcına hazırlık için ölecek tabiat. Her canlı gibi her mevsim de ölümü yaşayacak...

– Şiir gibi ezber etmişsin.

– Ne de olsa, babamın hasret duyduğu yerlerdi cümlelerdeki.

Baba ve oğul, duygusallığın son kertesindeydi. Muhsin, söküldükçe sökülüyordu. Hakan teybe yeni bir kaset koymuştu. Efkârı demleyen, hasreti depreştiren yanık bir sesti yüzündeki rengi biraz daha solduran:

Yazmalar içinde oyalı yazma,
Ellerin içinde yaralı gezme.
Sakın mektubunu firkatli yazma,
Okuyan olur da dert olur bana...

Kaçamak gözlerle bakıyordu babasına. Kederi dünyayı tutuşturacak kadar amansızdı. Gözleri buhar buhar kaynaşıyordu... İçli bir sesi vardı türkü bittiğinde:

– Bunu da biliyordun demek.

– Defterinin arasındaydı baba. Senin yazın olmayınca daha da çok çekmişti dikkatimi... Altında, Aslıhan, değil, çeşm-i siyah yazıyordu isim olarak...

Bu türküdeki sözlerin ve çeşm-i siyahın hikâyesini açar mısın biraz?

– Ortada sır diye bir şey kalmadı. Anlatırım anlatmasına da, neden yapıyorsun bunları? Annen duyarsa gönül koymaz mı sana?

– Bu hikâyeyi ben yazmıyorum ve yeni olan bir şey değil baba. Madem böyle bir gerçekle yüz yüzeyiz, birileri bu yaraya neşter vurmalı diye düşündüm. Hepsi bundan ibaret...

– Ben senin oğlun olsaydım, aynı şeyleri yapamazdım.

– Bilmem!!! Ancak, senin hayatından ve belki daha sonrasından, hayata not düşen edebi eserler çıkarırım bakarsın ve bunların yazıcısı olurum. Seni ve hayat serüvenini tarihe not düşerim evladın olarak.

– Yazarsın yazmasına da eksik kalır bazı yerleri.

– Eksik kalır derken, seni dedeme garaz ettirip sılana döndürmeyen hadiseden mi söz ediyorsun?

– Evet. O sırra defterde de rastlayamadın, düşüncelerimi kurcalayışın biraz da onun için sanırım.

– Anlatsan biraz?

– Yazmaktan bahsediyorsun. O sır, benimle gider evlat. Neyse, yaklaştık, çok az bir mesafe kaldı...

Namazlarımızı kılarız camide, sonra bir lokantaya gidip bir şeyler atıştırırız, sonra da ver elini Yeşil Höyük...

– Baba, bari şu oyalı yazmanın hikâyesini anlat. Uykum açılıyor dinledikçe.

– İlçeye inmiştim alış veriş için. Köye eli boş gidilmez demiştim. Bir oyalı yazma almıştım Aslıhan'a. Çok sevinmişti... Başına örttüğünde, "Çok yakıştı sana" dedim. Sonra da askerlik haberini verdim, duygulandı, gözlerinden inci taneleri gibi yaş dökmeye başladı.

Yanımdan ayrıldığında oyalı yazmayı çıkarmıştı başından. Sordum:

– Çeşm-i siyah, neden çıkardın?

Doluktu, yine ıslandı gözleri:

– Madem çok yakıştı, seni askere uğurlarken örtünmeye karar verdim. Dönünceye kadar gözlerinde aynı güzellikle kalayım diye.

– Ya daha sonra? diye sordum:

– Bir de dönüş haberini aldığımda, dedi, bıraktığın güzellikte bulduğuna inanmak için...

– Keşke bir haber uçursaydık baba.

– Sen merak etme evlat. Benim tanıdığım çeşm-i siyah, sesimi duyar duymaz koşup sandığından çıkarır o yazmayı ve sözünde durur. Mektubunda bir şiir göndermişti, okumuşsundur.

– Okudum.

– O yazmadan da bahsetmekte. Seni karşılarken demişti ya!

– Biliyor musun baba, o karşılaşmayı en az senin kadar ben de merak ediyorum... Ağabeyim kızgın ayrıldı senden, nasıl bir tepki verir, kestiremiyorum.

Beni daha da merakta koyan bunca yıldan sonra, mizacını hiç tanımadığım anam seni nasıl karşılar, küskünlük yok mudur yüreğinde onun?

– Hamza anlattı o kısa görüşmemizin arasında... Her gün yeni bir ümitle beklemekte seni, dedi.

Artık ilçedelerdi... Sabah namazından sonra, hayat çoktan başlamıştı sokaklarda. Fırınlardan taze ekmek kokuları yayılıyordu...

Baba oğul, bir lokanta bulup çorbalarını içmişlerdi baş başa. Gönlü aceledeydi Muhsin'in.

– Gitsek mi artık?

– Bilmem, kalkmışlar mıdır, erkenden rahatsız etmeyelim...

– Buraların âdeti şehirlere benzemez. Ezandan sonra yataklar toplanır, hayat başlar.

Araçlarına binip köyün yoluna düşmüşlerdi. Mesafeler azaldıkça, heyecanlar zirvedeydi. Hakan, yine vakti öldürmek için soruyordu:

– Söylesene baba, bunca yılın ardından vuslat heyecanı nasıl bir şey?

– Şeb-i arusun başka bir örneği evlat.

– Geleceğin haberini ulaştırsak, merasim düzenler miydi baba?

– Merasim onun gönlüdür bu vakitten sonra... Karşısında bulunca, heyecanın şokunu kaldıramayabilir yüreği.

– Sadece onun yüreği mi baba?

– Doğrusunu istersen, bu yürek de tedirgin evlat.

– Sonunda Kerem Aslı'sına kavuşuyor ya, sen ona bak.

Hüzün vardı gözlerinde ve yüzünde. Sesine de yansımıştı:

– Kerem kavuşamadı ki Aslı'sına... Dokunur dokunmaz tutuşup yandı. Efsane aşkların içinde, biri hariç kavuşan olmadı bildiğim kadarıyla.

– Siz de efsane olmuşsunuz. Öyle söylemiştin.

– O zaman, efsane aşklar içinde vuslat da olur demektir. Yanılmıyorsam bu buluşma vuslat olacak, durum öyle gösteriyor bu defa...

– Bilmem, belki de dediğin gibi olur...

– Baba, seni anneme rağmen bu yola çıkarana kadar akla karayı seçtim. Bu vuslatta, oğlunun fedakârlığını da unutmazsın artık.

– Ayrılık başına gelmedi evlat, bilmezsin. Hele de bir öfke çıkışlıysa bu ayrılık? Görünmeyen bir el keser de yollarını, nasıl tavır alacağını ne yapsan bilemezsin.

– Sen bu sözleri şiirleştirmiştin defterinde baba.

– Ezberinde mi bari?

– Bak, dinle, şöyle diyordun orada:

Gelmediyse ayrılık denilen şey başına,
O ne haldir, bilemezsin...
Hele bir öfkeye yenik düşmüşsen,
Hatalarını, kendine bile söyleyemezsin...
Bir de kör inada teslimse duyguların,
Görülmeyen bir el keser de yollarını,
Gönlün istese bile,
Hasret yakar da sönmeyen ateşini yüreğinde,
Dumanları tependen çekilir efkârlarının,
Cehennem olur da kaldığın diyar,
Bekleyen bir gülistanın olsa da,
Yürüyemezsin...
Keser yollarını ebleh bir gurur,
Gönlünü yollarına sermek istersin de,
Ne yapsan kendinle baş edemezsin...

Bahar, bütün ihtişamıyla, cömertçe açmıştı sergisini... Bir hayal âlemine düşmüş gibi seyrediyordu baba oğul geçtikleri her köşeyi... Tahayyüllerinin bile ötesindeydi dekorlar. Kırlar, bayırlar, ovalar ve Doğu yakasına doğru zirveleşen heybetli dağlar... Hava bir başka duruluktaydı bugün...

Aracın açık camından, çiçek kokuları taşıyan ve mest eden reyhanlarını atmosfere serpiştirerek çekip giden yorgun bir rüzgâr doluyordu içeriye.

– Yaklaşmadık mı baba?

Gözlerinde hasret buğusu had safhadaydı babanın:

– Az sonra Hakan. Şu tepenin arkasına inmeye başladığımızda Yeşil Höyük bir fotoğraf gibi düşecek gözlerinin önüne. İşte o köy bil ki, babanın sana bile hayallerini kurdurduğu köyüdür.

– Evinin yolunu unutmamışsındır inşallah?

– Deli çocuk, insan evinin yolunu unutur mu hiç? Yılları eskitti bu duyarsız adam o konakta.

Yokuşun tepesindelerdi. Tekerlekler, koyu toz bulutları bırakıyordu geçtikleri yolun üzerinde... Köy, bir fotoğraf gibiydi artık. Muhsin'in heyecanı doruktaydı. Hakan, kaçamak bakışlarla yokluyordu babasını.

Duygulanmıştı. Sessiz gözyaşlarına bırakmıştı kendisini. Arada bir elinin tersiyle siliyordu gözlerinin yaşını... Sitem dolu bir ikazı vardı Hakan'ın:

– Baba, biraz dirençli ol. Aşırı heyecanlısın.

Oğlunun ne söylemek istediğini anlamıştı:

– Tamam, dikkat ederim. Kolay değil Hakan bir ömür eskidi doğduğum yerlerden uzaklarda. Ve bir de...

– Seni çok iyi anlıyorum baba, kolay değil içinde bulunduğun durum. Ancak, yine de kendine dikkat et. Aşırı heyecana kaptırdın kendini. En azından, eski inadın kadar dirençli olmalısın. O taş kalpli adam, duygularının yoğunluğunda erimemeli...

– İnat kırıldı, heyecan arttı evlat. Ne yapsam kalbimin çırpınışlarına gücüm yetmiyor.

Köyü tam karşılarına almışlardı. Hakan, ani bir fren yapıp durdurmuştu aracı. Muhsin şaşkındı:

– Neden durdun?

– Bu heyecanla, o eve girişimiz beni korkutmaya başladı baba.

Derin bir soluklanışı vardı:

– Evlat, sen beni hiç incitmedin, yolun burası da yarım bırakılacak yer değil.

– O zaman biraz toparla kendini baba. Ben o taş kalpli adamı arıyorum şu an.

– Ah be evlat, sen hep üzerindeki elbiseyi görebildin o taş kalpli dediğin adamın. Bir de iç dünyasını görebilseydin, bunları konuşmazdın belki de.

O da duygulanmıştı. Pişmanlık sinyalleri veriyordu bakışları. Yeniden hareket ettirmişti aracını:

– Lütfen baba, sakin ol. Rahatsızlanırsan tadı kalmaz bu gelişin. Sonunda beni de üzersin.

– Acı patlıcanı kırağı vurmaz derler evlat. Sen de sakin ol.

– Neyse baba. Köye giriyoruz. Söyle ne yana?

– Doğru git. Biraz ileride konak görüntüsü veren iki katlı bir ev çıkacak karşımıza. Bil ki o ev, babanın doğup büyüdüğü ev olacak.

Çocuklar oynuyorlardı yol kenarlarında. Köpekler sessiz sedasız tura çıkmışlardı. Köye girmek üzere olan cipi görenler, derin bir seyir içindelerdi. Oldukça dikkat çekiciydi araç. Kapı önlerinde oturanlar, yoldan gelip geçenler, cipin içindekilere bakıyorlar, tanıdık gelmiyordu simalar. Hakan babasının tarif ettiği evin önündeydi sonunda...

Müsait bir köşeye park etmişti aracını. Gözü babasının üzerindeydi. Muhsin titrek bir gönülle inmişti cipten. Hemen peşinden Hakan inmiş, aracın kapısını kapatmıştı sadece.

Konağın önünde kimseler görünmüyordu. Cümle kapısı açıktı ardına kadar. Muhsin, konağı karşısına alıp derin bir seyir tutturmuştu, lakin gözyaşlarını tutamıyordu ne yapsa.

Annesi babası ve çeşm-i siyah gelmişti gözlerinin önüne... Kahırlı bakışları vardı annesiyle babasının. Çeşm-i siyah, oyalı yazmasını örtmüştü başına... Anasının sesi dökülüyordu kulaklarına; "Vefâsız oğul, nerelerdesin bunca zaman?"

Hakan'ın ikazı çekiyor dikkatini, kaçamak bakıyor Muhsin, oğluna girdiği yolu adımlarken...

– Kapı açık baba. Kimse yok ortalarda...

Aldırış bile etmiyordu Muhsin, sadece mırıldanıyordu yürürken:

– Aldırma, buralarda böyledir evlat...

Muhsin, bir gölge gibi dalmıştı açık duran kapıdan içeriye ve Hakan takipteydi onu. Çeki düzen vermişti kendisine Muhsin, oturma odasının kapısını vururken.

Konağın dışında, gelenlerin kim olduğunu merak edenler vardı... Cipi ve içinden inip konağa girenleri takipteydi meraklılar...

Nefesleri tutulmuştu babanın ve oğlunun. Aslıhan'ın kendilerine kapıyı açması hayalindeydi baba ve oğul...

Hakan, babasından iki adım geride duruyordu. Onun maksadı, bunca efsaneleşen hikâyenin kahramanıyla babasının vuslat anını doyasıya seyredebilmekti.

Orta yaşlarda bir kadın aralıyordu kapıyı. Durgun ve çekingen tavrı dikkatlerini çekmişti ikisinin de. Hafifçe geriye çekilmişti yabancı gördüğü adamlardan...

Odadan yana dönüp kısık bir sesle ulaşıyordu ocak başında oturan eşine:

İki yabancı adam var kapımızda.

Bu çağrı, ocak başında oturan Hamza'yı hareketlendirmişti. Muhsin, alınganlık hissine kaptırmıştı gönlünü.

Hamza, çarçabuk toparlanıp karşılarında belirmişti. Kapının boşluğunda bekleyenlerin görüntüsü balyoz gibi inmişti beynine. İçinden, "Bu adam!" diye bir feryat çekiliyordu yukarı doğru. Donup kalmıştı orada Hamza... Babasının gözlerinden gözlerini ayırmıyordu. Ne yapması gerektiğini bile şaşırmıştı. Hakan seyirde, baba, Hamza'nın hareketlerini takipteydi sürekli... Hazin bir ses dalgalanıyordu kapının boşluğunda:

– Baba!

Bu ses Asiye'yi hayrete düşürüyordu. O herkesin anlattığı efsane adam olmalıydı, eşinin "baba" dediği...

Hamza, babasını ziyaret ettiği o talihsiz gün, babasının odasından çıkarken göz göze geldikleri kardeşiyle gelmişti... Manzara hazin başlıyordu. Bir o kadar da sıcak...

– Baba, girsene içeriye.

Hassas, içli mi içli bir ses daha geliyordu Hamza'dan:

– Öpebilir miyim elini?

Dudakları titreşimdeydi babanın ve gözleri ıslak:

– Hamza!

Elini uzatmıştı oğluna ve sonunda sıkı sıkı sarılmıştı baba ve oğul birbirlerine... Alnından öpmüştü oğlunu. Yanardağ sıcaklığındaydı gönlü:

– Her şeyden önce sana bir özür borcum var Hamza. Beni o kabalığımdan ve babasız büyüyüşünden dolayı affetmeni istiyorum.

– O nasıl söz baba? Sen babasın, ben evlat, özrü mü olur babanın evladına?

– Yanlış yaptım. Hakkınızı helâl edin yine de. Derler ya, zararın neresinden dönersen kârdır. Çok geç oldu, ama yaşanmış zamanlar geriye dönmüyor işte. Hatalarımı yüzüme vurma kırgınsan da.

– Vurmam. Ev senin, neden kapı ağzında durursun ki hâlâ?

Gözleri babasının yanında bekleyen kardeşindeydi. Buruk bir tebessümü vardı dudaklarında. Ona bakıyordu:

– Sen beni tanımasan bile ben tanıyorum seni. Öyle yabancı gibi durmasana birader.

Babasını bırakıp Hakan'a sarılmıştı. Muhsin, iki oğlunun sarılışını seyrederken, heyecan göğüs kafesini zorlamaya başlamıştı bile. Duygulu anlardı yaşananlar...

Asiye, utangaç bir seyir tutturmuştu uzaktan. Daha fazla duramamıştı o da. Muhsin'e yaklaşmış, eline uzanmıştı öpmek için:

– Babamız oluyorsunuz galiba. Safa geldiniz.

– Safa bulduk kızım, sen de gelinim oluyorsun, baba dediğine bakılırsa.

Mahcup bir sesle doğruluyordu daha yeni tanıdığı adamı:

– Evet!

Heyecan doruktaydı yine. Hamza, eşine dönüp tanıtıyordu elinden tutup bırakmadığı adamı:

– Bak Asiye, bu benim kardeşim. Şey, adın neydi sahi?

Onu da duygulandırmıştı manzara. Hassas bir sesle veriyordu sorunun cevabını:

– Adım, Hakan.

Asiye, ona da yaklaşıp mahcup sesiyle mırıldanmıştı:

– Hoş geldin ağam.

– Hoş bulduk yenge.

Baba, daha fazla sabredememişti:

– Bu evde başka kimse yok mu oğlum?

– Var baba.

– Hani, annen nerede o zaman?

– O dere kenarındaki tarlada baba. Torunuyla birlikte kalıyorlar orada.

– Ne işleri var bu mevsimde. Bostan mı yaptınız tarlayı?

Asiye, manidar bir bakışla dinliyordu onları.

– Oraya küçük bir ev yaptık. Senin tek hayalinmiş o ev. Öyle söylemişti anam. Ben de arzuladığı gibi bir ev yaptım dere kenarına... Anam çok sevdi orayı. Suyun şırıltısını dinleyip dururlar orada babaanne ve torun.

– Ev mi? Demek unutmamış annen!!! O benim en büyük hayalimdi. Nihayet gerçekleştirdiniz demek?

– Anam da öyle düşünüyordu işte... Beni, bunları sana iletmem için göndermişti. "Hayalindeki evi de yaparız dilerse. Bu ayrılık artık bitsin" diyebilmem için göndermişti beni sana.

Yarıda kalan ziyaret için bana kırıldı. Her şeye rağmen, hiç bitirmedi geleceğine olan umutlarını "Babanla barışmak istiyorsan, dere kenarındaki tarlanın tümseğine, küçük, beyaz badanalı bir ev yap onun bahçesini duvarlarla çevir ve gül ağaçları dik o bahçeye" dedi. Suçlu beni bildi evlat olarak. O senin baban, evlatlar babalara darılmaz dedi...

"Sen ziyaretini yarım bıraktın, baban mutlaka peşinden gelir, tez yaptır o evi." dedi. "Bu isteğim senden analık hakkımın gereğidir." dedi.

Gözleri ıslanmıştı hepsinin de... Hakan, anlamlı bakıyordu ağabeyi konuşurken, baba gözyaşlarını sezdirmemek için zorluyordu kendisini...

– Yaptırdın demek?

– Yaptırdım. Anam kırılacak kadın değildi baba. Çok sevindi, oradan ayrılmıyor şimdi de... Sen istemişsin diye.

Hazin bir masal gibi anlatırdı o evin hikâyesini. Sen de öyle söylermişsin. "Derenin şırıltılarına, bülbül sesleri karışmalı, o sesler oyalar ve uyutur insanı" diye.

– Orada mı durur hep?

– Orada durur.

Daha bir coşkulardaydı gönlü oğlunu dinledikçe.

Babanın acelesi vardı. Odanın içine bile girmemişti:

– Ne duruyoruz o zaman?

Hamza itirazlıydı:

– Uzun yoldan geldiniz baba. Yıllarca bekledin. Biraz daha bekle, kahvaltınızı edin, daha sonra da kalkıp gideriz. Kaçmıyorlar ya oradan.

– Biz ilçede yaptık kahvaltımızı. Bekletme beni daha fazla oğul.

Hamza daha fazla direnememişti.

– İyi ya, gidelim o zaman.

Ayaklarını çıkarmadan ayrılıyorlardı konaktan. Sadece gelin yoktu yanlarında. Muhsin, Hamza'ya sesleniyordu:

– Söyle gelin de gelsin.

Hamza durgundu biraz. Asiye, antrenin duvarına yaslamıştı ellerini, yüzüne kapatmıştı nedense... Hamza babasına dönüp:

– Asiye evde kalsın, diyordu...

– Neden, o da aramızda olsun?

– Bazı işleri var evin baba.

Hakan çoktan binmişti cipe. Ardından baba da geldi ve onun peşinden Hamza. Uzaktan yakından seyircileri vardı yabancı sandıkları misafirlerin ve aldırış etmiyordu onlara kimse.

Oldukça rahatlamıştı Muhsin. Aracın arka koltuğuna oturan Hamza'ya sesleniyordu, hafifçe kafasını ona çevirip:

– Ne kadar da sessiz köy?

– Birkaç gündür böyle işte.

– Sebep?

– Köy, iki ailenin birbirine düşmesinin ardından adeta ikiye bölündü.

– Yoktu evvelden böyle şeyler. Namus meselesi falan mı?

– Bir iftira denildi.

– Sen de taraf mısın yoksa o bölünmeye?

– Bizim oba sıra dışı kaldı baba. Alt oba ile üst obanın insanları ölümcül hasım oldular birbirlerine

Hakan bölüyordu konuşmalarını:

– Ne tarafa gidiyorsak söyleyin bari.

– Az sonra, sağa sapan yola dönersen, doğru kapının önündesin.

Hakan, kendisine söylenen yola dönmüş, karşıdan, tek başına duran, beyaz badanalı ev gözüktüğünde, Muhsin'in heyecanı yeniden artmıştı:

– Anan iyi mi bari?

– Az sonra göreceksin baba.

– Küskün müdür geciktiğim için?

– Hiç küsmedi bildiğim kadarıyla sana. Öyle söylerdi sorulduğunda.

Ev, bütün azametiyle gözlerinin önündeydi:

– Tam hayallerini kurduğum ev. Rüyalarımda görsem inanmazdım.

– Anam öyle tarif etti, öyle de oldu baba.

Cip, şirin, beyaz badanalı, etrafı duvarlarla çevrili evin bahçe kapısında durmuştu. Hepsi de teker teker inmişti araçtan.

Hamza açmıştı bahçenin kapısını. İki kardeş, kapının kenarında durup yol vermişlerdi babalarına. Bacakları güçlükle çekiyordu Muhsin'in bedenini, heyecan artmıştı...

Bahçe sessizdi. Bülbül sesleri yoktu, ama derenin şırıltıları geliyordu kulalarına. Efsane bir tablo gibiydi şimdi, yıllardır hayallerini süsleyen bahçe ve güller... Derenin içli bestelerini yaparak çağlayışı ve beyaz badanalı ev.

Perdeleri çekikti evin. Gözler buharlanmış, hayat durmuştu, Muhsin yeni hayallerinin kurgusunu yaparken.

Pencerenin perdeleri açılıyordu önce, biraz gecikiyordu kapıyı açma işi. Az sonra oyalı yazma başında, hicaplı gülücükleri hiç solmamış biri aralıyordu kapıyı kendisine... Nasıl bir koşuştu ki o, hasret, utanıyordu gönüllere çektirdiğinden.

İki kardeş, evi dalgın bakışlarıyla seyre dalan babalarının yanında durmuş, onu seyrediyorlardı... Hamza'ya çevirmişti buharlanan gözlerini baba, hayalleri tüketip:

– Tam hayal ettiğim gibi, diyor ekliyordu, haydi haber ver annene. Onun bir sözü vardı bana. Oyalı yazmayla uğurlamıştı ve dönüşümde yine o yazmayı örtecekti başına.

Sonra, değişik bir manzara çekiyordu dikkatini ve:

– Dur, diyordu Hamza'ya.

Parmağı ile bahçenin duvar kenarındaki toprak mezarları işaret ediyordu ona:

– Hamza, bunlar babamla annemin mezarları olmalı.

Hamza durgun ve boş bakışlarıyla bekliyordu babasının gözlerinde:

– Onların mezarları bu bahçede değil baba.

– Hayrete düşürüyordu bu sözler Muhsin'i, hatta kanı damarlarında donuyordu oğluna bakarken:

– Ya bu mezarlar, bunlar kim?

Hamza, mezarlardan sağ tarafta duranı işaretliyordu:

– Bu mezar torununun baba. Sana çekmişim ben de vefâsızlıktan yana. O kız benim yanılgılarıma ve katı yürekliliğime dayanamadı fazla.

– Ne yaptın ki ona? Anlatsana.

– Vakti değil baba… Uzun bir hikâye o da…

– Ya onun yanındaki mezar?

Hamza derin, ciğerlerini kavuran bir nefes almıştı önce:

– Torununun yanındaki o mezarın hikâyesi daha da hazin baba. O bitip tükenmeyen bir sabırla yol gözleyen vefâsızlığa kurban edilmiş birinin mezarı... Vuslat beklediğin gibi olmadı baba. Yüreği dayanamadı ikinci vurguna anamın... Azrail senden önce yetişti... Kader işte. Kısmette kavuşamamak varmış. Bu hikâyenin sonu çok acı bitti baba… Son sözü şuydu, "ADRESİ SAKLI MI VEFÂSIZLIĞIN…"

Hakan, hayretler içindeydi. Rengi solmuş, bakışları değişmişti babasının... Duymak istedikleri değildi bunlar. Hüzün kaplamıştı benliğini… Babasındaydı gözleri. Zar zor duruyordu ayakta. Gözleri kaymış, soluğu tıkanmış, yutkunamıyordu acılarını. İri iri yaşlar asılmıştı kirpiklerinin uçlarına, gözlerini mezara perçinlemişti…

Hakan, kendisini toparlayıp karşısında durmuştu. Azap en demli anlarındaydı gözlerinde Muhsin'in.

Suratından sökülen terler korkunçtu. Zor iki üç adım tazeliyordu mezarla arasındaki mesafeyi kapamak için… Başarmıştı güç de olsa. Hakan, telaş içindeydi, Hamza şaşkındı. Kolundan bir el, kıl payı yapışıyordu Muhsin'in düşmesini erteleyebilmek için.

İşte o elin gücü yetmemişti düşüncedeki görevi tamamlamaya... Yüzün koyu uzanmıştı mezarın üstüne Muhsin.

Azrail yoklamıştı bedenini. Hakan, daha kollarından tutamadan iki dizinin üzerine pelte pelte bırakmıştı kendisini ve adeta mezarı kucaklarcasına açılmıştı kolları... Gözleri Hakan'ın gözlerindeydi, hafifçe çeviriyordu kafasını oğluna bakabilmek için... Güçlükle mırıldanmaya çalışıyordu, oğlunu puslanan bakışlarla seyrederken...

– Sen ne kadar istesen de vuslat kısmet değilmiş Hakan. O da ahrete kaldı...

Bu onun aldığı son nefesti, Hakan'ın kollarında... Gözleri açıktı... Hazin bir vedâdan ibaretti artık her şey...

Yarım Kaldı

O bir profesördü... Gamlı bir gönlü vardı, hayata öyle başlamıştı, öyle de devam ediyordu. Kendisine sorulduğunda verdiği cevaptı bu, "Yarım kaldı..."

Hummalı bir sıkıntı vardı içinde. Gökyüzü bile onun kederinden etkilenmişti sanki. O da tıpkı kara bir şemsiye gibi kapatmıştı ufku... Arada bir ruhu ürperten, kamçı gibi şaklayan şimşekler ve şedit parlamalarıyla ortalığı aydınlatıp sönüşlerin verdiği tedirginlikler daha da artırıyordu ürpertileri...

Sancılı hava, önce ortalığı kasıp kavuran rüzgârlara az sonra da sağanaklara bırakıyordu yerini... Bulutlar ağlıyordu efkârından... Adeta kendisini akıl almaz dehşetlere kaptıran bir kıyametin temsili projesi sergileniyordu yeryüzünde.

Dere, amansız bir hoyratlıkla coşmuştu. Kuşlar, evlerin duldalarına sığınmış, yuvasını bulmak isteyenler yağmur ve fırtınanın gücüne yenik düşmüşler, hepsi de şaşkındı ve panik içindeydi...

Bardaktan boşanırcasına yağan yağmura ve sert esen rüzgâra boyun eğmişti tabiat... Bitki örtüsü incinmişti ve ağaçların dalları, yaprakları kırık döküktü... Rüzgâr, öfkesini yitirdi ve yağmur, yorgun damlalara dönüştü az sonra... Fotoğraf değişmişti yeryüzünde. Hakan Hoca'nın gönlünü andırıyordu görüntü...

Bütün hoyratlıkların ruhu ürperten görüntülerini sergilediği yeryüzünü, içine kapanıp kaldığı dere kenarındaki evin penceresinden seyrediyordu. Hocanın yüreği, dışarıdaki ürpertilerden bin kat daha fazlaydı. Elinde ajandası ve kalemi vardı, gözlerinde sağanaklar. Dışarıdakinin aksine, dış dünyası yaslı ve sakin, iç âlemi ölümcül feryatların alanıydı.

İçsel acılarının nakışlarını döküyordu kâğıdın üzerine... Dinmeyecek bir kasırgayı andırıyordu duygularındaki alabora...

Bugün Japon gülüm açmamış, ne gam? diye başlamıştı yazısına... *O güneşin ışınlarının her sabah selamladığı, gün soluncaya kadar, ışıkların şefkat dolu buselerinin üzerine döküldüğü yerdedir.*

Çok üretken bir ağaçtı o... Dost çiçeğim ve kısa ömürlü o gülümden uzaklardayım şimdi. Gam yüklü gönlümün teselli çiçeğinden uzaklardayım. O günde iki, üç gül veren cömert çiçeğim yok artık... Günlük görücüye çıkıp erkenden solan ateş kızıllığında açan gülüm, benden uzaklarda. O benim duygularımın iklimine benzerdi. Onun her sabah gün doğumuyla başlayan serüveni inanılmaz efsanesiydi varlığımın...

Şafak sökmeden kalkardım onun açılışını gözlerimle görebilmek için. Güneş üzerime doğmazdı ve bu alış veriş sürüp giderdi ayrılık olmadıkça... En zirve heyecanları yaşardık, onunla biz...

Güneşin şafak sökümü meraklılarını biliyordum önceleri. Romantizmin bütün efsunlarını bulundururdu harcında o...

Batış seremonisinin dekorlarına vurgun gönüller de vardır... Aslolan şeyin merak olmadığını geç anladı duygularım...

İnsanın dünyaya gelişi, güneşin taze bir gün için şafak söküşü!!! Bir insanın ebedi yolculuğuna uğurlanışı ve güneşin vedâsı!!!

Sahi insanın doğumla vedâsı ya da güneşin dünyayı selamlayıp akşam hüzünlü bir çekiliş stiliyle aramızdan ayrılışıyla ne ilgisi var Japon gülünün?

Güneşin doğum anıyla başlar Japon gülünün açış hikâyesi ve gün solduğunda, sabah açılan katmerler pörsüyüp solan yaprakların hüzün rengindeki kefenine sarar kendisini. İşte o benim gönül iklimlerimin çiçeği... Gün ölür, gün dirilirim ben de onun gibi ne gam?

Japon gülüm açmadı bu gün... Bir gönül iki hüznü bir arada zor yaşar diye, Japon gülüm açmadı bu gün babam yok artık!!! Yarım kaldı...

Tekmil çiçeklerin boynu büküktü bugün umutlarda. Ayakta duran ender çiçek vardı görüntüde. Az öncesi, canhıraş renkleriyle ruhu kuşatan ve esans dükkânından nefeslere vuran nefis kokular ikram eden doğa, vurgun yemişliğin dargınlığı ile dış dünyasına sefil görüntülerle meramını anlatıyordu...

Hakan Hoca, fırtınanın ve amansız yağmurların hırpaladığı tabiat kadar incinmiş gözüküyordu... Babasıyla çıktığı yolculukta neleri hayal etmişti!!!

Leyla ile Mecnun'u, Kerem ile Aslı'yı, Ferhat ile Şirin'i gölgede bırakacak kadar efsane bulduğu aşkını, araştıracaktı babasının... Şeceresini yazacaktı, inanılmaz diye adlandırdığı hazin ve çilekeş hikâyesini... Yarım kaldı...

Hayal etmedikleri gelmişti başına. Annesi ve eşi Tasula kendisine küsüp Büyük Ada'ya gitmişlerdi. Soner ve gelin balayındaydı, Kayra, dedesiyle kendisinin seyahate çıktıklarının haberini verecekti onlara.

Köy ikiye bölünmüştü geldiklerinde. Tekmil hadiseler, her şey Hakan Hoca'ya karşı tavır almıştı sanki. Babasını kaybetmişti. Birlikte nefeslenememişlerdi bile onun doğup büyüdüğü topraklarda. O, aslında öyle bir efsane olmuştu ki, iki oba geçici bir zaman için silahlarını bırakmışlardı acı haberi duyduklarında...

Kan, kin ve öfkeye ara vermişlerdi en azından... Hazin bir törenin ve inanılması zor şaşkınlıkların ardından Yeşil Höyüklü'ler, adını dillere dolayıp bütün yörede efsaneleştirdikleri adamı, hayallerinin mekânı olan, dere kenarındaki küçük evin bahçesinde ebedi yolculuğuna uğurlamışlardı...

Adını, çeşm-i siyah koyduğu Aslıhan'ın yanındaydı o artık... Bir öfke uğruna, sılasını terk eden adam dönmüştü dönmesine, o masalsı aşk artık daha farklı bir boyut kazanıyordu yöre insanının zihninde...

Hamza, babasını bulup yitirmişti. Hakan şaşkın ve perişandı. Köyde silahlara sarılan insanlara rağmen, dillerde destanlaşan eski bir hikâyenin acı sonu, her ağızda yeniden başka bir yoruma bırakıyordu kendini...

Hakan zor durumdaydı. Annesine, çocuklarına bile haber verememişti.

– Toprağı sılasını çekti, demişlerdi aklı erenler ona. Yarıda kalmıştı hayaller...

Herkes evine çekilmiş, gece köyün üzerine kâbus gibi çöktüğünde iki kardeş ve evin hanımı kalmışlardı konağın içinde... Hamza, babasının hikâyesini, Hakan ise annesini, eşini ve çocuklarını anlatmıştı.

Gönüller yaralıydı. Uzun konuşmaların ardından Hakan, Hamza'ya kafasında takılıp kalan bir soruyu soruyordu:

– Abi, biraz da yeğenimden bahseder misin bana?

Bahardı mevsim... Yine de üşüten bir hava hâkimdi köyde. Konağın ocağı bacaya tırmanan alevlerle yanıyor, közleşen odunların kızgın külü üzerinde çaydanlık fokurdayarak kaynıyordu.

Çay demlemişti Asiye... Bardakları ve şeker kâsesini koymuştu tepsinin üzerine. Hakan'ın sorusu üzerine, Hamza içini kavuran bir soluk alıyordu kardeşinin gözlerine bakarken.

Asiye'nin gözleri dolmuştu kızından söz edileceğini duyduğunda. Çay doldurmak için uzanan elin parmakları titreşince elini geriye çekişi ve gözlerinden akan sessiz yaşlar çekiyordu Hakan Hoca'nın dikkatini.

Hamza'nın efkârı dağlaşmıştı. Hazin bir sesi vardı onun da:

– Uzun uzadıya anlatmaya gönlüm tahammül etmeyebilir gardaş. Kısacasını söyleyeyim ve fazlasını da sorma. O benim gönül azabımdır sonuçta.

Hasret koymuştuk adını. Tek çocuğumuzdu. Allah, evlat sevgisini sadece onunla tattırdı bize... Ne yaptıysak başka da vermedi. Gözümüzden bile sakınırdık. Kıymetini bilemedik, Allah onu da aldı elimizden.

Köyümüzde, asil olmayan bir delikanlıya gönül verdi. Yörede adından söz ettiren, korkusuz bir delikanlıydı sözünü ettiğim... Kendisini yüreklendirmiş olmalı ki anasını dünür göndermişti anama... Davul dengi dengine dedim, sakın bir daha sözü bile edilmesin bu köyde.

O, asaleti ve aradaki farkı hiç umursamadı, köyde hatır sahibi olanları koydu ara yere... Hepsini de azarladım ve kovdum. Beni çileden çıkarırcasına cüret edip haber göndermişti, vermezse kaçırırım, haberi olsun, diye. Gururuma dokundu meydan okuyuşu... Kızının gönlü bende, deyişi hayatım boyunca unutamayacağım bir hakaretti benim için... "Yiğitse..." dedim... Gururumu ve öfkemi, kalbimin katılığını ve inatçılığımı babama benzetir herkes. Çekmişiz demek. Kızımı vermedim.

Sahi, sen okumuş, aklı başında bir adamsın. Gönül neydi? Haber dinlemez bir güç mü ki o? Delikanlı, ölümü göze aldı. Canım kadar sevdiğim kızım ise beni yerlere serdi gönül verdiğini söylediği o genç için...

– Demek ki o delikanlı, sana meydan okumuş, gönlüne meydan okuyamamış abi. Canın kadar sevdiğini söylediğin yeğenim, gönlüne söz dinletememiş. Demek ki insan dünyaya meydan okumayı göze alsa da gönlüne meydan okumaya gücü yetmeyebiliyor. Yol, erkân bilmiş sözünü ettiğin delikanlı ve dünür göndermiş usulünce. Kızın belli ki evet demiş bu isteğe, yokuşa sürmüşsün gönülleri kibrine kapılıp... Kederli bir nefes indiriyordu ciğerlerine Hamza:

– Sonunda dedikleri oldu gardaş... Hasret'i kaçırdı o delikanlı. Yaman ezdiler gururumu el içinde. Denklik ve asalet söz dinlemedi sevdanın yanında.

Anamın tembihleri, yeğeninin yakarışları bağladı yollarımı... Gururum ayaklar altında tutulurken, haber gönderdim anamı kıramayıp. Gelsinler, nikâhları kıyılsın, diye haber saldım ikisine de. Bunların hepsi oldu... Sustum, içime akıttım gözyaşlarımı. Yıl dolmadan bir erkek çocukları dünyaya geldi. Adına Armağan dediler... Çocukları iki yaşındayken Duman Tepeli'lerle Yeşil Höyük arasında çıkan kavga kanlı bitti. Hasret'i kaçıran o delikanlıyı vurdular o kavgada.

Açılan soruşturma sonuç vermedi. Şüpheli olarak tutuklananlar, reddettiler suçlamaları. Sonuçta ne suçlu ne de suç aleti bulunabildi. Duman Tepeli tutuklular da delil yetersizliğinden salıverildiler.

Hakan, derinlere dalmıştı abisini dinlerken. Asiye'nin anlamlı bir bakışı bulandırıyordu düşüncesini.

Hakan Hoca farkındaydı o sıra dışı bakışın. Hamza, gözlerini önüne yıkmış, konuşmasını aynı kararlılıkla sürdürüyordu...

– Fısıltılar yayıldı. Herkes kafasına göre bir suçlu aradı... İşin en kahreden yanı, kızım da beni suçladı başkalarının sözlerinden etkilenip. Kucak açtım, arada hiçbir sorun yokmuş gibi... Baba ocağına gelmedi her ne yaptıysak. Demek, babamdan hepimize miras kalan o kör inat, hepimizin genlerinde vardı ve bir şekilde yaşıyordu içimizde...

Hakan Hoca, arada bir yengesinin yüz ifadesini inceliyor ve bir yandan da abisine kulak veriyordu. Ani bir giriş yapmıştı söze:

– Yani o delikanlıyı senin vurduğunu mu söylüyorlardı?

Gözlerini alevleri azalan, kor ateşe dikmişti Hamza. Kahır vardı sesinin tonunda:

– Hayır, bir başkasına vurdurduğumu!

Hakan Hoca, abisine inanmamışlığın mimiklerini taşıyordu suratında:

– O söylentilerde bir gerçek payı da var mı abi? Hani şu asalet meselesini halletmek, sonra da gururuna dokunan o meydan okuyuşun cezasını kesmek adına, fırsatı değerlendirmek gibi bir şey işte.

Derin, kahırlı bir nefes alıyordu kardeşini dinlemeye çalışırken. İstifini bile bozmamıştı. Aynı soğukkanlılık içindeydi ve kor ateşin üzerine düşen bakışlar, inadına keskinleşmişti.

– Olur mu öyle şey?

Etrafıyla ilgilenmeyen adamın üzerinde perçinlenmişti Asiye'nin gözleri. Bakışların dili doğruluyordu Hoca'yı... Hakan'ın merakını daha da artırıyordu yengesinin tavrı:

– Ya Hasret, neden gelmemiş olabilir ki baba ocağına?

Aynı ahenkteydi sesinin rengi:

– Dönmedi. Dedim ya, kahırlandı bizlere aklı sıra. Daha sonra da yoksulluğa, acıya dayanamadı. Anam, yengen benden habersizce evlerinin ihtiyaçlarını taşıdılar. Bunları bildiğim halde sustum. Bana kalırsa baba ocağına dönmesini de engelledi bu yardımlar. Sonrası, kader işte... Dünyam karardı gardaş. Kolay değil evlat acısı. Taş deseler de hani ben de bir kalp taşıyorum sonuçta...

Ağlıyordu koca adam... Hakan neşter vurmuştu yarasına. Daha da derinleştiriyordu efkârını sorular:

– Ya o çocuk? Armağan!!! Almadın mı yanına?

Sert bir tepkisi vardı kardeşine. Gözlerini ilk kez çekiyordu kor ateşin üzerinden ve yeniden kaldığı yerden hikâyeyi anlatmaya başlıyordu:

– Alınır mı? Ben onu gördükçe...

– Yine aynı gururun peşindesin anlaşılan. Kaç yaşında şimdi Armağan?

Hamza susmuş, yengesi cevaplıyordu Hoca'yı:

– On ikisinde. Okullar daha yeni tatile girdi. Armağan bitirdi ilkokulu. Köyün en zeki çocuğu dedi onun için öğretmeni.

– Kimin yanında şu an?

– Babaannesi var. Yaşlı, bakıma muhtaç bir kadın o da. Duman Tepeli Mustafa derler, babasının arkadaşıydı. O karşılarmış ihtiyaçlarını.

Hoca, daha da sarsılmıştı duyduklarından:

– Pekala yenge. Sen yarın beni o çocuğun kaldığı eve götürebilir misin?

Hamza'nın öfkesi taşkınlık anındaydı. Kardeşini kırmamak için sesini çıkarmamıştı, fakat tepkisi azametliydi:

– Ne yapacaksın kaldığı yere gidip?

– Senin yapmak istediğin halde, gururunun önüne geçip de yapamadıklarını.

Tepkisi sertti Hamza'nın:

– Abi, o senin torununsa benim de yeğenimin çocuğu sonuçta. İstemesen de kan bağımız var o çocukla.

– Görüp ne yapacaksın, onu sordum sadece?

– Korkma seninle ilgili bir şey yok. Bunu bil yeter. Azabını hafifletir en azından yapacaklarım.

– Ne yapmak istediğini söylemedin hâlâ.

– Üyesi olduğum bir vakıf var. Kimsesiz çocukları okutup hayata kazandırmak amacıyla kurulmuş bir yer orası. Armağan'ı onların arasına katıp diğer ihtiyaçlarıyla da kendim ilgilenmek istiyorum

Hamza karşıydı kardeşinin düşündüklerine. Asiye daha önce davranmıştı fikrini söylemekte:

– Sevaba girersin. Kim bilir, belki de yüzünü göremediğin yeğenin rahat uyur oğluma sahip çıkan bir amcam varmış diye...

Bilici

Yeşil Höyük köyünde bu gün inanılması zor bir hareketlilik vardı... İki oba, Muhsin'in uğurlama töreni için silahlara vedâ etmişti... Fakat görevlerini yaptıktan sonra gerginlik yeniden başlamış, herkes silahlarına tekrar sarılmıştı...

Muhtar ve orta obanın hatırı sayılır insanları, günlerdir iki oba arasında mekik dokuyorlardı. Bütün çabalarına rağmen fitne susmamıştı.

Orta obanın tarafsızları, her iki obanın arasına silahlı nöbetçiler dikmişler, iki obanın insanlarını da karşılaştırmamak için üçüncü bir taraf oluşturuyorlardı... Son çare olarak, köyün misafiri aklına gelmişti muhtarın...

– O bir profesör, diyordu ihtiyar heyetine. Bu işe nasıl bir çare bulabileceğimizi bir de ona soralım gidip. Kaymakamdan hatta validen bile tahsilli. Meseleyi anlatıp çaresini soralım ondan. Bakarsınız bir akıl verir bize de, köy yine eski huzurlu günlerine kavuşur.

Muhtarın fikrine sarılmıştı hepsi de. Tam beş kişilerdi Hamza'ların kapısını çaldıklarında. Muhtar yapıyordu sözcülüğü.

– Bizler hem taziyeye için hem de bir meseleyi danışmak için rahatsız ettik sizleri.

Yedi kişi olmuşlardı aynı odada. Hamza ilgileniyordu misafirleriyle daha çok. Hakan'ın gönül yorgunlukları yüz hatlarına işlemişti ıstırabını... Hiç beklemediği acıların vurgununu yiyen Hakan, dönüş hazırlıklarını düşlüyordu misafirler abisiyle konuşurken... Bir çıkmazın içinde bulmuştu kendisini. Çırpındıkça battığını hissediyor, acıları daha da derinleşiyordu.

Annesine neler söyleyecekti İstanbul'a vardığında! Sır küpünün kırılmış olması, kendisini yorumlaması güç bir duruma getirmişti.

Karmaşık bir ortamdı. İstanbul'a götüremezdi, köylü, kesin tavrını koymuştu ortaya; "Toprağı doğduğu yerleri çekmiş." Öyle söylemişlerdi ona. Aslında uygun olanı da buydu düşünüldüğünde... Sılasından gurbet denilen yere defnedilmezdi insan kolay kolay... Edilse bile, dillerde efsaneleşen adamı köylüsü bırakmazdı başka topraklara...

Konuşulanlar, kulaklarına bir ninni gibi taşıyordu kendisini... Istırabını yutkunmuştu kendisine bir şeylerin sorulduğu hissine kapıldığında:

– Ağabeyin bahsetmiştir size de. Köy, büyük bir badireden geçmekte Bey!

Hayal meyal bir algılayışla dikkat kesilmişti misafirlere. Yorgun bir hareketle bakıyordu muhtara:

– Gerginliği doğuran sebep neydi? Onu detaylarıyla anlatırsanız, ben de fikrimi söylerim.

Muhtar zorlanmıştı önce:

– Kimi, iftira dedi, kimisi de namus meselesi dedi, bey.

– Şunu baştan anlatır mısınız bana?

– Anlatması kolay bey. Bize bir çare. Kan dökülecek köyümüzde boş yere.

– Törelerinizin yabancısıyım. Yine de hayırlısı. Aklımın erdiği bir şeyse?

Muhtar, rahat bir nefes alıyordu hikâyeyi başlatmazdan önce:

– Söz konusu olan, iki hatırlı ailedir bey. Üç obalı köy, aynı sülalelerden oluşmakta anlayacağınız. Ortalarında biz kaldık... Doğu yakası Batı yakası diye geçer obaların adları burada. Bizim bulunduğumuz obanın adı da orta obadır...

Doğu yakasındaki obanın nişanlı bir kızı, civar köylerden Osman isimli bir delikanlıya kaçırıldı. Derler ki, kızın kaçırıldığı delikanlı Batı yakası obasında, yeni nişanlanan delikanlının yakın arkadaşıymış. İşte, onun yardımıyla, kız yani Şule, Batı yakasındaki obanın yeni nişanlanan genci Bayram'ın yardımıyla, Osman denilen yaban bir delikanlıya kaçırılmış...

Bu haber, Doğu yakası obasıyla Batı yakası insanını birbirine düşman etti. Silahlara sarıldı her iki taraf. Yine denilir ki Batı yakasının yeni nişanlanan delikanlısına, intikam için farklı bir tuzak kuruldu.

Kaçırılan kızın annesi, Şaziye adlı kadın, Bayram'ın nişanlısı Arzu'nun ailece ilçeye gittiklerini ve Arzu'nun evde tek başına kaldığını öğrenince ona içinden çıkılması müşkül bir tuzak kurmuş... Öyle derler... Bayram'ın en yakın arkadaşı olan ve yine söylentilere göre birbirlerinden habersiz, aynı kıza sevdalandıkları söylentisi yayılan, sonunda Bayram'la nişanlanan Arzu vardır kurulduğu söylenilen tuzağın içinde.

Bahane şu bey; Arzu yalnız kaldığı evde fena hastalanmıştır ve evlerine ilaç yetişmesi gerekmektedir... O ilaç, kaçırılan kızın annesinde vardır. Veli sokakta dolaşmaktayken, anlatılan hikâyeye göre Şaziye Kadın ona sokulur ve acelesi olan insan gibi ondan yardım ister:

– Veli oğlum, senden bir isteğim vardı işin yoksa?

Veli, kadının durumuna bakar:

– İşim yok Şaziye Teyze, söyle, neyin var senin?

Elinde küçük bir ilaç kutusu vardır. Kâğıda sarılmıştır:

– Haber salmış Arzu. Ailesi ilçeye gitmiş ne işleri varsa. Hastalanmış. İlaç istemiş. Başım çatlıyor, demiş. Sevaba girersin oğul. Kimseye rastlayamadım. Benim de evde hastam var. Şu ilacı kapıdan verip dönersen sevap işlersin...

Hikâye işte böyle başlar bey... Kadın uzatır ilaç kutusu dediği paketi Veli'nin eline. Veli bunu bir görev olarak kabullenip Arzu'ların kapısını çalar anlattıklarına bakılırsa... İşte kıyamet de burada kopar bey...

Şaziye Kadın, yanına iki üç kadın arkadaşını da alıp Veli'yi takip eder. Kadınlar, Veli'ye görünmeden bir evin duldasına gizlenip uzaktan seyrederler olacakları...

Anlatılanlar şöyle... Şaziye Kadın yanı sıra getirdiklerine şöyle der:

– Tek başıma olsam inanmazdı bana kimse. "Kızının intikamını almak istiyor" bu kadın derlerdi. İşte şimdi gözlerinizle görün, Bayram'a nişanlanan kız neler çeviriyor... Benim gül gibi kızımın aklını çelip kaçırdı arkadaşına. Derler ya "Etme bulursun..." Bu kız, Bayram'ı en yakın arkadaşıyla aldatıyor işte. Bakın bakın, epey bir zaman oldu bahçe kapısından içeriye gireli...

Kadınlar merakla beklerler Veli'nin bahçe kapısından çıkışını... Bahçe görünür, evin kapısı görünmez, kadınların durup gözetledikleri yerden...

Veli, daha değişik anlatır meseleyi...

– İlaç kutusu denilen paketi, Şaziye Teyze'den aldım. Bir şey anlayamadım önce... Yakarışlarına dayanamayıp götürdüm bana ilaç diye verdiği paketi... En yakın arkadaşımın nişanlısı Arzu. Hastalık, ilaç da denilince başka şey gelmedi aklıma birden. Bahçe kapılarını açıp bahçeye baktım, ortalarda kimseler yoktu. Elimde ilaç paketi denilen kutuyla, kapılarını çalıp bekledim.

Arzu çıktı. Hasta bir hali yoktu. Şaşırdım... Elimdeki paketi uzattım ona.

– İlaç istemişsin bacım, geçmiş olsun, dedim.

Arzu şaşkınlık içindeydi bana bakarken:

– Hayırdır, ben hasta falan değilim, kimseden de ilaç istemedim. Kim gönderdi bunu?

Tıpkı bir suçlu gibi bekledim karşısında, ilaç var dedikleri kutuyu Arzu'ya uzatırken.

– Al bak bacım. Benim de bildiğim bir şey yok. Yürürken, Şaziye Teyze çıktı karşıma, senin çok rahatsızlandığını söyledi... İlaç istemişsin ondan...

Sizinkilerin de ilçeye alış veriş için çıktıklarını söyledi. "Hastam var, ben gidemiyorum, götürecek kimseyi de bulamadım, bu ilaç çok acil" dedi bacım. Arkadaşının nişanlısı, sevap olur." dedi.

– Bunda bir oyun var ya, hayırlısı, dedi Arzu ve uzattığım paketi aldı elimden. Sonra, "Dur hele gitme" dedi. Kapı aralıktı ve dışarıdaydık ikimizde.

Paketi açtı, ilaç kutusunun içinde bir kâğıt vardı. Çıkarıp katlarını açıp okumaya başladı. Yüzüme hayretle baktı ve:

– Bu bir tuzak Veli gardaş. Sonu hayır değil bu işin. Senin ağzından yazılmış bir sevda mektubu bu. Sen en iyisi götür, aldığın kadına ver bu mektubu.

Arzu bunları söyledikten sonra kapısını kapatıp evlerine girmiş. Veli, Arzu'nun elinden aldığı mektubu aynı kutunun içine koyup tuzağa düşürüldüğünün farkına varıp öfkeyle ayrılmış evin bahçesinden...

"Mektubu kutusuyla birlikte Arzu'dan aldığımda, bacaklarım tutmaz olmuştu, kıpırdayamıyordum yerimden" diyor o genç... "Durup toparlanmaya çalıştım kapının önünde, kadının neler çevirmek istediğini düşündüm. Neden sonra, aklımı başıma devşirip bahçe kapısından çıktığımda karşımda üç beş kadını bulunca daha da şaşırdım. Şaziye Teyze vardı önlerinde, karşımda durup:

– Sen de az değilsin ha! Neler çeviriyorsun en yakın arkadaşının nişanlısıyla Veli? Söyleniyordu da inanmıyorduk doğrusu! demez mi?

Şaşırıp kaldım karşılarında. Sanki beni oraya gönderen, elime ilaç diye içinde mektup olan bir kutu veren o değildi. Çirkin bir oyuna gelmiştim, sonra da inandıramadım kimseyi kendime. Mektup ve kutu elimde kaldı. Aklımı zorlayan bir öfkeye kapıldım onlar uzaklaşıp giderlerken. Mektubu da karton ilaç kutusunu da yırtıp attım... Rüzgâr kâğıt parçalarını önüne kattı ve kurulan tuzak hedefine ulaştı. Acımasız bir iftira olarak kaldı üzerimde... Olay bu. İsterseniz Arzu'ya da sorun. Aynı şeyleri ona da anlattım.

Hakan, Muhtar'a soruyordu:

– İyi de, mektuptaki yazının, Veli'nin yazısı olup olmadığı ele verir suçun sahibini.

– Onu bizler de düşündük Bey. Yazının parçalarına bile ulaşamayışımız alt üst etti her şeyi. Rüzgârın ardından müthiş bir sağanak indi, söylenen mektup varsa bile o da yitip gitti... Şaziye Kadın da kendisine iftira atıldığını söyler ve o da Veli'yi kınar... Hangisi doğru, hangisi yanlış, bilemedik bey!!!

İşte hikâyenin aslı esası bu... Suç kimde bilinemedi... Kız, Veli'nin anlattıklarını doğruluyor. Gel gör ki daha önce Veli'nin de gönlünün aynı kızda oluşu çıkmaza sokuyor meseleyi...

Bayram istedi kızı. Demek ki kızın gönlü Veli'de imiş ki gizli işler çevirirler, denildiği için kıza da inanmıyor kimse... Bu işin doğrusu nasıl açığa çıkar diye geldik sana.

Derin, ölümcül bir düşünceye dalıp kalmıştı Hakan, kafasını toplamaya çalışıp düşünmüştü bir müddet. Neden sonra, içerinin sessizliğini bozuyordu muhtara bakıp misafirleri gözden geçirdikten sonra:

– Sanırım bir çaresi var, diyordu.

Gelenlerin hepsi sevinçliydi Hakan Hoca'yı izlerlerken. Muhtar, heyecana kaptırmıştı kendisini:

– Nedir o çare bey, de hele şunu?

Hamza da meraklanmıştı kardeşine bakıp. Hoca, yorgun bir eda içindeydi onlarla ilgilenirken:

– Dediklerimi aynen yapabilirseniz bir çaresi var.

Muhtar, coşkulu bir sesle ulaşıyordu Hoca'ya:

– Yapılması gereken her neyse üstesinden geliriz bey. Yeter ki sen çareyi söyle bize.

– İki gün sonrası için söylediklerimi yerine getirmeniz gerekiyor.

– Sen yapmamız gereken her neyse söyle bize bey. Elimizden geldiğince yapmaya çalışırız istediklerini.

Herkesi koyu bir merak sarmıştı. Hoca keyifsizdi konuşmaya çalışırken:

– Buradan çıkar çıkmaz tellal ettir... İki gün sonra öğlen namazını müteakip, kimsenin bir yere ayrılmamasını, kadınların ve erkeklerin ayrı saflarda, köy meydanlığında toplanmasını sağlayın yeter... Hayretler biraz daha artmıştı. Muhtar yapıyordu yine heyetin sözcülüğünü:

– Toplarız toplamasına da?

– Bunu yapabiliyorsanız, ötesi kolay muhtar.

Hiçbirinin aklına yatmamıştı Hoca'nın anlattıkları. Hamza, daha da kuşkuluydu kardeşini seyrederken.

– Hoca, okumuş adamsın, akıllısın, buna itirazımız olmaz. Lakin bilmezsin köy insanının huyunu. Yaptığın işe akılları yatmazsa kan akar o meydanda. Bu yanını da düşün istersen henüz işin başındayken.

Herkes susmuş, iki kardeş konuşuyorlardı. Hakan, istifini bile bozmamıştı:

– Siz dediklerimi yapın, gerisine karışmayın.

– Nasıl olacak bu? Hakan Hoca, şaşkına dönen muhtara dikmişti gözlerini:

– Benim, Bilici lakaplı, kendisine güvendiğim bir arkadaşım var. Eşiyle birlikte, herkesi şaşırtan, çok ender rastlanan insanlar... Kimse akıl erdiremez onlara. İkisi de akıllara durgunluk veren cinsten sizin anlayacağınız. Aslında inanmazdım böyle şeylere onları tanımadan. İnsanların gözlerinin içine baktıklarında, geçmişlerinde iyi kötü neleri varsa bir bir okuyup eksiksiz olarak hayat hikâyelerini olduğu gibi herkesin gözleri önünde anlatıyorlar.

Ben telefon eder, çağırırım onları ve asla kırmazlar beni. Dediğim saatte, dediğim yerde benimle birlikte orada olurlar. Kadınlar için hanımını, erkekler için de arkadaşımı dikeriz meydanda toplananların karşısına.

Karşısına aldığı insanın gözlerinin içine baktıklarında geçmişlerini hatta gönlünden kim için ne geçirmişse onu bile söylerler. Kim kime âşık olmuş, kimin gönlünden kim, hangi niyetle geçmiş... Hatta hırsızlık etmiş, adam öldürmüş, aklınıza ne geliyorsa hepinizin gözleri önünde okurlar.

Ancak şunu da aklımızdan çıkarmamamız lazım; onlar sadece geçmişi okurlar, gelecekten haber veremezler... Çünkü gaybı ancak Allah bilir. O kız ve iftiraya uğradım diyen delikanlı da oraya gelir, o iftira attı denilen kadın da korkusuzca bu davete katılırsa sır çözülür.

– Mecbur mu tutalım meydanda toplanmayı bey.

– Orasına siz karar verin. Bana kalırsa, korkusu olmayan herkes davetlidir, Bilici, her şeyi insanların yüzlerine karşı okuyacak, dersiniz.

Köy odasına erkekleri çağırıp aranızda da konuşun bunu. Sonuç kesin, suçlu kimse, size söz veriyorum açığa çıkar. Bu, bir sır olarak kalmalı burada bulunanların arasında. Bizim asıl aradığımız, gerginliğe sebep olan hadisedir, Bilici sadece onu okusun dersiniz.

Mesele gün gibi aşikâr beyler, suçlanan, iftira diyen ya da bu olayın kabahatlisi olarak gösterenlerden gelmeyen olursa, korkusundan gelmemiştir ki suçlu odur. Gelen taraf varsa, kaçan tarafta varsa mesele orada çözülür... Gelmeyen suçlu ilan edilir, köy doğru haber neyse onu mutlaka alır...

Muhtar tedirginleşmişti, herkesten önce ve merakla soruyordu Hakan'a:

– Köylüyü meydanda toplamasına toplarız da Bey, Bilici, isteyenlerin gözlerine bakıp, söylese bildiklerini. Derim ki acil işi olanların dışında herkes meydanda toplansın?

– Muhtar, bu köy meydanında yapılacak iş. Hadise dışındakilerin isteğine bırakırız Bilici'nin geçmişlerini okuma işini.

– Şimdiden böyle bir kolaylık anlatılırsa suç gizli kalır... O gün korkusu olmayan, kimseye zararı dokunmayanınız varsa koşa koşa gelir. Utancı çekincesi olanlar da kaçacak elbet. Bizim aradığımız daha çok köyün huzuru ve ortadaki sırrın çözülmesi. İnsanları topla, sana söz veriyorum suçlu kimse, anında yakayı ele verecek. Benden söylemesi...

Zor bir kabuldü muhtarınki:

– Tamam, madem öyle diyorsun, öyle olsun bey.

Anlamlı bakmıştı Hakan evdeki misafirlere. Buruk bir tebessüm belirmişti kederden kuruyan dudaklarında.

Sonra da müsaade isteyip ayrılmıştı misafirler konaktan...

Konak, yeniden eski sessizliğine bürünmüştü. İki kardeş baş başa kalmışlardı alevleri sönen ocağın başında...

Hamza'nın kahır dolu bir mırıldanışı vardı. Kardeşine bakıp:

– Demek, köyde kim ne yapmışsa ha?

– Evet abi, o adam öyle işte. Kim ne yapmışsa gözlerinin içine bakıp okuyor insanın hayatını.

– Başka öğrenmek istediğin bir mesele de var mı Bilici'den?

– Abi, sen cesur adamsın. Öyle bir sırrın da yok anlattığına göre. Bırak, Bilici kimin neyi varsa döksün ortaya. Kötü bir şey mi bu?

– Şey, anlıyorum seni de. Ben, oldum olası öyle merasimlerden hazzetmem.

– Ortada bir hadise var ve bu adamlar benden yardım istediler abi. Yok mu deseydim? İstiyorsan sen gelmezsin, olur biter.

– Üzerimde bunca yakıştırmalar varken, oraya gitmemek, anlattıklarını kabul anlamına gelmez mi birader?

– Orası öyle de, zaten yakıştırma diyorsun. Bilici seni aklar ve hakkında söylenen yalanlar da susar. Bu senin için de en iyisi olur bana kalırsa.

Hamza, ateşe müsavi bir nefes indiriyordu ciğerlerine ve sitem dolu bir seslenişle gerekeni söylüyordu kardeşine.

– Bunu yanlış yaptın birader...

Hakan, başka söz etmemişti abisine. Yengesi içeriye girdiğinde konu kapatılmıştı:

– Misafirler beklemedi. Sofra hazırdı aslında.

– Tamam yenge, hallederiz...

***

Muhtar, düşüncenin komasındaydı evlerine döndüğünde. Bilici! deyip dudak bükmüştü sadece.

– Demek her olmuşu bilenler de varmış dünyada da haberimiz yokmuş... Okumuş adam da başka oluyor canım...

Eşiyle göz göze gelmişlerdi. Derin bir bakış bırakmıştı eşinin gözlerinde. Meraklı bir sesi vardı onun da:

– Şen gittin, yaslı döndün, sebebi ne ola ki?

Kasvetli bir uykudaydı muhtar, eşinin karşısında dururken:

– Yaslı mı?

– Belli olmuyor mu halinden? Aynaya bak inanmazsan.

Geçiştirmek niyetindeydi fakat karmaşa içindeydi düşüncesi:

– Neyse, bir şeyler vardı kafamda, onun yorgunluğudur belki.

– Profesörün aklı, aklına yatmamış sanki?

– Yattı, yatmasına da!

Yürümüştü muhtar. Oturma odasına geçmişlerdi birlikte. Anasının oturduğu köşenin karşısına yorgun bir eda içinde oturup kalmıştı. Eşi bırakmıyordu sorusunun peşini:

– Hasta mısın yoksa sen?

– Yo iyiyim, meraklanma.

– İyi değilsin efendi. Senin bizlerden sakladığın bir derdin var. Gülerek gittin; akıllı adam, kaymakamdan, validen bile çok okumuş, bu işi çözerse onun aklı çözer, dedin. Şimdi ne oldu da benzin uçuk, moralin bozuk olarak döndün?

– Öyle dedim, demesine de!

– Ee! Ya sonrası?

– Küsler barışsın, köydeki gerilim bitsin diye çabalamaktayım hatun.

– Orasını biliyorum da gittiğin yerde neler oldu da keyfin kaçtı, orasını bilmiyorum.

Yaşı seksene merdiven dayayan anası dikkat kesilmişti onların konuşmalarına:

– Neler oluyor oğul? Derdiniz ne sizin?

– Bir şey yok be ana. Köyün meselesi işte.

– Akıl vermedi mi Muhsin'in okumuş oğlu?

– Verdi vermesine.

Eşi dindiremiyordu merakını:

– Dönüp dolanıp aynı basamaktasın efendi. Ne dedi okumuş adam.

Muhtar, keyifsiz bir eda içinde açıklamasını yapıyordu:

– Çok kolay iş dedi.

– Ee! Boşuna okumamış ya! Bak bütün köy çaresiz kaldı. Elin okumuş adamı, kolay, dedi. Sahi anlatsana efendi, neden moralin bozuldu o halde?

– Bilici, diye bir arkadaşı varmış. Kimin gözlerinin içine baksa, ömür boyu ne yapmışsa okuyormuş adam... Mesela bir kadının aklından kötü bir şey mi geçti, bir koca karısını mı aldattı, kim, kime, nasıl bir haksızlık yaptı, birer birer anlatıyormuş. Dedim ya aklından o anda geçenleri bile söylüyormuş adam.

Veli ile Arzu düşünsün bunu. Ya da iftira etmişse Şaziye düşünsün. Sen neden üzgünsün ki bu kadar?

– Hepsi o kadar değil işte hatun. Der ki tellal okut, bütün köy, kadını erkeği meydanlıkta toplansınlar.

– Neden?

– Kadınlar bir tarafa, erkekler bir tarafta saf tutsun. Kadınlarla hanım bilici, erkeklerle erkek bilici ilgilensin dedi... Kimin ne ettiği varsa biliciler gözlerine baksın, herkesin ortasında söylesin, olsun bitsin dedi okumuş adam. Cesareti olan, mutlaka o meydana gelir dedi.

Ocak başında oturan ihtiyar kadın boş bulunmuştu anlaşılan. Safça bir sorusu vardı oğluna:

– Bir kadın, diyelim ki birini sevdi de kimse bunu bilmiyorsa, Bilici dediğin adam, onu da bilir miymiş oğul?

Muhtar, olağanüstü bir şaşkınlık içinde dinlemişti anasını ve acı bir tebessüm belirmişti yüzünde:

– Dur hele ana. Daha Bilici köye gelmeden dökülme öyle.

– Tövbe tövbe, hani aklımdan bir şey geçmişse dedim oğul?

– Tamam, ana sen meraklanma, senin yaşındakileri çağırmıyorlar zaten...

İhtiyar kadın, rahat bir soluk almıştı. Umursamaz bir hali vardı sözün sonuna geldiğinde:

– Ha, daha iyi olur oğul, benim gibilerin ne işi olur ki öylesi yerlerde? Kimin ne hali varsa dökülsün...

***

Muhtar, tellal çağırtarak köy meydanında herkesin iki gün sonra mutlaka toplanması gerektiğini bildirince Yeşil Höyük'teki herkesi bir heyecandır almıştı... Çalkantılarla doluydu insanlar. Yüzlerinde korku izleri, buruk ve zoraki gülücüklerinde bile içlerinden gelen bir vehmin haberciliği vardı... Kaosa benzer, koyu kâbusların gölgeleri düşmüştü benizlere...

Alaycı üsluplarla yokluyordu herkes birbirini...

– Duydun mu sen de tellal sesini?

– Duydum!

– Köye Bilici bir karı koca gelecekmiş. Kimin gözüne baksa, içini okuyormuş diyorlar.

– İnandın mı sen de buna?

– Sen inanmadın demek?

– Ben inanmam öyle şeye, dese de kuşkuluydu çehresi... Bu inancımıza da aykırı bence.

– İnanmayanlar korkmadan gelsinler, demiş, Hamza'nın okumuş gardaşı. Hem Bilici denilen karı koca geleceği değil, insanın geçmişinde ne varsa, iyi kötü onu okuyormuş gözlerine bakıp...

– Şayet doğruysa bu iş, çok kirli çamaşırlar dökülür meydana. İnsanlar birbirlerinin yüzlerine bakamazlar utançlarından.

– Ya sen? Korkuyorsun demek?

– Sen gidip aynaya bak, yüzün ne halde gör, ondan sonra başkalarının sözünü et.

Sinirler bozuktu köyde. Stres sarhoşuydu insanların çoğu. Yok, denilse, gidilmese bir türlü gidilse bir türlü... Herkesin huzuru bozulacaktı belki de. Gitmemek, şüpheyi artırırdı. Herkesin keyfi kaçmıştı, cesur ve dürüst bir görüntü vermeye zorluyordu insanlar kendilerini...

Köyün Hocası duymuştu anlatılanları. Muhtar ve diğer arkadaşları ona da sormuşlardı evinde yalnız yakalayıp:

– Hoca, duymuş olmalısın köydeki konuşulanları.

– Tellal sesini duymayan mı kaldı muhtar? Kadın erkek köy meydanında deniliyordu.

– Aslı var mı bunun? Bir de sizden duymak istiyoruz Hocam. Bilici sahiden insanın gözüne baktığında bilir mi her şeyi, o okumuş adamın dediği gibi?

Hoca, keskin bakıyordu muhtarın gözlerine:

– Olur mu hiç öyle şey muhtar? Gaybı Allah'tan başkası bilmez. Peygamberler bile sadece Allah bildirirse bilir...

Muhtar:

– Doğru ya Hocam, babana rahmet. Şaşırıp kaldık... Önce biz de inanamadık ama. Ben çözerim bu işi dedi.

– Hoca, duyduklarını tekrarlıyordu:

– Bilici denilen bir karı koca gelecek, insanların gözlerinin içine bakıp geçmişlerini okuyacak, öyle mi?

– Evet, doğru duymuşsun Hoca. Bilirler mi dersin?

Hoca tek tek incelemişti misafirlerini:

– Muhtar, ben o Hoca'yı gördüm. Üniversite hocası ve bilim adamı o. Boş bir iddiada bulunmaz. Sakın yanlış anlaşılan bir şeyler olmasın işin içinde? O da bizler gibi inançlı ve ibadetli biri. Belli ki dini bilgisi de var.

Muhtar sitemliydi Hoca'ya bakarken:

– Hep gaybı Allah'tan başka kimse bilmez dersiniz... Şimdi de o bir bilim adamı, bildiği bir şey var deyip çıktın işin içinden Hocam.

– Yine söylüyorum muhtar.

– Öyle ise Bilici nasıl bilecek insanların geçmişlerini?

Hoca manidar bir bakış bırakıyordu muhtarın gözlerinde ve kuşkuları daha da artıyordu rahatlamak için geldikleri yerde:

– Burada çok ince bir mesele var. Benim bilip öğrendiğim şu; gaybı sadece Allah bilir. Ancak o bir bilim adamı, bildiğiniz gibi de inançlı bir adam. Gidip bir de kendisiyle konuşmakta yarar var diye düşünüyorum.

Hoca'nın misafirleri, yine aradıkları cevabı bulamadan ayrılıyorlardı evinden. Tellal ilan edilmiş, dönüşü yoktu işin...

Sadece Yeşil Höyük değil, yöre köyler de aynı çalkantıya kaptırmışlardı kendilerini:

– Ya bir de bizim köye uğrasa şu Bilici?

***

İmamın da kafası karışmıştı. Yatsı namazında Hakan Hoca yoktu cemaatte. İmam, namazın ardından hiç vakit geçirmeden konağa çevirmişti yönünü... Yol kenarlarında oldukça seyrek aralıklarla dizilen elektrik direklerinin ışıkları, mahmur bir aydınlıkla ışıtıyordu ortalığı. Konağın önü oldukça geniş ve boş bir araziydi. Çoban köpekleri imamın ayak seslerini duyunca, havlamaya başlamıştı.

Bu sesler bölüyordu ocak başında alevlerin karşısında oturup çaylarını yudumlayan kardeşlerin konuşmasını... İmam yaklaşamamıştı köpeklerin havlayışından. Hamza, konuşmasını kesip:

– Bir gelen var, köpeklerden yaklaşamıyor anlaşılan, diye mırıldanıp kalkmıştı yerinden.

Hakan:

– Sen işine bak abi, konuşur dururuz, zamanımız çok. Bakarsın önemlidir.

Asiye, boşalan bardağını dolduruyordu Hakan'ın... Abisi dışarıya bakıp dönecekti. Yalnız bulmuştu yengesi Hakan'ı ve belli ki onun da söyleyecekleri vardı ona:

– Ağam. Armağan'ı bir ara görelim demiştin.

– Unutmadım yenge. Yarın şu işi bir halledelim, sonra Armağan ve babaannesiyle görüşüp daha sonra da ver elini İstanbul.

– Ağam, yarınki iş nasıl bir şey?

– Yenge fazla kurcalama ve beni dinle. Yarın ben erkeklerin toplandığı yerde olacağım, sen de kadınların arasında olacaksın. Yapacağın iş şu. Suçlanan kız ve iftiracı denilen o kadının oraya gelip gelmediğini bildireceksin bana.

– Ağam, söylentiler korkunç. Ağanın damadını vurdurup vurdurmadıklarını da soracaklarmış Bilici'ye. Ağan çok kahırlı ve tedirgin. Hastalanacak, inme inecek bir yerlerine diye korkuyorum.

– Yenge, sen dediklerimi yap ve daha fazla kurcalama bu işi... Korkma sen, hiçbir şey olmaz abime.

– Sadece abin değil ağam, köyde herkes telaşa kapılmış. Nasıl bir iştir kaynının bu yaptığı derler kadınlar.

Kapıdan sesler geliyordu içeriye. Hoca yengesiyle konuşmasını kesmişti... Asiye, sesler odaya yaklaştığında ayrılmıştı kayınbiraderinin yanından.

Hamza, imamla birlikte giriyordu kardeşinin bulunduğu odaya. Hoca, çayını bırakıp yerinden kalkmıştı imamı gördüğünde:

– Buyur İmam Efendi, hoş geldin.

– Hoş bulduk Hocam. Rahatsız ettim bu vakitte, kusuruma bakmayın.

– Estağfirullah, memnun olduk. Buyur otur. Çayımız da hazır.

– Özel bir mesele görüşecektim sizinle.

– Özel derken?

– Hamza Ağam'ın da müsaadesi olursa, mahremdi soracaklarım.

Hamza, daha oturmadan kabullenmişti:

– Siz görüşün, konuşmanız bitince haber verirseniz gelirim.

Hamza, bulundukları odadan çıkmıştı. Kuşkulu bir yüzü vardı Asiye ile göz göze geldiklerinde. İmamın, acelesi var gibiydi:

– Hocam, yanlış anlamayın beni. Söylenenleri aklım almadı, duramayıp yanınıza geldim. Siz inançlı ve dahası bir bilim adamısınız. Boş konuşmazsınız, günaha girmezsiniz bilerek. Bu konuşulanlarda benim aklımın ermediği bir yer mi var diye sormak için geldim yanınıza.

Hakan'ın yüzü gülmüyordu. Yorgundu ve dahası acısı, yüreğindeki ateşi söndüremeden, meseleler çıkmıştı karşısına. İmama kısa ve öz konuşuyordu:

– Nelermiş onlar?

– Şu Bilici meselesi!

– İmam Efendi, bunu yarın o malum toplantıdan sonra konuşsak.

– Hocam, gelen benden soruyor. Zor durumda kaldım. Yok, desem, sormadan edemedim.

– Hoca ben neyi, ne için söylediğimi çok iyi bilmekteyim. Bunun nasıl bir şey olduğunu yarın sen de göreceksin.

Şimdiye kadar nasıl sabrettiysen, yarın öğlen namazı sonrasına kadar da sabretmeni istiyorum. Ayrıca sana da Bilici'nin her düşünceyi okuyabileceğini ispat etmek için söz veriyorum. Bu kadarı yeterliyse, dediğim vakitte bir daha konuşuruz bunları ve sen de hak verirsin.

İmam, dudak bükmüştü sadece:

– İyi ya Hocam, bekleriz beklemesine de. Kitapta kimsenin böyle bir yeteneğe sahip olduğunu söyleyen ayet yok.

– Hocam biraz sabret ve bekle. Bunun ispatında eksiklik olursa, o zaman kitapta var mı yok mu, onu da konuşuruz...

– Cahil biri söylese şaşmazdım Hocam. Siz bir bilim adamısınız ve böyle mesnetsiz bir hadisenin öncüsü olamazsınız diye düşünüyordum.

– Abimi de çağıralım, çayımızı içelim birlikte. Sen de gelirsin o gün ve her şeyi apaçık görüp inanırsın, kuşkularının cevabını alırsın herkes gibi.

Hoca tatmin olmamıştı. Morali bile bozulmuştu:

– Siz öyle söylüyorsanız, öyledir diyemiyorum Hocam. Anlattıklarınıza inanmak şirktir bildiğim kadarıyla.

Hakan Hoca istihzalı bir tebessümdeydi imamın gözlerine bakarken:

– Takma kafana İmam Efendi, Halep orada ise arşın burada demişler. Biraz sabret dedim. Çay demini almış, abimi de çağırıp çaylarımızı içelim istersen...

***

Yeşil Höyük köylüleri, hayatlarının en heyecanlı günlerini yaşıyorlardı. Köy meydanında beklenenin çok altında insan vardı. On on beş kadar kadın ve bir o kadar erkek toplanmıştı meydanda koskoca köyden... Kadınlarla erkeklerin aralarındaki mesafe kırk ya da elli adımlık bir uzaklıktan ibaretti.

Kadınların toplanması için belirlenen yere ilk gelen, Hamza'nın eşi Asiye ve kendisine iftira edildiğini söyleyen Arzu ile annesiydi.

Arzu ifade edememişti kendisini. Nişan atılmış, adı çıkmıştı. Ailesinin içinde utanç ötesi azap yaşıyordu günlerdir. "Çamur at izi kalsın!" Hakkında söylenilenler ateşle yazmıştı kendisini beynine.

Babasına, annesine, yüzüğü fırlatıp atan Bayram'a inandıramamıştı iftiraya uğradığını. Toplantı yerinde Asiye'den başka, bir o vardı bir de annesi...

Erkekler grubuna ayrılan yerde de muhtar, köy ihtiyar heyeti, iftira edilen kızın kardeşi, babası ve herkesin lanetli bakışları arasında onlara yaklaşan Veli vardı... Eziklik vardı hareketlerinde. Kimseye selam bile verememişti almazlar korkusuyla.

Muhtar heyecanlıydı... Zor duruyordu yerinde. Bulunmak mecburiyetinde olanlar bir araya gelmişler, kalp atışlarının hızı bile değişmişti her birinin beklerlerken.

Herkes birbirine rahat bir görüntü verebilmek için çırpınsa da başaramıyorlardı. Soluyuşları ele veriyordu kendilerini ve beden dillerindeki huzursuzluk, artırıyordu kuşkuları...

Daha sonra muhtarın hanımı, azaların hanımları katılmıştı kadınlar grubunun arasına. Onlar da hummalı bir bekleyiş içindeydi ve kimse kimseyle ciddi bir sohbete giremiyor, kaçamak bakışlar, boş sözlerle eritmeye çalışılıyordu zaman.

Buram buram terlemişti herkes. Sıkıntıların ve heyecanın dayanılmazı yaşanıyordu meydandaki insanların arasında...

En son köyün imamı da katılmıştı erkeklerin safına ve herkesin dikkatini Arzu'nun nişanlısı Bayram çekiyordu...

Veli'nin heyecanla beklediği noktanın zıt paralelinde ve en uçlardaydı. Bayram... En son o katılıyordu kalabalığın arasına ve hazırlıklı gelmişti toplantı yerine. Uzaklardayken silahını yoklamış, derin nefes almıştı buluşma yerine yaklaşırken... Vakit tamamdı. Hakan, abisini güçlükle ikna edip getirmişti toplantı yerine. Herkes kenarda bekleyen Hakan'a bakıyordu, kollarındaki saatlerini ziyaret eden gözlerle.

Çok az katılım olmuştu... Muhtar yitiremediği heyecanıyla soruyordu Hakan'a:

– Hocam, Bilici nerede kaldı?

Hoca, gelenlere göz atmıştı teker teker. Özellikle de Veli'nin beden dilini, gözlerini ve yüz ifadesindeki kuşkularını okumaya çalışıyordu...

Sonra da muhtara dönmüştü. Muhtar, anlamlı bakıyordu Hoca'ya ve İmam en meraklılarıydı toplantı yerinde bulunanların. Muhtar, vehme kaptırmıştı kendisini:

– Bilici'yle eşi nerede kaldı bey?

Herkesi şaşırtan sözünü ediyordu Hoca:

– Bilici çoktan geldi muhtar!

Herkesi hayrete düşürüyordu Hoca'nın sözleri:

– Hani, görmedik biz!

– Muhtar, Bilici geldi söyleyeceğini dedi ve gitti buradan.

– Doğrusunu sorarsanız ben hiçbir şey anlamadım bu işten Hocam.

– Anlasaydın, sen de Bilici olurdun muhtar.

Herkes, sus pus olmuştu. İmam, garip bir seyir tutturmuştu Hoca'nın gözlerinde. Muhtar aptalsı bir edaya kaptırmıştı kendisini:

– Bize anlayacağımız şekilde anlat şunu o zaman Hocam.

– O da olacak muhtar. Şimdi sen, o kızın, iftira ettiği söylenen kadının ve onu doğrulayan hanımların gelenlerin arasında olup olmadığını kontrol et? Bana onlardan bir haber getir, sana hem Bilici'yi anlayacağın şekilde anlatayım hem de ne söylediğini...

Köy imamının gözlerinde anlamlı bakışlar vardı. Suskundu ve susuşlarını daha da sürdürme kararlılığında gözüküyordu.

Muhtar, hanımların toplandığı yere gidip Hoca'nın sordukların araştırmıştı. Hanımı soruyordu muhtara:

– Ne oldu Bey, Bilici gelmedi mi hâlâ?

Muhtar, her haliyle şaşkındı:

– Bilici gelmiş, diyeceğini deyip gitmiş hanım.

– Buraya uğramadı?

– Uğramış! Öyle söyledi okumuş adam…

– Okumuş mu herkesin geçmişini?

– Okumuş. Az sonra her şey açığa çıkacak diyor Hoca.

Muhtar, garip adımlarla tüketmişti aradaki mesafeyi. Hakan Hoca soruyordu herkesin yanında:

– Gelmişler mi muhtar?

– Bana iftira attılar diyen kız ve anası orada Hocam.

– Ya iftira attığı söylenen kadınlar?

– Onların hiçbiri gelmemişler Hocam…

– Özel haber ulaştırılmış mıydı herkese? Daha doğrusu iftira attıkları söylenen kadınlara?

– Evet, eşim tam iki defa çalmış kapılarını az önce… Biz Bilici falan tanımayız demişler…

Herkes nefesini tutmuş, Hoca'nın ağzından çıkacak sözlere vermişti kendini.

Nişanı bozan delikanlı, sıkıntı terleri içindeydi sonucu beklerken. Kaçamak bakışlarıyla köyde kader birliği ettikleri eski dostu ve en samimi arkadaşını gözetliyor, arada bir tabancasını yokluyordu farkında olmadan titreyen parmaklarıyla… Bunalmış, nefesi göğüs kafesini zorluyor, kalbi duracakmış gibi deli deli atışlarını sürdürüyordu delikanlının…

Veli daha sakin, bir o kadar da mahcup ve ezgindi. O hiçbir yere bakamıyordu. Hoca, sözü biraz daha bekletse boğulabilirdi nefessizlikten. Öylesine zor anlardı yaşadığı. Muhtar, daha fazla dayanamamıştı:

– Söylesene Bey, Bilici ne dedi? Herkes merakından çatlayacak az sonra.

– Meraklandınız anlıyorum. Bilici geldi ve dedi ki…

Gözleri nişanı atan delikanlının el hareketlerindeydi Hakan'ın. Bayram usulca elini beline doğru kaydırmıştı.

Muhtar tıkanacaktı nerdeyse:

– Bilici ne dedi Bey?

– Muhtar, Bilici dedi ki Arzu ve Veli iftiraya uğramışlar. Kızı başka köye kaçırılan kadınsa, bu tuzağı hazırlayıp köylüyü birbirine düşürmüş. İşte öyle söyledi ve gitti...

Bayram'ın boğulmaktan kurtuluşunu seyretmişti Hakan... Elini belinden çekişini... Daha sonra da Veli'nin rahat bir soluk alışını. Gözlerinde yaşlar vardı her iki delikanlının da. Dikkatleri çekiyordu ve şaşkınlıklar boyut kazanıyordu.

Hoca, Muhtar'a dönmüştü yeniden:

– Git hanımlara da söyle evlerine dağılsınlar Muhtar. Arzu suçsuzdur. Ona iftira edenler özür dilemeliler ondan. Bu genç delikanlıların ve genç bir kızın namus meselesidir ara yerde duran. Bir isteğim daha var. O kadınlardan işin aslı öğrenilecek, ancak kimse kendisini kanun yerine koyup ceza kesmeye kalkışmayacak. Bana o sözü de verirseniz merak ettiğiniz Bilici'yi anlatacağım sizlere.

Muhtar ve azalar hep bir ağızdan:

– Söz Bey!!! demişlerdi...

Veli, hâlâ yerinden kıpırdayamamıştı ve Bayram rahatlayamamıştı beklediği kadar.

Hoca, Muhtar'a anlamlı bakmıştı:

– Köyün hepsi bu kadar mıydı Muhtar?

Hamza, garip bir bekleyiş içindeydi. O da rahat bir nefes almıştı işin sonunda ve kenara çekilip sigarasını yakmış efkâr dumanları bulutlaşmıştı tepesinde... Kadınlar dağılıp gitmişlerdi evlerine. Muhtar bozuyordu sessizliği:

– Hocam, öldüreceksin bizleri meraktan. Artık anlat şu Bilici'yi bizlere de rahat bir nefes alsın herkes.

– Bakın, gaybı sadece ve sadece Allah bilir. Bilici, gerçeği ortaya çıkarmak için bir bahaneydi. İmamın gözleri gülüyordu. Muhtar, ağabeysi ve orada bulunanlar daha yeni yeni uyanıyorlardı.

– Hay Allah. Sen çok yaman bir adammışsın bey. Sana boşuna dememişler, kaymakamdan, validen bile tahsilli diye.

Sen çok yaşayasın bey. Öyle bir anlattın ki ne yalan söyleyeyim, sonunda ben bile anladım şimdi işin aslını... Baksana bey, köylü, korkusundan kim bilir nerelere sindi de gelemedi... Herkesin bir korkusu vardı demek. Suçlular aramızda değiller.

Hakan Hoca, önce Bayram'ın yanına yaklaşmıştı. Kısık, sahibine zor ulaşan bir sesi vardı.

– Beni dinle delikanlı. Gözüm üzerindeydi hep. Seni tanımam, bilmem. Eskiden arkadaşın olduğu söylenen delikanlıyı da. Belli ki onuruna düşkün birisin.

Elin ikide bir silahına gidip geldi... Onunla fazla bir şey halledilmez benim bildiğim... Bak, suçlular korkup gelemediler. Suçlananlar ve onuruyla oynananlarsa burada. Sen de işin aslını Muhtar gibi geç anladın sanırım...

Şimdi yapabileceğin iki işin var senin. Birincisi, arkadaşına sarılıp herkesin yanında ondan özür dilemelisin. İkincisi ise oyuna getirilen nişanlından, helâlik iste ve yüzükleriniz yeniden takılsın parmaklarınıza.

Bayram, Hakan Hoca'nın eline uzanmıştı öpebilmek için. Hoca, onun alnına bir buse konduruyordu şefkatiyle birlikte... İki arkadaş sarılmışlardı birbirlerine. Veli, sırtındaki dağı atmıştı üzerinden... Buharlanmıştı gözleri ve sesi titrekti:

– Senin alacağını söylediğin kız, benim bacım olur Bayram. Gönlüm o asılsız sözlerden sonra yaralı hâlâ.

Bayram'ın, öfkesi mahcubiyete bırakmıştı yerini ve ona sarıldığında kulağına mırıldanmak için seçtiği sözler ikna oluşunun belgeleri gibiydi:

– Kusura bakma veli, öfkesi aklını başında bırakmıyor insanın. Sen de benim kardeşimsin. Oyuna geldik...

Bayram yanı başında bekleyen babasına çevirmişti gözlerini:

– Baba, düğün hazırlıkları başlasın...

***

Hakan, o gün beyinlere kazımıştı kendisini... Arzu temize çıkmış, sevinç gözyaşlarıyla yutkunmuştu haberi...

Orada bulunan hanımlar, hiçbir şey olmamış gibi tavırlar sergilemişlerdi toplantının hikâyesi kendilerine anlatıldığında:

– Biz biliyorduk bunun çirkin bir tuzak olduğunu.

Hakan Hoca'nın adı, Bilici olarak kalmıştı. Mesele bazen fıkralaşıyor, bazen de köy insanının içine düştüğü panik, herkes için ayrı ayrı tarzlarla anlatılarak gülüşülüyordu. Bilici hikâyesinden sonra, insanların korkudan takındığı tavırlar, suratlardan okunan vehim çizgiler ahvalini anlatıyordu herkesin.

Çağrıya katılanlar birer kahramandı her şeye rağmen. Ya gelmeyenler ya da onların mazeretleri? Bunların hepsi alay konusuydu ve haklarında kuşkular, soru işaretleri vardı kafalarda... Gelmeyenlerin gösterdikleri sebeplere kulplar takıp gülüşülüyor, derin anlamlar çıkarıyorlardı. Sonunda köyü gerilime sokan suçlular anlaşılmıştı. Korkunç bir intikam planı çıkmıştı ortaya.

Hadise çok kırgın insan bırakmıştı ardında. Şaziye sıkıştırılınca uç veren bilgiler adeta eski bir çorap gibi sökülmüştü:

– Onlar beni üzen insanlardı. Kızımın kaçışına aracı oldular. Elimden bu kadarı geldi intikam için...

Cezasını çok ağır ödemeye başlamıştı Şaziye. Planlarına bilmeden alet olan kadınlar dahil kimse konuşmuyordu artık onunla...

***

Hakan Hoca o gün dinlenmişti. Köy yakaladığı gündemle gülüyor, herkes alay edip eğleniyordu birbiriyle... Arzu ile Bayram'ın düğün günleri bile belirlenmişti.

İki kardeş, evlerine çekilmişlerdi günün zihinlere kendisini yazdıran hikâyesinden hemen sonra... Hamza, oturduğu köşesinde efkârlı nefesler çekiyordu içine. Hakan Hoca vardı yanında ve eşi. Kardeşine anlamlı bir bakış uzatmış, bir müddet öyle de kalmıştı Hamza. Yorgun bir gönlün belirtilerini taşıyordu sesinin tonu:

– Nereden akıl ettin bu Bilici hikâyesini?

– Bilmem, insanları inandırmanın başka da bir yolu yoktu sanırım.

– Bu hikâye, bu köy yerinde dünya durdukça daha çok konuşulur. Çok insan zor durumda kaldı. Ben bile gönül koymuştum sana.

Bilici benim için de bir şeyler söyledi mi bari giderken?

– Bilici sadece bir hikâye abi. Her şeyi bilen biri var! İnsanların içinde beyin okuyan biri yaşasaydı ve her olan okunsaydı, yeryüzü kan gölüne dönerdi. Onun için de Kâinat'ın Sahibi olan Allah, kimseye böyle bir imtiyaz tanımamış. Peygamberlere bile neyi bildirmişse onu söylemişler.

***

Yeni bir gün doğmuştu köyün semâlarında. Hakan Hoca, horoz sesleriyle kalkmıştı... İştahsız bir kahvaltıdan sonra Hoca, yengesine bakıp sormuştu:

– Yenge bir sözüm vardı bugün için.

Hamza, durgun bir seyir tutturmuştu üzerlerinde.

Asiye:

– Ben hazırım Ağam. Uzak da değil gideceğimiz yer.

– Yarın yola çıkmak istiyorum yenge. Şimdiden halledelim ne gerekiyorsa.

Hamza bir şeyler anlamıştı konuşmalarından:

– Sen bu işe hiç bulaşmasan?

Hakan Hoca, sakin ve kararlıydı:

– Abi, yorma kendini. Aldığım kararlar, doğruluğuna inandıklarımdır. O çocuk benim de bir parçam.

Üstesinden gelemediği bir meselenin anaforundayken hırsla bulunduğu yere çökerdi Hamza... Öyle de yaptı...

Hoca konuşmamıştı fazla, yengesini de yanına aldığı gibi soluğu Armağan'ın barındığı evin kapısında almışlardı.

Yoksul bir evdi geldikleri yer... Kapıyı onlara yaşlı bir kadın açmıştı... Babaanne ve Armağan, Hoca'nın kendileriyle ilgilenmek istediğinin haberini çoktan almışlardı. Asiye daha önce her şeyi anlatmıştı onlara...

Armağan, mahcup yüzlü, yaşına göre uzun boylu, yetişkinlik kademesini andıran bedeniyle güven verici bir görünümdeydi. Hoca beğenmiş, kanı kaynamıştı ona.

Elini öpmüştü Hoca'nın ve sormuştu mahcup bir sesle:

– Benim size ne demem gerekiyor?

Hoca anlamıştı Armağan'ın ne demek istediğini:

– Annen burada olsaydı bana ne derdi sence?

Buruk bir tebessüm beliriyordu Armağan'ın dudaklarında:

– Amca, derdi...

– O zaman, sen de bundan böyle bana amca, diyeceksin, anlaştık mı?

– Anlaştık amca.

Alındıkları odanın sedirine buyur etmişlerdi Hakan Hoca'yı. Yengesi, torununun üzerine dolamıştı kolunu, bağrına basmıştı onu. Hoca onlara bakıp soruyordu:

– Armağan, duydum ki zeki bir çocukmuşsun. Anneannenle konuştuk bunları. Okumak ister misin?

Hiç düşünmeden cevaplıyordu Armağan:

– İsterim amca.

– Yarın sabahtan gidiyorum kısmetse, benimle gelir misin İstanbul'a?

– Gelirim amca.

– Bir vakıf var benim yönetiminde olduğum. Orada şimdilik on talebenin üzerinde mevcut var. Bütün ihtiyaçlarını sözünü ettiğim vakıf karşılamakta. Seni de o çocukların arasına katmayı düşünüyorum, nasıl, kabul eder misin onlarla kalmayı?

– Sen nasıl diyorsan amca. Yalnız, şey...

– Yoksa benim bilmediğim başka bir sıkıntı daha mı var?

– Babaannem? O kimsesiz amca. Kim bakar, ne yer, ne içer?

– Anladım Armağan. Onun da yanına bir miktar para bırakırız, daha sonra da İstanbul'da kalabileceği bir yer bakarız ona da ha? Sen okuyup eline ekmeğini alıncaya kadar demek istiyorum...

Yaşlı kadın da sevinmişti duyduklarına. Asiye duygulanmış, gözyaşlarına hâkim olamamıştı...

Vedâ

Yeşil Höyük üzgündü. Geç bulup erken uğurlamak için hazırlandıkları Bilicisi'nin başına üşüşmüştü herkes... Buruktu duyguları Hakan Hoca'nın. Babasıyla geldiği hayaller ülkesi köyden, efkâr dağlarını sırtına sarıp onsuz dönecekti İstanbul'a.

Köylü ne kadar ısrar ettiyse de Hoca duramıyordu daha fazla... Köyün üç obasının insanı da konağın kapısında toplanmıştı. Hoca, yengesini arıyordu kalabalığın arasında. Cip hazırdı. Hoca, yengesini bulup ona yaklaşmıştı:

– Yenge?

– Buyur Ağam.

– Yenge Armağan'ı evlerinden mi almam gerekiyor, buraya gelir mi?

Asiye şaşırtıyordu Hoca'yı:

– Ağabeyin, onu burada istemedi Ağam. Zahmet olmazsa geçerken alsan?

– Anlaşıldı yenge, diyordu sadece...

Hoca, zahmetli bir vedânın peşinden binmişti aracına. Gözlerinde yaşlar vardı Bilici'nin... Hamza, cipin açık duran camının yanındaydı. Dokunan olsa ağlayacaktı o da. Araç çalışınca, dişlerini dudaklarının üzerine çöküyordu Hamza. İçli bir fısıltı gibiydi dolukan sesi:

– Alıştırdın bizi Hoca. Gidince unutma bari ha? Bizim için olmasa bile babam bekler yollarını.

Hoca, kalabalığın karşısında ağlamamak için nasıl da gerilmişti. Her şeye rağmen, kirpiklerine asılan yaşlar anlatıyordu hissiyatını. Hamza, en zayıf yerinden vurmuştu kardeşini.

Eller sallanıyordu, cip ağır ağır süzülüyordu kalabalığın arasından... Gözyaşları puslu görüntüye bırakmıştı yolunu... Alkışlar, haykırışların arasından uzaklaşıp gitmişti Hoca...

Armağan, yolun kenarında bekliyordu. Babaannesinin elini öpmüştü Armağan... Gözler yaşlı, boyunlar büküktü, başaktan eğilen kehribar sarısı ekinler gibi... Anneannesine sıra geldiğinde tutamamıştı kendini Armağan:

– Annemin doğduğu evin önüne bile kabul etmedi beni dedem.

Asiye ağlıyordu:

– Anan mı var orada, boynu bükük yavrum.

Konuşamıyordu Armağan, keder vurgunuydu baharında:

– Allah'a emanet ol anneanne, dua et, emi?

– Güle güle kuzum benim. Unutma sakın buraları. Bil ki seni aklına yazan bir anneannen var. O da yalnız, tıpkı senin gibi...

Hoca buharlı gözlerle takipteydi onları. Armağan, zor kopmuştu babaanne ve anneannesinden. Cipin kapısını açıp derin, içli bir nefes almıştı ardında bıraktıklarına bakarken...

Hoca duygusallığını giderememişti ne yapsa:

– Gel bakalım Armağan.

– Geldim amca.

Cip, yolları tozutmadan, ağır bir kalkıştaydı... Biraz uzaklaşınca yutkunuşlarına ara veriyordu Armağan. Hassastı sesi:

– Amca!

– Söyle bakalım Armağan.

– Bir daha gelir miyiz buralara?

– Geliriz elbet.

– Utanıyorum söylemeye, ama gidiyoruz!

– Söyle bakalım, eksik bir iş mi tuttuk yoksa?

– Buralardan ayrılmazdan önce bir isteğim var amca...

Hoca bu dokunaklı seslenişe kulak veriyordu:

– Merak ettim doğrusu, neymiş o?

– Amca, dere kenarında yatanlarla vedâlaşsak?

Hoca bakamamıştı Armağan'ın yüzüne. Cipi dere kenarına çevirmişti aniden. Küçük evin şirin bahçesi önünde frenlemişti aracını... Hazin bir manzara oluşturmuştu amca ve yeğen mezarların başında...

Dualar, gözyaşları ve vedâ...

Hakan sadece:

– Senin annen, benim de babam yatmakta burada Armağan. Daha gelip gideriz ömrümüz varsa.

İstanbul

İstanbul, şehirler güzeliydi. Bir haftalık zaman bile hasretini işlemişti bakışlarına. Hakan Hoca, yorgun argın vakfın yurduna uğramıştı ilk olarak. Armağan'ı yurda teslim edip yarın uğrarım, demişti ve ayrılmıştı yanından.

Anadolu yakasındaydı yurt. Daha sonra eve uğramıştı. İçeriye girdiğinde kimseler yoktu. Zaman kaybetmeden, ayağının tozuyla evden çıkmış, babasının ve annesinin kaldığı, aynı sokaktaki daireye dikmişti gözlerini. Umudu orada kalmıştı...

Gün, henüz batmamıştı, İstanbul semâlarında, yeni yeni başlayan, hüzünlü bir çekilişteydi... Zayıf bir ihtimaldi baba evinde oluşları, ama yine de uğramak zorunda olduğu hissine kapılmıştı Hakan Hoca.

Büyük Ada'dan dönmemiş olma ihtimalleri daha büyüktü ona göre. Umutsuz basıyordu parmağını kapının ziline. Defalarca çökmüştü zile. Cevap alamayınca yorgun bir dönüşle inmeye başlamıştı binanın merdivenlerini.

Aracını vapura yakın bir yerde park edip hüzünlü bir yolculuğa başladı Marmara'nın kıyısında... Daha sonra yola çıktı... Büyük Ada'ya geldiğinde, gün çoktan tepelerin ardına çekilip gitmişti...

Tasula ve Kayra, baba evinde olmalılardı. Daha önce annesine uğramak zorunda olduğunu biliyordu. Dayısının kaldığı evin ışıklarına dikmişti gözlerini. Zor bir işti yapmak istediği şey.

Nasıl anlatacaktı annesine bunları? Aslına bakılırsa, kargalar bile gülerlerdi anlatacaklarına. "Babamla birlikte seyahate çıktık, babam doğduğu köye vardığı gün Hakk'ın rahmetine kavuştu. Size haber bile vermeden, doğup büyüdüğü topraklara bırakıp geldim onu..."

Dayısının önem verdiği biriydi babası. Ya annesi... Aralarında bitip tükenmek bilmeyen inanç yarışı olsa bile, annesi dayanamazdı vereceği habere. Sırtında dağ vardı kapı ziline parmağını bastırırken. Kapıyı kızı Kayra açıyordu. Babaannesinin yanındaydı demek. Hakan, duygulanmıştı karşısında kızını bulunca.

Kayra'nın sevinçten gözleri parlıyordu önce. Babasının yüz hatlarındaki kederi görünce yitiriyordu o da neşesini:

– Baba bu ne hal?

Gözleri buharlaşmış, sonra da yaşlar sökün etmeye başlamıştı Hakan'ın gözlerinden. Kayra'nın kaygılarını artırıyordu Hakan'ın bu hali:

– Babacığım bu ne hal dedim sana?

Açılan kapıdan hayalet gibi süzülmüştü antreye. Kapı kapatılmıştı. Kayra'nın endişesi büyümüştü. Ellerinden tutmuştu karşısında durup:

– Baba, neler oluyor, söyler misin?

Bu ses, salonda oturanları şaşırtıyor ve antrede topluyordu herkesi. Meri düşüyordu önce Hakan'ın nemli gözlerinin önüne... Oğlunun perişan haline bakınca kendisinden geçiyordu anne.

– Hakan, neden ağlıyorsun sen?

Dayısı, yengesi, yeğeni ve kızı kenara çekilmişler, patlamaya hazır bomba gibi bekliyorlardı bir kenarda.

Ana oğul nasılda sarılmışlardı birbirlerine. Hakan'ın ağlayan sesi fitillemişti merakları:

– Baba, neyin var, söylesene!?

– Babam... Babam artık aramızda olmayacak anne!!!

Kayra yürekleri hoplatan bir feryattaydı:

– Babaaaaa!!!

Antre bir figan yerine dönmüştü. Zor anlar yaşanmıştı. Cem fenalaşmıştı aldığı haberle. Meri bayılmış, Kayra direncini yitirmişti. Doktor çağrılmıştı evlerine, sakinleştirici iğne, uyuşturmuştu acıları az da olsa...

Aile salona toplanmıştı. Kayra, annesini aramıştı ağlayan bir sesle... Dayısının evinde olduklarını söylemişti ona ve acı haberi eklemişti peşinden...

Gece yarılanmıştı. Tasula da aralarındaydı. Gönül kırgınlığını unutamasa da günün hükmü olarak oradaydı.

Gece, bitkin düşürmüştü herkesi. Yorgun ve uykusuzdu gözler. Meri, inandırıcı bulmamıştı önce oğlunun anlattıklarını, sorular soruyor, şaka gibi geliyordu duydukları ve oğluna, böyle şaka mı olur, diyor, ara ara sitemler ediyordu...

Hakan'ın hiç rahatlamak bilmeyen çehresi tüketiyordu umutlarını. Bir söz yüreğine işlemişti. "Anne, babamın hikâyesi bildiğin gibi değil. Mazisi seni rahatsız edebilir. Onun için de bırak tadında kalsın her şey!"

Korkmuş, başka bir şey soramamıştı. Yüreklendirememişti kendisini Hakan'ın anlatacaklarına ve düşüncelerini toparlayana kadar susmuştu...

***

Aradan günler geçmişti. Tasula, Kayra'nın ısrarlarına dayanamayıp gönülsüz hatta yitirilmemiş bir kırgınlıkla Üsküdar'daki evlerine dönmüştü.... İğneli sözler ediyordu Hakan'a çocukları için:

– Tasula, nedir bana karşı bitmeyen kırgınlığının aslı? Gönlümün kedere direndiği günlerde, bari sen biraz anlayışlı ol.

Yüzüne bile bakmıyordu konuşurken:

– Bilmezden gelme, kırgınlığımın sebebini çok iyi biliyorsun sen.

– Kafam karışık, kendimi toparlayamıyorum ne yapsam. Bir de sen üzme beni. Hayat çok kısa. Değmez kırgınlıklara.

– Çocuklarımın Cennet'e giden yollarını kestin. Nasıl susayım, onu da söyler misin Hakan?

– Tasula, bu derinliği olan bir konu. Çocuklarımı ben de en az senin kadar seviyor ve onların her iki âlemde de kurtuluşu seçmeleri için çırpınıyorum. Üstelik onlar, özgür düşünceleriyle çizdiler kendi yollarını.

– Yazıp ellerine tutuşturduğun kitaplar olmasaydı, Meryem Ana, Kutsal Ruh ve Mesih İsa küsmeyecekti çocuklarımıza.

– Tasula, şimdi zamanı değil bunların. Sadece şunları bil istiyorum; çocuklarımız ne Hazreti Musa'yı ne de Tevrat'ı ne Hazreti İsa'yı ne de insan eliyle tahrife uğramamış kutsal kitapları inkârda değiller. Senin kutsal bildiğin kitabı, onun duyurucusu ve Allah'ın Elçisi olan Hazreti İsa'yı kim inkâr ederse iman etmiş olmaz... Onlar, o kutsal kitaplar ve peygamberler var ya, bizim inanç bahçemizi süsleyen, nadide çiçekler.

– O zaman çocuklarını neden kiliseden uzaklaştırdın?

– Söyledim sana, onlar yollarını kendi araştırmalarıyla çizdiler. Bu münakaşalar, aramızdaki gerilimi çoğalttı

Oğulları ve gelinleri balayından dönüp, kendilerine açılan özel dairelerinde mutlu ve kimsenin gönül dünyasına fazla müdahale etmeden yaşayışın yolunu seçiyorlardı... Sadece Kayra kalmıştı annesiyle babasının sıkıntılı dünyasının arasında...

***

Meri'nin tutumu Tasula'nın davranışlarından çok daha farklı değildi oğluna karşı... Bir akşam, ihtiyacının olup olmadığını sormak için uğramıştı yanına. Kafasına hançer gibi saplanan cümlelerin gerçekleriyle yüzleşmeye hazır hissediyordu kendisini.

– Hakan, hazırlan, yarın sabahtan gidiyoruz?

– Nereye anne?

– Babanın mezarını ziyarete.

– Anne, neden söz dinlemiyorsunuz? Bırak eski hayaliyle kalsın düşüncelerinde.

– Hakan, hayatımızdan çıkıp giden o insan, herhangi biri değildi. O benim hayatı paylaştığım adam ve kader arkadaşımdı.

– Öyle de kalsın işte!!!

– Bana her şeyi bütün çıplaklığıyla anlatman lazım.

– O zaman kısaca anlatmaya çalışayım ve lütfen daha fazlasını isteme benden anne.

– Her şeyi öğrenmek istiyorum.

– Bunu sen istedin anne. Aklım erdi ereli, bana zorluklar yaşattınız. İçimde adeta haçlı seferleri yaşandı ve tükenmek bilmedi.

Anne, kızmıştı oğluna:

– Hakan, ben şu an sana ne inanç ayrılıklarından ne de haçlı seferlerinden söz ediyorum. Hakkım olan şeyleri soruyorum senden. Birlikte gittiniz, tek başına döndün gittiğiniz o yerden. Her olup biteni bilmek benim hakkım. Basit bir hadise gibi örtmeye çalışıyorsun üzerini...

Hakan sakindi. Keder kuşatmıştı bakışlarını. Sesi bir o kadar hüzündeydi:

– Babam, sevdiği kızla evlenememiş anne. Babası, başka birini isteyip almış ona. Derler ki yüreği korku bilmeyen o delikanlı, babasının sözünü aşıp sevdiği kızı alamadı. Yine derler ki gönlünü fetheden, adını kimsenin bilmediği o kızı unutamadı. Babasına olan garezi yüzünden, askerlik bitiminde kalbinden silip atamadığı kahrı sebebiyle sılasına ve ardında bıraktığı günahsız eşine bir daha dönmedi...

Babamın hazine gibi sakladığı bir defteri vardı anne. Onu, merak edip bir gün ele geçirdiğimde, bu hikâyeyi okudum. Sevip alamadığı o efsane kızın adı hariç. Çünkü noktalamalarla belirtilmişti onun adı yazdıklarının arasında...

Orada bir oğlu vardı babamın. Adresini tespit edip makamında ziyaret etmişti. Ben bunu da fark etmiştim, babam benden özenle saklamasına rağmen.

Babam, içsel sıkıntılarını aşamamıştı ömrünce. İşin en tuhafı, sevdiği o kız değildi artık babamın kalbini ilgilendiren. Babasının kendisine zorla aldığı kadındı onun hayatından, düşüncesinden ve silinmez harflerle adını kazıdığı kalbinden çıkarıp atamadığı... İşte, daha çok o babasının zorla kendisine aldığı kadını seviyordu ömür boyu...

Meri, tıkanacak duruma gelmişti Hakan'ı dinlerken. Dayanamayıp azarlamıştı Hakan'ı:

– Neler saçmalıyorsun sen öyle. Baban bekâr bir insandı ki resmî nikâhta sorun olmadı hiç.

– Anne. Sen İstanbullu'sun, bilmezsin köy yerlerini. Oralarda çoğunlukla yıllar sonrasına kalır resmi nikâhlar. Babam, evli biriydi, nüfuz kağıdında, bekâr gözüküyordu sadece. Durum bu.

Rengi uçmuş, kederi ölümcül olmuştu bakışlarında Meri'nin:

– Bir oğlunun olduğundan söz ettin.

– Evet anne. Babamın benden üç ya da dört yaş büyük bir oğlu var.

Dudakları titriyordu Meri'nin:

– Ya karısı?

– Babam onunla buluşma arzusundaydı, ancak olmadı. Az bir zaman olmuş Azrail emanetini alalı ve taze bir mezar vardı babamın hayallerindeki evi yaptırdığı derenin kenarında. Hikâyesi hazin. Yalnız şunları bil yeter anne. Babamla uzun konuştuk. O seni sevmiş. Sana haksızlık etmemek için de sürekli direnmiş. Bunları söyledi ve ağladı o koca adam.

Acıları depreşmişti Meri'nin... Hem ağlıyor hem de soruyordu oğluna:

– Nasıl oldu, hastalığı yoktu bildiğim kadarıyla.

– O haksızlık ettiğine inandığı eski eşinden helâllik almaktı muradı. Evde bulamayınca abime sordu annen nerede, diye. Abim, dere kenarındaki evde diyince, hazırlanın oraya gidiyoruz, dedi. Gittik...

Daha ayaklarını bile çıkarmamıştı, doğup büyüdüğü eve girdiğinde. Dere kenarı denilen babamın hayalleri için eski eşinin oğluna yaptırdığı küçük bir ev ve şirin bir bahçe vardı gittiğimiz yerde.

Pencerelerinin perdeleri çekilmişti evin. Sessizdi girdiğimiz bahçe. Babamın karşılaşmak istediği kadın yoktu ortalarda.

İki mezar vardı bahçede. Oğluna sordu:

– Bu mezarlar, babamla annemin mezarları mı? diye...

Abim zor konuşuyordu. Sessiz bir itirazı vardı ve kafasını olumsuz bir sallayışla veriyordu beklediği cevabı.

Kuşkulanmıştı anlaşılan:

– Kimler, o zaman?

Abim, yeni bir mezarı işaretledi:

– Bu torununun!

– Nesi vardı?

Kısa konuşuyordu Abim:

– Uzun bir hikâye o.

Babam, oldukça zor durumdaydı. Görünüşü bunu anlatıyordu her haliyle. Müdahale edecek zaman değildi, bunu biliyordum, öğrenecekti sonuçta. Anlamıştım ben. Babam soruyordu ve inanmak istemiyordu hissettiğim kadarıyla. Abime vehimle bakıyordu. Zor sormuştu:

– Ya baştaki mezar?

İşte hayat o anda koptu anne.

Abim:

– Yolunu daha fazla beklemeye tahammül edemeyen, umudunu yitiren kadın, dediğinde sanki ince iplikle hayata bağlandığını vurgulayan bedeni, kendi yükünü çekemedi daha fazla...

İşte o an anne, yaşam çizgisi koptu hayattan. Yüreği dayanamadı o habere. Durum bu kadar karışıkken, haber veremezdim kimseye. Şimdi rahatladın mı anne? Gider misin ziyaretine her şeye rağmen?

Derin bir nefes almıştı Meri:

– Gerekirse, diyordu sadece...

***

Anne kabul edilemez bulmuştu Hakan'ın anlattıklarını... Değişik kuşkular vardı içinde... Ebedi kopuşun hazin hikâyesi çok hırpalamıştı onu...Yoksa, o kadını görünce, diyen düşüncesi yoruyordu Meri'yi...

Önceleri kahrı, araştırmalarını bile engellemiş, sadece susmuştu... Meri, Hakan'ın anlattıklarına inanmak şöyle dursun, hicran dolu senaryolar kuruyordu. Ona göre, daha çok Muhsin, mazisindeki kopukluğa artık dayanamamış ve yarım bıraktığı hikâyesini yaşatmak için doğup büyüdüğü yerlere dönmüştü.

Ölüm bir aldatmacaydı, hatta oğlu bile bu yalanın bir parçası olmuştu. Kırgındı açıklayamadığı bu sebepten dolayı oğluna...

Hakan'ın zor günleri bitip tükenmek bilmiyordu ne yapsa... Son günlerde hayat daha da çekilmez olmuştu onun için.

Tasula ile aynı adreste buluşmak şurada dursun, artık aynı evde bile değillerdi... Çocuklarının kendisi gibi düşünmeyişi, kendi inancını yaşamayışları onunla Hakan'ın arasındaki mesafeyi her gün biraz daha aşındırışının belki de tek sebebiydi...

Hakan, son iki aydır Üsküdar'daki dairesinde tek başına kalıyordu. Annesi de kendisine yetmemeye başlamıştı son zamanlarda...

Ailede paylaşılamayan biri vardı şimdilerde... Kayra!!! Mutlu bir yuvası vardı Kayra'nın. Babaanne, Hakan'ın da onayını alarak yanına almıştı yeni evlileri.

Son iki aydır, iki evin arasında, inanılması zor fedakârlık örneği veriyordu Hakan. Tasula, dinmeyen öfkesini Hakan'dan ayrı bir dairede kalarak alıyordu... Kayra ne kadar uğraştıysa başaramamıştı annesinin yuvada kalmasını...

Hakan Hoca, babasının yokluğuna daha kendisini alıştıramadan, üstüne Tasula'nın kaprisleri de eklenince, üniversitedeki görevini bile askıya almıştı... Yalnızlığa çekilmişti... Efkârlarını, inançların mensupları tarafından sıhhatli yorumlanmayışının dünyaya getirdiği felaketleri yazıyordu...

Yalnızlığa çekilmişti... Yeşil Höyük çıkmıyordu aklından. İstanbul'dan uzaklaşıp Gülşen adını verdikleri, dere kanarındaki o şirin, küçük evde ve bahçesinde çalışmak, hayata dipnotlar düşmek istiyordu oralarda Hakan...

Meri, tek başına hareket edemiyordu artık. Muhsin'in ölüm hikâyesini kabullenememişti ne yaptıysa. Kahırlıydı Hakan'a bu sebepten... Tek başına çarşıya çıkamıyor, oğlunun evine bile yalnız gidemiyordu... Kahır ve beyninde dirilen çeşitli senaryoların belki de tek sebebiydi bu çöküş...

Aşırı duygusallığa bıraktığı gönlü, gizli kanamalardaydı. Kayra, ona bir şeyler okuyor, bir şeyler anlatıyor, gözlerinin içi gülüyordu onu dinlerken.

Artık aralarındaki inanç yarışı da tükenmiş, her şey bir sükuta dönüşmüştü hayatlarında... Sonuçta herkesi olduğu gibi kabullenmek mantığı girmişti onun da dünyasına... Üzgündü, aile bağlarını güçlendirmek için verdiği çabalar ne yazık ki sonuç vermemişti...

Tasula engeline takılmıştı sonunda o da. Meri, o Tasula'yı oğluna karşı kışkırtan ve kendi inanç çizgisinde buluşabilmeleri için çırpınan anne, şimdilerde herkesin kendi çizgisinde kalıp huzurlu yaşamaları için çırpınışlar verse de muvaffak olamıyordu...

Ayrılık sapağındaki yolları eski güzergahına bile döndürebilmeyi sağlayamayışın çileli günlerini yaşıyordu Meri... Onu üzen, bu ayrılığın mayasında daha çok kendi katkısının oluşuydu... Tasula, artık onu da dinlemiyordu...

Gün akşamdı... İstanbul, kara bulutların örttüğü gökyüzüyle kasvetli bir görüntüdeydi... Hakan Hoca, üniversitedeki görevini bırakmış, evinde tek başına kitapların dünyasına vermişti kendisini.

"AYRILIK BİZDE" kitabını yeniden elden geçirmeye karar vermişti. Bu fikri dünyaya anlatacaktı. Hakan şuna inanıyordu; semâvî kitaplar ve gönderilmiş peygamberler, birbirlerinin kopmaz halkalarıydı ve hangi halka koparılmaya çalışılsa, sapmalar orada başlıyordu... Tek kaynağı, semâvî kitapları ve kulları tevhide çağıran elçileri anlatıyordu genişletmeye çalıştığı eserinde... Yazılarına öylesine kendisini vermişti ki telefonun sesiyle sıçramış ve derin bir nefes alarak toparlanmıştı.

Kalemini bırakmıştı elinden ve hemen yanında duran telefonu almıştı kabininden... İşkilli bir gönlü vardı Hakan'ın. Kayra'nın sesiydi ahizedeki.

– Baba!

– Kayra, söyle kızım.

– Babacığım, davet etsek gelir miydin?

– Kayra çok meşgulüm, gelmesem olmaz mı?

– Babacığım, babaannem seni istiyor, konuşacakları varmış. Hem yemek de hazır.

– Hiç iştahım yok, biraz geciksem olmaz mı?

– Olmaz babacığım. Bahadır da yok, bekliyoruz...

– Pekala Kayra, geliyorum...

Yorgun bir parmak, zilin üzerindeydi...

Meri, salonda bekliyordu Hakan'ı. Hoca, tam üç aydır gülmeyi unutan yüzüyle girmişti annesinin yanına.

– Anne, iyi misin sen?

Solgundu benzi annenin. Eski hırçınlıkları, dayatmacı ruhu gitmiş, anlayışlı, barışsever, dost bir gönüldeydi Muhsin'in hayatından kopuş sonrası. Oğlunu görünce, buruk bir tebessüm belirmişti dudaklarında:

– Gel, yalnızlık zor iş Hakan.

Sitem dokunmuştu Hoca'ya:

– Anne ben istemedim ki yalnızlıkları!

– Biliyorum. Bunda en çok ben hatalıyım. Gel gör ki atı alan üsküdarı çoktan geçti.

– Anneciğim boş ver bunlara şimdi. Olanlar olmuş, zararın neresinden dönersek o bizler için kâr...

Meri, yoğun bir kedere kaptırmıştı gönlünü.

– Seni neden çağırdığımı biliyor musun?

– Söylersen öğrenirim anne.

– Sana bu günlerde çok ihtiyacım var Hakan.

– Söyle anne... İhtiyacın her neyse bir çaresine bakarız?

– Beni içine düştüğüm bir hayal âleminden kurtarmanı istiyorum. Nasıl, yerine getirebilecek misin üzerine düşen bu görevi?

– Elimden gelen bir işse hiç şüphen olmasın anne.

Hakan'a adeta yakaran bir göz ve hazin bir sesle yaklaşıyordu:

– Hakan, ben babanın ölümüne hiç inanamadım biliyor musun!!!

Hakan şaşırıp kalmıştı annesini dinlerken:

– Anne, oğlundan insanlık dışı bir yalanı nasıl beklersin. Ölümün şakası olur mu hiç?

– Alınma hemen. İçimde öylesi bir his var. Sana olan kırgınlığım yüzünden kalbimi açamayıp, işkence dolu günler tükettim... Tam üç aylık bir zaman akıp gitti aradan, o buralardan gideli. Bir dönüş bekledim, anlattığın o hazin hikâyenin bir eşi gibi.

Bir akşam ansızın dönecekti evine. Ömrüm bitiş sinyalleri vermekte yorgunluktan ve o hâlâ dönmedi.

– Anne, babam öldü.

– Gönlümü ikna edemedim buna Hakan.

Ağlıyordu Meri, dayanamamıştı dahasına:

– Ben onunla bir hayatı paylaştım. Vedâlaşamadan gitti... Madem kader bizi hazin bir hikâye ile ayırdı, ben onun kabrini ziyaret etmeyecek kadar vefâsız mıyım?

Sen bunu bile çok gördün bana Hakan...

– Anne, istiyorsan memnuniyetle götürürüm.

– İstiyorum.

– O halde hazır olduğun zamanı söyle, gidelim.

Kayra girmişti salona:

– Sofra hazır.

Meri bölmek istemiyordu konuşmayı:

– Kayra sen de otur karşıma. İçimi dökmek istiyorum sizlere.

– Nasıl istersen babaanne.

Gözleri dolu doluydu Meri'nin.

– Sizlere bir açıklamam var. Kendimi hiç iyi hissetmiyorum bu günlerde. Saklım gizlim kalmamalı.

Hakan, yarından tezi yok Büyük Ada'ya gidip Tasula'yı alıp getiriyorsun ve bu ayrılık bitiyor.

Sitem doluydu Hakan:

– Baştan da söyledim, ayrılığı başlatan ben değilim. Ondan huzurlu olmasının ve çocuklarının yanında bulunmasının dışında bir şey istemiş değilim. Anne, üzmek istemiyorum seni. Ben çektiklerimi hak etmedim. İnancım bana, kaderdir çektiklerin, dedi ve sustum. Siz bana sormadınız babamla başlattığınız evliliğinizi... Ben hayatınıza girdikten sonra, bana yaşattıklarınızı düşündünüz mü hiç?

Arzularınızı, isteklerinizi yaşadınız. Daha sonra farkına geç vardığınız bu hususta, en kötü faturayı bana ödettiniz. Kırılmadım yine de sizlere anne. Öyle oldu ki ikinizi de kırmamak adına inanç ayrılıklarınızın altında ezildim ve sustum... Araştırmalarımın sonunda, gizli din yaşadım ben, elimden inanç hürriyetimi bile aldı sizin zıtlaşmalarınız. Kilise ile cami arasında kalmışlığın bozgunlarını yaşattınız bana...

Sen elimden tutup kiliseye çektin, babam camiye. İkiniz de bana inançlarınızı hoşgörülü bir üslupla öğretip sordunuz mu, hangisini istiyorsun, diye? Sonunda aynı hataya beni de sürükledin anne. Kendi inancına beni götürsün diye Tasula ile evlenmemizi en çok da sen istedin...

Meri suçlu ve ezgindi oğlunun sitemlerle dökülüşünü dinlerken:

– Tasula'yı sen de sevdin Hakan.

– Evet, anne ben Tasula'yı sevdim. Onu hiç dışlamadım da bildiğiniz gibi. Tasula, yazdığım kitaplarla suçladı beni. Onları yazmasaydın, çocuklarım benden kopmayacaklardı, dedi hep. Ben çocuklarını ondan koparmadım anne. Çocuklar, ödünç fikirlerle yaşamayı kabullenmediler haklı olarak.

Meri:

– Ben bunları sağlıklı düşünebiliyorum artık. Sen haklıydın Hakan. Biz sana anlattıklarını ne yazık ki yaşattık. Ancak yuvamızı bozmadık. Sen de bozma. Zaman her şeyi hallediyor, geç bile olsa. Sana bir müjdem var Hakan. Belki bu gerçeği duyunca, beni affedersin diye de düşünmekteyim.

– Ben seni de babamı da affettim anne.

– Götürecek misin babanın ziyaretine?

– Elbette anne. Ancak nereden çıktı bu birdenbire? Cidden yaşadığına mı inanıyorsun babamın?

– Hiç inanmadım ki öldüğüne.

– Müjdeni merak ettim.

– Babanla aynı adreste buluşmak için ikan etti beni Kayra... Sana bir sorum var Hakan. Ben Müslüman olursam, sahiden Mesih İsa darılmaz mı bana?

Gözleri parlamıştı Hakan'ın:

– Anne, Mesih İsa'nın müjdesini bilmiyor musun hâlâ?

– Kayra, anlattı dilinin döndüğünce... Son Peygamber'in geleceği haberini ve vasıflarını o söylemiş, Mesih İsa...

Ben Müslüman oldum Hakan. Öldüğüm zaman bana da babanın toprağında yatabileceğim bir yer var mı?

***

Tasula dönmemişti yuvasına. Sonbahar vurgunundaydı mevsim... Toprak hazin, bitkiler solgun renkteydi... Çiçekler, başka bir bahar umuduyla yitirmişlerdi renklerini...

Meri, sonunda Yeşil Höyük köyünde, dere kenarında hayat arkadaşının yanındaydı... Mezar taşındaki isim ve yazıları okuyunca umutları kesilmişti... Sessizdi ağlayışı, gözyaşları bile yüreğine yağıyordu bugün... Değişik bir iklimdeydi gönlü onun. Oğluna, eşinin mezarı başında vasiyeti vardı. Dolukan bir sesle ulaşıyordu Hakan'a:

– Hayatla vedâlaştığımda beni onun yanında toprağa vereceksin Hakan...

Hakan'ı duygulandırmıştı annesinden duydukları:

– Anneciğim, kimin kimden önce göçeceğine dair bir bilgimiz yok.

– Hafızanın bir köşesine yaz diye söylüyorum. Ha, sana bir sorum daha olacaktı.

Hamza ve eşi de kulak vermişlerdi Meri'ye. Hikâyeyi öğrendikten sonra aklından çıkaramadığı bir vuruluşun da sorusuydu bu aynı zamanda:

– Aslıhan'ı tanıdım yeterince de merakım, babana köyünü terk ettiren kadında kaldı. Onu bana gösterir misiniz bileniniz varsa?

Hamza, buruk bir tebessüm geliştiriyordu dudaklarında Meri'ye bakarken:

– Onu iki kişi tanıyordu sadece. Biri kendisi, diğeri de o kadındı... Adını bilmek bile nasip olmadı kimseye...

– O nasıl ketumluk ki öyle? Sır küpü bile çatlardı saklayamayıp...

Ziyaretini etmiş, öğrendiğini öğrenmiş ve umudunu kesmişti Meri. Daha fazla duramamıştı Yeşil Höyük'te... İstanbul yolundalardı anne ve oğul... Yeşil Höyüklü'ler cipin etrafını sarmışlardı yola çıkmazdan önce.

– Bu kadarı çok az Hocam, biz seni burada daha sık görmek istiyoruz...

Söz veriyordu onlara vedâlaşırken:

– En kısa zamanda ve bıktırasıya kadar, diyordu...

Bir Ay Sonra

Hakan Hoca, babasının hayalleri üzerine inşa edilen dere kenarındaki beyaz badanalı, şirin bahçeli o küçük evi silememişti hayalinden... Tasula'yı hiçbir şekilde ikna edememişti evine dönmesi için...

Hakan Hoca'nın gönlü ıstırap dağına dönmüştü... Kederli bir kaçışa hazırlamıştı kendisini. Annesinden müsaade almıştı köydeki o küçük evin sessizliğinde eserini bitirebilmesi için... Annenin itirazı olmamıştı. Kayra, ona yenidünyasının geleneklerini anlatıyor ve nasıl ibadet edeceğinin uygulamasını yapıyorlardı usanmadan... Taze heveslerdeydi gönlü ve yeni dünyasına sevdalanmıştı sonunda yorgun yüreği...

Yeşil Höyük

Bilici, köyündeydi... Rahatı, kaçışta bulmuştu. Yoğun bir çalışmanın içinde buluyordu kendini... Bazen abisi, bazen yengesi getiriyordu yemeğini. Hoş bir ahenk içindeydi burada dostluklar...

Köylünün, Bilici adını taktığı adam, boş zamanlarında onları başına topluyor, uzun sohbetler başlıyordu aralarında. Yeşil Höyük köyü, tiryakisi olmuştu Hakan'ın sohbetlerinin...

Yengesi ve abisi ilgileniyorlardı onunla, köyün hatırlı misafiriydi de ayrıca... Daha çok herkesin istirahata çekildiği saatlerde sürdürüyordu çalışmalarını... Dünya insanına mesajı vardı onun. "AYRILIK BİZDE" isimli eserinin üzerinde yoğunlaşmıştı çalışmaları. Bu eser, onun gönül tercümanıydı aynı zamanda... Dahası, her şeyiydi...

Efsane

Dünya insanına seslendiği kitap coşturmuştu Hakan Hoca'yı... Savunduğu tez araştırmalarının sonucuydu ve umutluydu ondan. Sonunda bütün dillere çevrilecekti bu kitap ve insanlar kaynakta buluşacaklardı Hakan'a göre...

Ayrılık semâvî kitaplarda değildi, bu kaçınılmaz gerçekti ve onlar insanları aydınlatsın, eğitsin diye gönderilen buyruklardı...

Ayrılık, elçilerde asla olamazdı, çünkü onlar kopmaz bir bütünü oluşturan halkaların ta kendisiydi... Öyle yazıyor ve öyle anlatıyordu Hakan Hoca.

Ayrılık, bizlerde, insanların kaynaklardan uzaklarda kalıp, kendi beyinlerinde oluşturdukları dünyaları yaşama hevesine kapılışlarında diyordu kısacası, hazırladığı kitapta...

Her grup, din adına oluşturduğu dünyaya meyledince kaynak susmuş, sapışlar ve ayrılıklar inanç olmuş... "Kitaplar ve Peygamberler değil çelişen, bizim ayrılıktan hoşlanan duygularımız."

***

Dere doğal akışı içinde sakin ve hiç bozulmayan ritmiyle kıvrımlarını dönerek seyrini sürdürüyordu. Etrafındaki dekorlara aldırış etmeden, en içli bestelerini sürdürerek akıyordu yine...

Hakan Hoca, âşık bir gönülle babasının hayaller ülkesinde bir nevi inzivaya çekilmişti. Bazen küçük bahçenin efsane çiçeklerinin bakımıyla meşgul oluyor, bazen derenin kenarında oturup yorgun rüzgârların esintisinde derin hülyalara bırakıyordu düşüncesini...

Taze bir bahar, renklerin desenlerini dokuyan Sanatkâr'ın büyüleyen dekorlarıyla donanmıştı. Körpe çiçeklerin masumiyetindeydi yine bakışlar.

Derenin çağlayışına vermişti kendisini. Son günlerde yalnızlık hissi hırpalamaya başlamıştı yüreğini. Doğanın sihirli örtüsü de artık ruhunda açılan girdapları sakinleştirmeye yetmiyordu.

***

Hakan Hoca, geç vakitlere kadar çalışmıştı. Az bir uyku payı ayırmıştı kendisine. Sabah namazından sonra yatmamıştı uykusuzluğuna rağmen... Yorulmuş olmalı ki sabah kahvaltısı için baba evine, konağa gelmişti...

Yorgunluğunu atacaktı aklı sıra gün boyu... Kahvaltı, çay faslı derken konuşacak şey bulamayınca artık sonlarına yaklaştığı eseri düşmüştü aklına Hakan'ın...

Hava, ılık ve ruha haz veren, insanı hayata bağlayan esrarıyla büyüleyiciydi bugün... Zaman, kuşluk vaktindeydi... Sıkılmıştı Hakan. Abisinden müsaade almıştı zor bile olsa... Yine az önce geldiği mekâna çevirmişti yolunu...

Aracı konağın önündeydi. Yüzüne bile bakmıyordu adımlarını yinelerken... Gamlı ve yorgun adımlar atarak yürüyordu girdiği yolun üzerinde... Belki de adımları değil de düşüncesiydi Hakan Hoca'yı yorgun gösteren...

Bahar, muhteşem dekorlar sergilemişti toprağın üzerinde... Kimsesizdi geçip gittiği yerler... Dalgındı baktığını net görmeyecek hatta vasıflarını tanımayacak kadar.

Babası ile köye ilk girdikleri günün coşkulu ve kayda değer fotoğrafları kare kare düşüyordu gözlerinin önüne... Beklemediği bir sonun vurgununu yiyen gönlü yaralıydı o günden beri ve taşıması zor gam dağlarını taşıyordu sırtında... Babasının mezarı vardı biraz ilerisinde... Mekânın görüntüsünü örten tümseği aşınca, o az önce baktığını fehmedemeyen gözleri alev alev parlıyordu... Kendisinden daha önce, bir kadın azaltıyordu gülistanla arasındaki mesafeyi. Tümsekten aralanıp görüntü vermiyordu hoca.

Merak etmişti dere kenarındaki eve yaklaşan kadını... O kendisinden daha tedirgin ve daha dikkatliydi. Etrafına ceylan ürkekliğinde bakıyordu... Belli ki kimseye görünmeme düşüncesinden geliyordu tedirginliği...

Kadın genç biri değildi. Hakan'ın merakını artıran da buydu... Aralarında fazla bir mesafe yoktu, sadece yolun kenarında tepeleşen tümsek saklıyordu hocayı... Elinde kır çiçekleri vardı kadının. Yamaçlarda açan her çeşniden ve renklerin her deseninden koparıp buket yapmıştı onları avucunun içinde...

Kilolu değildi. Saçlarına aklar düşmüştü. Eşarbının altından görünen beyazlar açığa vuruyordu yaşını... Hakan, ona daha fazla yaklaşıp aradaki mesafeyi azalttığında, teferruatın farkına varıyordu...

Hakan Hoca'nın kalp atışlarını bile değiştiriyordu görüntü. Aslıhan ve babasının mezarı başında durmuştu, bahçeyi kontrol edip kapısını açtıktan sonra...

Hakan Hoca bir şeyler sezinlemişti. Kadının arkası dönüktü kendisine ve farkında değildi artık hiçbir şeyin. O sadece karşısına aldığı mezarlarla irtibattaydı... Önce avucunun içindeki çiçeklerin bir kısmını Aslıhan'ın mezarı üzerine serpiştirmiş, geride kalanını da Muhsin'in ve Hasret'in mezarı üzerine ürkek duyguların eşliğinde bırakıyordu... Ellerini açıp duaya durmuştu beklediği mezarların başında...

O kadındı, şüphesi yoktu hocanın... Öyle söylüyordu ona duyguları... Usulca ve sakin bir yürüyüşle yaklaşıyordu bahçeye...

Yılların sırrı uç veriyordu haberi olmadan... Efsaneleşen bir hikâyeyi yıllarca herkesten saklamayı başarmıştı...

O da babası gibi toprağına taşımak istiyordu ölümüne sakladığı sırrı... Onun için tedirgindi dua için açtığı elleri ve bakışları. Bacım demişti makamında karşılaştıklarında ve kardeş demişti o da Muhsin'e...

Bir an unutmuştu her şeyi kadın... Hatta etrafını gözetlemeyi bile. Dalıp gitmişti, mazinin zihne düştüğü fotoğrafları geliyordu dünyaya kör bakan gözlerinin önüne...

Muhsin'in yoluna gerilip yuva kurma teklifini kendisine duyurduğu günü ve o anı yaşıyordu dudaklarındaki en içli yakarışların eşliğinde. Eşinden, oğlundan ve gelininden habersizce çıkmıştı evlerinden Suna... Habersiz çıktığı yol, yörenin efsaneleşen adamının sırrını taşıyordu sinesinde...

Okşayan günün zülüflerinde esen yorgun bir rüzgârın ritmine uydurmuştu nefesini ve kalbinin atışları yaslıydı dudakları kıpırdarken...

Aslıhan'ın en yakın arkadaşıydı Suna. Efsaneleşen, dillere düşen ve bir sevda masalı gibi herkesin dilinde şekillendirilerek anlatılan öykünün diğer parçası oluşunu o herkesten hatta en yakın arkadaşı Aslıhan'dan bile saklamıştı... Kemiği olmayan diller, abartılı bir aşk hikâyesi, hatta hikâyeleri oluşturmuşlardı onlar için...

Suna, içinde sakladığı sırrı Aslıhan'ın mezarına anlatıyordu sağanaklar indiren gözyaşları eşliğinde. Duygusal ve kısıktı sesinin tonu içini toprağına dökerken... Onunla konuşurken ağlıyordu duygularına hükmedemeyip...

Hakan, aslında yanı başındaydı. Fark edememiş, kulakları duymamıştı yaklaşışını... Suna, dikkatini sadece ve sadece Aslıhan ile konuşmaya vermişti...

Masum, temiz ve hüzne kapılmış bir yüzü vardı. Ona şöyle mırıldanıyordu toprağını okşayıp:

– Sen ona kavuştun sonunda... Söyledi mi sana herkesin üzerine alındığı, ama sahibinin kimse tarafından bilinmeyen efsanenin kim olduğunu? O senin en yakın arkadaşındı Aslıhan, dillere düşen bilinmeyen o efsane, yanından ayrılmayan, en yakın arkadaşındı, bendim o...

Sen şimdi sırların çözüldüğü yerdesin, bunu sen benden de iyi bilirdin. Tek bilen de sensin demektir bu sırrı ikimizden başka...

Nasıl, kızdın mı yoksa bana? Benim bir günahım yoktu ki bu işte. Sadece malzemesi oldum o talihsizliğin ve o sırrı dağdan ağır yük gibi taşıdım ömrümce ben kimselere söylemeden... Aklına kötü bir şey gelmesin, benim talihsiz arkadaşım.

Ellerin ele değmediği, gözlerin birbirine asla derinden bakmadığı, efsane aşkların arasına karıştı bilinmeyen, o talihsiz hikâyeye karışan adım...

Aşk neydi? Tanımadı yüreğim... Kim ne söylerse söylesin, anlatılanlar hikâyenin oluşumundan çok farklıydı. Bunun tek tanığı benim kalbimdi... Muhsin'in düşünceleri hangi ölçüde, onu bilemezdim...

İşte o efsane hikâyenin bilinmeyen adı, sizler için dua eden bu kadındı... Senin en değer verip güvendiğin arkadaşın... Sana bile ar edip sezdirmedim o sıkıntıları...

Hakan, biraz daha sokulmuştu mezarların yanına. Yorgun dimağının şüphesi kalmamıştı artık, o efsane hikâyenin bilinmeyen adına en yakın olandı şu an...

Hakan Hoca daha fazla dayanamamıştı. Efkârlı kadının dalgınlığını hafif bir öksürükle bozma kararı alıyordu... Kadın, Hakan'la göz göze geldiğinde ürpertiliydi ve gözleri buhurdan gibi kaynamaya çoktan başlamıştı... Hakan Hoca, hiç konuşmamıştı kadınla ve kadın dumandan, heykel gibi buharlaşıp eriyordu karşısında...

Ayakta duramamıştı heyecanından ve Muhsin'in mezarının kenarına güçlükle ilişmişti düşmemek için... Hakan Hoca sakin bir sesle ona soruyordu, mezarın kenarına suçluluk edasıyla oturan kadına:

– O efsane hikâyenin bilinmeyeni siz olmalısınız?

Suna ağlıyordu sessizce. Utancın bozartıları düşmüştü yüzüne...

Hoca rahatlatıyordu kadını:

– Bu sır olarak kalacak aramızda, yemin ederim.

Beden dili konuşuyordu. Baş işaretiyle veriyordu Hakan'ın beklediği cevabı ve ekliyordu:

– Babanla akranız... O hikâyenin içinde, aynı kuşağın bütün kızlarının adı sayılsa da kim olduğu asla bilinmez...

Aslıhan benim çok yakın arkadaşımdı. Babanın İstanbul adresini ilk keşfeden aile bizdik. Baban da eşimin çocukluk arkadaşı. Gazetelerde okuduk onun Emniyet Müdür Yardımcısı olduğu haberini. Bir tahminle gitti ailece yanına. Yanılmadığımız ortaya çıktı. Oğlumuzu işe aldı ve benimle görüşmeniz sır kalsın, dedi. Ben o yıllarca yol bekleyen arkadaşım için babana verdiğimiz sözü tutamayıp ona anlattım... Abini o haberi aldıktan sonra gönderdi babanın yanına.

O bana bacım dedi, ben de ona kardeş. Ötesini bilmem...

Hoca, aynı duygusallıkla inceliyor kadını ve:

– Sır, diyordu, güvenin bana. Sadece çok merak ettiğim için soruyorum, sahi adınız neydi?

Kadın, acı yutkunuşlardaydı:

– İnan bana evladım anlattıklarımın hepsi doğru. Duydum, kitap yazıyormuşsun. Bilge diyorlar senin için. Bilici kaldı Yeşil Höyük'te adın. Sana bir tavsiyem var, kurcalama o sır denilen şeyi, bırak öyle kalsın...

***

Annesini, Kayra'yı, oğlunu ve gelinini hatta o her gün münakaşa ederek günlerini tükettiği eşini yani Tasula'yı bile özlemişti. Garip hisler içindeydi son günlerde Hakan Hoca. Deşarj olmak, stres atmak, beyninde yerleşip kalan, bayatlamış yalnızlığı silip atmak istiyordu... Sıkılmıştı, İstanbul'a dönmek düşmüştü yine aklına. Duramıyordu bir yerde...

Kayra, ümitlerle dolu sinyaller veriyordu son mektubunda... Kitap bitmek üzereydi. O, bu kitabına gönül vermişti... Aklından geçen şey, kitap biter bitmez İstanbul'a gitmekti.

Pencereden içeriye giren rüzgâr, taze baharın çiçeklerinden çaldığı efsane kokulardan ikram ediyordu Hakan'a...

Evin kapısı çalıyordu. Vaktin ikindi basamağında olduğunun işaretini veriyordu kolundaki saat. Evin dereye bakan penceresi önünden kalkıp kapıyı açmak için harekete geçmişti. Araladığı kapının boşluğunda abisi ve yengesi vardı... Göz göze geldiklerinde, tatlı bir azar vardı Hamza'nın dudaklarında:

– Abarttın be oğlum. Ara ver şu çalışmaların her neyse de köydeki evde kalalım biraz da.

– Az kaldı abi, diyordu, sabret ki o da olacak.

Önüne bir mektup uzatılıyordu. Daha zarfın üzerine bile bakmadan soruyordu Hoca:

– Armağan'dan mı?

Hamza'nın yüzündeki ifade bile değişmişti bu ismi duyunca... Öfke karışmıştı sesinin tonuna:

– Hayır, eşinden. Tasula yazıyor zarfın üzerinde.

Merakı artmıştı Hoca'nın. Korku vardı suratında. Çok önemli bir şey olmasaydı, diye geçirmişti aklından. Vehimli bir uzanışla almıştı mektubu abisinin elinden. Birlikte girmişlerdi içeriye. Kendisine oturabilecek yer bulup alelacele zarfı açmayı tercih etmişti.

Hakan, mektubun satırlarına vermişti kendini. Abisi ve yengesi de merakta kalmışlardı mektup için. İçeride derin bir sessizlik vardı. Sadece ve sadece Tasula'nın sesi dalgalanıyordu Hoca'nın kulaklarında:

Hasretin canıma ateş bıraktı,
Bağrımı dağladı, kalbimi yaktı...
Gözlerim yollara umutsuz baktı,
Gelmez korkusunun evhamlısıyım...
Gecelerde yalnız kaldığım anlar,
Eriyor ruhumda bütün zamanlar...
Belki bir gün beni sevgili anlar,
Diyen bir ümidin devamlısıyım...

Bu mektubu bana yazdıran niyet farklı... Sana karşı olan birikmiş borçlarımı ödemeye açılan bir yol var önümde.

Labirentlerinde dolaşıyorum ruhumun. Fıtratın sırlarını çözebilmem için bütün deneylerini tekrarlıyor düşüncelerim.

Özümü sorguluyorum, Atamız Âdem'den bu yana... Pusulam, rehberim ve gerçekleri özümleyen tekmil bakışlarıyla yollarındayım hayatın...

Senin yazdığın kitapları toplayıp getirmişti Kayra. Okudum... Hani araştırmaların sonunda ortaya koyduğun, "Son basamak" hikâyesi var ya... "Sapışlar kaynaktan uzaklaşan düşüncelerde" diyorsun... Meğer her şey eskiyormuş vefâlı düşüncelerin dışında... İçimde söndüğünü sandığım alevlerin bıraktığı küller tutuşuyor ruhumda. Seni unutmaya ne kadar çalıştıysam başaramadım. Ayrılık girdi aramıza ve seni adeta basitleştirdi beynimde kemikleşen fikirlerin farklılıkları.

İstense bile, kolay değilmiş değişimler. Seni beynimden silmek istedikçe, kalbimin feryadını dindirmeye gücüm yetmedi... Asude geçen günler, hayata beraber başlayışımız, çocuklar ve aile oluşumuzun mazide kalan tablosu yok etti beynimdeki öfkeyi... Gel!!! Acımasızca örselediğimiz düşüncelerin motiflerinde sen varsın... Sana karşı araya giren vefâsızlığım vurdu beni, gel!!!

Sen yoksun, yaranım, akranım, dahası cananım yok... Gizli dünyamın yelpazelerinden koparıp aldığım duygularımın temel taşları olan harflerle gönül sarayını örüyor, satırlara döküyorum içimi. Gecenin ruhumu hüzne boyayan anlarında, seni, haksızlıklarımı, öfkemi ve yanılgılarımı yazıyorum beni yüreklendiren duygularımın desteğinde... Cümlelere giyindirmeye çalıştığım yeni anlayışım, azabımı tutuşturuyor satırlarımda...

Meçhul adreslerden alıp adını koymaya çalıştığım davetsiz misafirler gelip oturuyorlar yüreğime. Ruhumun azap büyüten dehlizleri artırıyor buhranlarımı. Elde değil, kalbim öfkelerime tutsak yaşamış, acılarımla sarhoşum, ben bende değilim sensiz, gel!!!

Düşünceler kadere müsaviymişçesine bilinmezlik arz ederler. Ben sana rahatça okuyabilmen için beynimi açıyorum, oku, gel!!!

Kuluz ve aynı Allah'a inanıyoruz. Sen yazdığın eserlerinde bir davetçisin. Semâvî kitaplara ve nebilere olan saygın ve inancın kuşatmakta kalbimi... Senin yüreğin gönderilmiş hiçbir Peygamberi ve Semâvî kitaplardan hiçbirini inkârda değil. İnancın kopmamış halkaların uzantısındasın, ruhlarımızın bütünleşmesini istiyorsan yalnız bırakma beni ve gel...

Ben de Mesih İsa'nın müjdesi olduğu Son Nebi'ye iman etim. Gel ve bana o müjdenin ötesini öğret. Taleben olmaya karar verdim, ayrılıklar zor şey, kalbî kırgınlıklarını üzerinden atıp gel!!!

Bir deniz daha dökülsün okyanusuna, istemez misin? Birlikte o limana sığınalım, ayrılık olmasın hayatımızda, gel!!!"

Gözleri sağanaklarını boşaltıyordu mektubu okudukça. Yüz hatlarını istila eden keder, uçuk bir renge boyamıştı çehresini... Hamza ve yengesi şaşırmışlardı onu izlerlerken. Hoca, elinin tersi ile gözyaşlarını siliyordu... Hamza'nın hayret ifadeli sesi yankılanıyordu kulaklarında:

– Neler oluyor birader, söylesene, kötü bir haber mi var?

Hoca aldırış bile etmiyordu abisinin seslenişine. Yeniden gözlerini indirmişti mektubun satırlarına... Belki de hayatının en anlamlı sinyallerini işliyordu duyguları şu an onun yüzüne...

Sana yakarışım sadece geçmiş günlerdeki olumsuzlukların pişmanlık duygusundan ibaret değil... Ruhum, Yaratıcısı'yla arasındaki rabıtayı sağlam kurgulamaya çalışmak üzere çırpınışlarında.

Sırlar âleminin perdelerini aralamak için çıktığım yolculuğun yorgunlunu içselleştiren ruhumun dinmek bilmeyen yetersiz tahlilleri geciktirdi birlikte yürüyüşlerimizi...

İsyandan ürperen yürekleri kuşanıp benimle birlikte O'na yürümek istemez misin? Senin de özlemini çektiğin o Cennet'e talibim, gel!!!"

Uçarı kelebekleri andırıyordu buharlaşan bakışları. Acelesi vardı Hoca'nın. Keder coşkuya dönmüştü yüreğinde.

Hamza'nın şaşkınlığı inanılmazdı kardeşine sorusunu tekrarlarken:

– Birader, söylesene neler oluyor?

Abisinin bu sesiyle toparlanıyordu:

– İyi haber abi!!! Gidiyorum.

– Nereye?

– Abi, acelem var, yola çıkıyorum...

– Nereye ve neden? Önce anlat ki merakımızı gider.

– Abi, Tasula beni çağırıyor.

– Ne var ki bunda sevinecek? O senin eşin, çağırması da normal.

– Biz onunla dargındık abi. Çok güzel şeyler yazıyor ve çağırıyor. Onunla birlikte döneriz. Buralar, çalışmalarım olduğu gibi kalsın. Çok yakında Kayra, Tasula ve annemi de alıp gelirim...

Hoca'nın ani yolculuğu yengesini ve abisini şaşırtmıştı. Aç, yorgun ve aceleci tavrıyla cipine atladığı gibi İstanbul'un yolunu tutmuştu Hoca...

Bitirmek üzere olduğu ve ona hayati önem verdiğini söylediği yazmakta olduğu kitap bile bitişine ramak kala masanın üzerinde aynı dağınık haliyle, el sürülmeden bırakılmıştı...

***

İstanbul, baharın ruha huzur veren, ılık esintilerini eksiltmediği bir akşamdaydı. Hoca, aracını kapılarının önüne park ettiğinde yorgun ve heyecanlıydı...

Oturdukları dairenin penceresinden sızan ışıklar, onu daha da heyecanlandırmıştı. Soluk soluğa çıkmıştı dairenin merdivenlerini. Parmağını zile çöküp beklemeye başladığında heyecanı zirvelerdeydi...

Çok beklememişti. Kapı aralandığında, Kayra vardı görüntüde.

Kayra sarılıyordu babasına:

– Baba, hoş geldin.

Kayra'nın yanağına öpücüğünü kondurmuştu, etrafında bir eksik arıyordu Hoca'nın bakışları.

– Hoş bulduk Kayra. İyisiniz ya?

– İyiyiz baba. Özlettin kendini.

– Çok verimli oldu oralarda kalışım. Nasıl çalıştığımı göreceksin Kayra.

– Babacığım, o kadar yorulmana şaşıyorum doğrusu. Daha dinlendirici ve yorucu olmayan bir ritimde sürdürsen çalışmalarını sıhhatin içinde iyi olmaz mı?

Babasını inceliyordu. Garip bakışlar içindeydi Kayra:

– Babacığım bir eksik arıyor gibisin?

– Ortalık tertemiz ve düzenli. Yorulmuş olmalısın.

– Ha evet. Babam için olunca yorgunluk vermiyor işte.

– İyi de sen benim geleceğimi bilmiyordun ki.

– Rüyamda gördüm.

– Sen işi ilerletmişsin Kayra, desene kalp gözün açıldı!

– Amcamı aradım, baban yolda dedi.

Yüzündeki neşe az da olsa solmuştu.

– Annen yok mu?

Kayra, anlamlı bakıyordu babasının gözlerine. Antrenin ortasında kalakalmışlardı baba ve kız... Kayra, manidar bir bakışın ardından mırıldanıyordu babasına:

– Biliyor musun baba bu haliniz bana bir hikâyeyi hatırlattı:

– Nasıl bir hikâyeymiş o?

– Alay komutanının kızıyla evli bir yüzbaşı vardır. Yaz tatiline çıkmıştır eşi ve çocuğu yüzbaşının... Kayınvalidesi ile birlikte her hafta, Cuma akşamı kayın pederine selam verir, aynı şeyleri söylermiş.

"Albayım, torununu çok özledim, Cumartesi Pazar günü görüp gelsem?" Üçüncü hafta da aynı istekle albay olan komutanını selamlar ve aynı şeyi ister damat...

Yüz başı, kayın pederi olan, albayından:

"Gerek kalmadı evladım. Sen yorulmayasın diye ben bu hafta torunumu sana haber vermeden getirdim."

Yüzbaşı heyecanlanır ve sorar:

"Nerede komutanım?"

Albay, damadını süzerken fazla ilgilenmiyor edası ile mırıldanır:

"Yan odada seni bekliyor, görebilirsin."

Yüzbaşı selamını çakar ve hızla geçer yan odaya. Albayın söylediği doğrudur. Yüzbaşının oğlu bitişikteki odada babasını beklemektedir. Koşup babasına sarılır oğlu onu görünce ve Albay damadını takiptedir... Yüzbaşı, hasretle sarılır oğluna, yanaklarından defalarca öptükten sonra kulağına usulca fısıldar. "Annen de geldi mi?"

Kayra sözünün devamını getirir babasına bakarken:

– Giderken annemi burada mı bırakmıştın baba?

– Kayra, sen de mi kızım?

Kayra daha fazla dayanamamıştı. Babasının salona geçmesini istiyordu...

Hakan Hoca, salonun açık duran kapısından içeriye adımını attığında gördüğü manzara karşısında kalbi duracak gibi olmuştu... Öyle ki salon kapısının boşluğunda çakılıp kalmıştı Hoca...

Manzara büyülüyordu gözlerini ve kirpiklerinin uçlarında asılan yaşlar yanaklarına düşüyordu... Derin, içli, ciğerlerini rahatlatan bir soluklanışla bekliyordu donup kaldığı yerde Hoca...

Bir çift göz üzerinde, mahcubiyetin ifadesiz boyutlarında anlamını bularak bekliyordu... Tasula vardı bakışlarının döküldüğü noktada. Onun hicabı kuşanan gözlerinde de sağanaklar vardı.

Tesettür, hicap ve hasret kuşanan bakışlar, aynı dili konuşuyordu artık eşiyle... Hakan Hoca yorgun adımlarla yaklaşıyordu Tasula'ya. Hassas, okşayan bir sessi vardı:

– Tasula ne kadar değişmişsin böyle? İnan seni dışarıda görsem tanıyamazdım.

İlk seslenişi kıyafeti kadar şaşırtıcıydı:

– Adımı bile bilmiyorsun nasıl tanıyabilirdin ki beni?

– Nasıl, adını mı bilmiyorum!

– Bilmiyorsun tabii. Onu da değiştirdim.

– Daha da heyecanlandırdınız beni.

Kayra girmişti devreye. Babasının gözlerinin içine bakıp annesinin yeni adını mırıldanıyordu:

– Annem, adının Hatice olmasını istedi baba...

Hoca Hatice'nin yanına kadar sokulup ellerinden tutmuş, gözlerine aynı duygusallıkla bakıyordu:

– Hoş geldin, birlikte ebediyete yürüyüş yolumuza Hatice.

Yeni tanışıyormuş gibi utangaçtı ikisi de.

– Hoş bulduk, diyebilmişti. Bana özlediğim Cennet yolunda eşlik edeceğini umduğum yoldaş. Nasıl, beni talebeliğe kabul edecek misin, bilmediklerimi öğrenebilmem için?

– Hatice!!!

Yeniden telaffuz ediyordu eşinin yeni adını:

– Hatice, söyler misin bana, bunca yıl direndikten sonra seni bu yolculuğa hazırlayan sebep neydi?

– Allah'ın azabı çetindir, diyor bir ayet. Ben Kâinat'ın Sahibi olan, sınırsız güce itaat etmek istiyorum. Cehennem'den korkuyor, Cennet'i özlüyorum Hocam!!! Geçen gün bir yanardağ patladı. Televizyon ekranlarına yansıyan o lavlardan oluşan ırmak çok korkunçtu Hakan. Sen yazdığın kitaplarda, patlayan yanardağlar için Cehennem'in küçük bir taklidi diyordun.

O ateşten ırmak en küçük örneği ise kendisi nasıldır? diye kendime sordum. Sizler inkâr etmiyorsunuz Semâvî kitapları ve peygamberleri... En sağlam yerde duruyor İslam, bütün araştırmaların sonucunda.

Ben de halkaları birbirinden koparmamaya karar verdim. Hani diyorsun ya, ayrılık semâvî kitaplarda ve onların elçilerinde değil, kaynaktan uzak kalan, dinde kendilerine göre rahatlık sağlamaya kalkışan düşüncelerde diye... Ayrılık bizde deyip geldim çağırdığın adrese.

– Kıyafetin bile şaşırttı beni.

– İnanç sözde değil özde olmalı. İslam'ı kabullenen gönlüm, kurallarına baş eğdi. İnandığım bir şeyi kendimi aldatmadan ve inancımın kurallarına saygısızlık etmeden yaşayabilmem için kendime söz verdim...

***

Ateş yakmak için,

Soğuk dondurmak...

Aklımdan geçeni biliyor musun?

Yakıp dondurmayan noktada bulmak...

Yuvasında huzur vardı. Hatice ile aynı ideali paylaşıyorlardı artık... Oğlu ve kızı daha anlayışlı ve daha bir candandı...

Hoca, Yeşil Höyük'ü unutmuştu huzurun verdiği gönlüyle. Bitirmek üzere olduğu kitabını hatırlamıştı geç bile olsa.

– Hazırlan, demişti Hatice'ye, gidiyoruz...

Ani verilmiş bir karardı bu. Köyden döneli sözünü bile etmemişti oraların. Hatice itiraz etmiyordu Hoca'ya, o da meraktaydı. Anlatılanlar, zihninin süsü gibi sakladığı tablolarla doluydu...

***

Hava sakin ve ılımandı. Yeşil Höyük insana huzur veren manzaralarıyla dikkat çekiciydi... Konağın önünde kimseler yoktu...

Hakan Hoca cipi frenleyip durduğunda:

– İşte burası babamların konağı, diyordu Hatice'ye...

Hatice, aracın camından dikkatle süzmüştü önce ve:

– Romantik bir görüntüsü var, demişti Hoca'ya. Köy çok sessiz. Hep böyle midir buralar?

Hoca:

– Değildir, diyordu, bir gariplik var bugün Yeşil Höyük'te.

Daha araçlarından iner inmez ortalık canlanmıştı. Hoca'nın aracı tanıdıktı. O sevilen biriydi yörede. Adı çevre köylerde hatta ilçede bile duyulmuştu. Aracın egzozunun homurdanışı içeriye haber ulaştırmış olmalı ki konağın kapısı da açılmış, Hamza ve Asiye peş peşe çıkmışlardı dışarıya. Etraftan görenler sokuluyorlardı yanlarına ve abisiyle yengesi...

Hocanın dikkatini çeken müşterek bir duygu yoğunluğu vardı bakışlarda. Yüzlerinde matem havası vardı etrafında toplananlarda... Eşini tanıtmıştı abisi ile yengesine.

– Hoş gelmişsiniz bey, diyenler, gülmeyen yüzleriyle ayrılıyorlardı konağın önünden. Soramamış derinleştirememişti sebeplerini. Bugün Yeşil Höyük'ün insanları da bir garipti. Hoca sebebini anlayamadı, bir mana yüklemekten çekindi ve o da Hatice'yi alıp abisi ve yengesiyle birlikte içeriye giriyordu...

Hatice, aşinası olmadığı manzarayı merakla incelemeyi sürdürürken, Hakan Hoca, abisinin gülmeyi unutan gözlerine bakıp mırıldanıyordu:

– Abi, kırgın mıyız yoksa?

Keyifsizdi Hamza:

– Yo! Neden kırgın olalım ki sebepsiz yere?

– Bilmem. Hani acele bir kararla ayrılmıştım yanınızdan...

– Hayır birader. Kırgınlık yok.

– Yüzünüz hiç gülmedi de buraya geleli... Hem insanlarda da bir gariplik sezdim sanki... Bak, sana anlatayım. Getirdiğin mektup benim için çok önemliydi. Hemen söyleyeyim de duy. Tasula, şimdi Hatice oldu. Dünyamız değişti abi. Acelem oydu.

– Çok sevindim.

Sevindim, demesine rağmen keder yüzünde eksilmemişti. Hoca çözememişti yüzlerdeki kederin sebebini, köyde adı Bilici konulduğu halde:

– Siz neden üzgünsünüz böyle, bunun bir sebebi olmalı.

Hamza:

– Oturun, diyordu. Konuşuruz.

Hoca oturmamıştı:

– Abi!!!

– Oturun ki anlatayım birader.

– Anlat o zaman.

Hatice, yabancı olduğu ortamda henüz rahatlayamamıştı. Dudak okuyordu ürkek bakışlarda. Hamza, başını hafifçe önüne yıkmıştı. Kederin etkisindeki dudaklar duyulacak mırıldanışla ulaşıyordu kardeşine:

– Sen buradan gittikten birkaç gün sonra, doğal bir afet, yöredeki insanların umutlarını soldurdu birader. Mahsullerimizi sel alıp gitti. Buna üzüldük... Ancak sevindiren bir yanı da vardı bizim için o felaketin.

– Geçmiş olsun. Üzülecek yanını anladık sayılır. Sevinecek yanını çıkaramadım.

– Hele dinlenin, yengen bir şeyler hazırlasın, daha sonra da birlikte çıkıp bizi sevindiren yanını hep birlikte gördüğümüzde anlarsın.

– Abi meraklandırdın beni. Biz tokuz. O felaketin hepimizi sevindiren yanı neyse onu gözlerimle görüp inanmak istiyorum.

– İyi ya, sen bilirsin. Hep birlikte çıkıyoruz o zaman.

Ayaklarının tozuyla dışarıya çıktıklarında Hoca soruyordu Hamza'ya:

– Ciple mi?

– Evet.

Hepsi de arabaya binmişti ve Hoca yine soruyordu:

– Nereye?

– Dere kenarındaki eve.

– Neden orası?

– Önce sabretmeyi öğren birader. Sür hele...

Hamza ne diyorsa uymuştu ona. Hoca, dere kenarına yaklaştıkça heyecanı artmıştı. Sürekli uzakları gözlüyordu. Dere kenarına yaklaştıklarında vehmi artmıştı Hoca'nın. Bakıyordu, ortalarda ne bir ev ne de bahçeye benzer yer vardı...

– Abi, diye açığa vuruyordu heyecanını.

Hamza'dan ses geliyordu uzatmadan:

– İşte sana sözünü ettiğim o felaketin görüntülerden alıp götürdükleri...

– Sel mi götürdü evi?

– Sel mi, afet mi bilmem. Bildiğim, o evi önüne katıp, bütün emeklerimle birlikte alıp gittiği.

Derin bir nefes almıştı Hoca. Hepsi birlikte araçtan inip evin yerinde kalan taşları seyre koyulmuşlardı...

Hazin bir sesi vardı Hamza'nın:

– İşte birader, üzüntüm evin yerinde olmayışı. Babamın hayalleri, annemin arzuları, senin, çilehanem dediğin yerin ve emeklerinin silinip gidişi...

Hoca, kederli bir yüzle abisinin dikkatini çekiyordu:

– Ya seni sevindiren tarafı?

– O mektubun sana ulaşışı ve kaderin seni buradan uzaklara taşıyışı. Yani o felaket gecesi, senin o evin içinde olmayışın...

Kader Tasula'nın Hatice oluşunu vesile kılmış senin kurtuluşun için. Üzülme emeklerin için. Çifte bayram sayılır bu, yeniden yazarsın, kaynağı sende be koçum. Sen yaşıyorsun ya!!!

– Üzülmedim abi. O lütfederse yeniden yazdırır. Aynen söylediğin gibi. Allah, buradaki evi ve verdiğim emekleri aldı elimizden ama yuvama saadet verdi. O eseri yeniden yazmaya çalışırım. Evi de yeniden yaptırırız, mezarları da...

Hatice'nin gözlerinin içindeydi buharlanan bakışlar...

– Ayrılıklar bizde olmasın yeter ki...